U1004794

国培讲坛

阜阳师范学院国家培训项目成果集

地理卷（2012—2014）

GUOPEI JIANGTAN

FUYANGSHIFANXUEYUAN GUOJIA PEIXUN XIANGMU CHENGGUOJI

DILIJUAN（2012—2014）

主　编　曾　承

副主编　白如山

安徽师范大学出版社

丛书策划:汪鹏生　黄成林
责任编辑:黄成林
责任校对:孙玉洁
装帧设计:桑国磊

图书在版编目(CIP)数据

“国培”讲坛:阜阳师范学院国家培训项目成果集:地理卷:2012~2014 / 曾承主编. —芜湖:安徽师范大学出版社,2016.1

ISBN 978-7-5676-2225-8

Ⅰ.①国…　Ⅱ.①曾…　Ⅲ.①中学地理课—教学研究　Ⅳ.①G 633.552

中国版本图书馆CIP数据核字(2015)第239325号

“国培”讲坛:阜阳师范学院国家培训项目成果集
地理卷(2012—2014)

主　编　曾　承
副主编　白如山

出版发行:安徽师范大学出版社
　　　　芜湖市九华南路189号安徽师范大学花津校区　　邮政编码:241002
网　　址:http://www.ahnupress.com/
发 行 部:0553-3883578　5910327　5910310(传真)　E-mail:asdcbsfxb@126.com
经　　销:全国新华书店
印　　刷:虎彩印艺股份有限公司
版　　次:2016年1月第1版
印　　次:2016年1月第1次印刷
规　　格:700 mm × 1000 mm　　1 / 16
印　　张:14
字　　数:237千
书　　号:ISBN 978-7-5676-2225-8
定　　价:28.00元

凡安徽师范大学出版社版图书有缺漏页、残破等质量问题,本社负责调换。

"国培"讲坛:阜阳师范学院国家培训项目成果集

编辑委员会

主　　任　周建华　吴海涛

副 主 任　胡恩彪　李文雍　赵　辉　张庆旭　汪芳启(常务)

编　　委(按姓氏笔画排序)　刘　玉　江　河　李　季

李良玉　邹　林　汪　明　胡习之　姚云飞

钱守云　盛　鹏　盛兴平　崔亚东　梁家贵

主　　编　汪芳启

执行主编　梁家贵

副 主 编　王幼桂　马家平

编　　务　姜　村　徐　林　戎　磊　王学良　卞会泉

总　序

中小学教师国家级培训计划，简称“国培计划”，是教育部、财政部于2010年开始实施的旨在提高中小学教师特别是农村教师队伍整体素质的重要举措，对于解决我国中西部农村地区基础教育薄弱、实现我国基础教育均衡发展、促进教育公平具有战略性意义。

阜阳师范学院创办于1956年，1977年开始招收本科生，2013年开始独立招收硕士研究生。建校以来，学校始终秉承“发挥教师教育优势，服务地方基础教育”的办学理念，主动对接安徽基础教育发展需要，成就辉煌。自2010年“国培计划”实施以来，学校全面贯彻落实“国培计划”实施要求，组织强有力的领导班子和高水平的专家团队，在深入调研的基础上，紧紧围绕“国培计划”项目的宗旨和目标，科学设定培训课程，创新培训教学和管理模式，取得了显著的成效。学校连续获准参与“国培计划”项目，迄今先后培训农村义务教育及学前教育教师近4 000余人次，充分体现了国家教育部、省教育厅对学校的信任和支持，学校也从中积累了大量行之有效的培训经验，为广大农村教师和紧缺薄弱学科教师接受更多高水平培训提供了机会，为促进义务教育均衡发展和教育公平做出了应有的贡献。在教育部对“国培计划”学员的回访中，学校组织实施的多个“国培计划”项目获得“优秀”；在教育部组织的数次匿名评估中，评估结论位列全省前茅。

“国培计划”项目的实施，进一步促进了学校面向基础教育、服务基础教育、研究基础教育，有力地促进了学校教师教育人才培养模式的改革。同时，学校在实施“国培计划”项目过程中，通过专家授课(讲座)、学员研修等方式，积累了大量的珍贵资料，开发、生成了一批优质培训课程资源。为进一步总结学校实施“国培计划”项目经验，提升“国培计划”项目质量，同时，也为了与各“国培计划”承办单位、培训教师以及广大中小学、幼儿园教师共同分享“国培计划”项目优质教学资源，更好地服务地方基础教育发展，经研究，学校决定将“国培计划”

专家授课(讲座)、学员研修等形成的珍贵资料予以整理、编辑，并以丛书的形式分学科分卷陆续出版。为了编好这套丛书的每一卷，每卷设主编若干人，负责书稿组织、撰写该卷前言等事宜，并负责联系入卷文稿的作者，征得他们的同意和支持，切实维护知识产权。

第一轮“国培计划”项目实施已圆满结束，第二轮已经开始。我们希望本丛书的编辑出版，能够有力推动第二轮“国培计划”项目实施，为实现我国基础教育的持续改善和发展提升作出应有的贡献。

阜阳师范学院“国培”讲坛编辑委员会

2015年12月18日

前　言

2012—2014年，阜阳师范学院地理科学专业连续三年获批“国培”项目，分别为“国培计划(2012)”——安徽省农村中小学教师短期集中培训项目(初中地理)，“国培计划(2013)”——安徽省“特岗教师”短期集中培训项目(初中地理)和“国培计划(2014)”——安徽省中小学骨干教师“送培送教”项目(初中地理)。作为三期“国培”项目的首席专家，笔者全程参与了项目申请、培训设计、培训执行及质量监控等环节。白如山老师担任三期“国培”项目教学班主任，为培训做了许多具体工作。

总体上，我们承担的三期“国培”项目培训，遵循教育教学规律，立足教师专业化发展要求，贯彻教育教学新理念，着力解决初中地理教师在教育教学中的实际问题，使参训者能够在推进课程改革、实施科学教育的教育教学中发挥示范带动作用，不断成为提高初中地理教育教学质量的学科带头人。

培训形式包括专题讲座、交流研讨、课例评析、野外实践和教育教学考察等，来自省内外高校及中学地理教育教学等方面的专家作了40余场专题讲座。本书收录了19场专题讲座的讲稿(摘要和关键词为编者所加，排名不分先后)，涉及地理教育教学理论与实践、内容与方法、拓展与延伸等内容。需要说明的是，有些讲稿内容广博，归为“理论与实践”“内容与方法”“拓展与延伸”中的哪一类都见仁见智；本书在组稿时，我们征询了各位专家的意见，部分专家明确表示不结集出版，对此，我们遵从专家意愿；资料截至讲座时间，结集时没有更新。

本书读者对象为地理科学专业在校学生、地理“国培”班学员、中学地理教师，以及对地理“国培”感兴趣的读者。

安徽师范大学黄成林教授为书稿修改提出了富有建设性的意见与建议；阜阳师范学院地理科学专业的吕丽老师及辛宇豪、杜瑞和、张小兰和郝李华等十余位同学负责整理了部分资料，陈玲玲老师和阜阳市广播电视台李根老师清绘了所有插图，郑小平老师负责文字录入工作。值付梓之际，谨向各位专家学者和同仁表示衷心的感谢和由衷的敬意。

由于时间仓促，书稿未经专家一一审校，如有差错，系主编努力不够，敬请读者批评指正。

曾 承

2015年教师节于卧牛岭

目　录

理论与实践篇

内容与方法篇

拓展与延伸篇

理论与实践篇

中学教师是履行中学教育教学工作职责的专业人员，需要经过严格的培养与培训，具有良好的职业道德，掌握系统的专业知识和专业技能。2012年教育部颁布的《中学教师专业标准(试行)》是国家对合格中学教师的基本专业要求，是中学教师实施教育教学行为的基本规范，是引领中学教师专业发展的基本准则，是中学教师培养、准入、培训、考核等工作的重要依据。

《中学教师专业标准(试行)》基本理念包括师德为先(教师性特征)、学生为本(教学性特征)、能力为重(实践性特征)、终身学习(发展性特征)，基本内容包括专业理念与师德、专业知识、专业能力三个维度和职业理解与认识、对学生的态度与行为、教育教学的态度与行为、个人修养与行为、教育知识、学科知识、学科教学知识、通识性知识、教学设计、教学实施、班级管理与教育活动、教育教学评价、沟通与合作、反思与发展等十四个领域。

本篇从理论和实践两方面，重点讨论中学地理教师专业发展和专业能力提升路径问题。

中学教师的专业发展和教研方法

雷 鸣
（《中学地理教学参考》杂志社）

摘 要：随着教育理念和教育技术的不断发展，教师的专业化发展越来越受到重视。本文阐述了中学教师专业发展的模式与路径、专业发展与教师专业标准、专业发展与新课改、专业发展与教研方法等方面内容。中学教师应在新课程理念的指导下，不断完善专业态度、专业知识和专业能力，并通过教研促进教学，从而最终实现教师的专业化发展。

关键词：中学教师专业发展；教研方法

随着我国基础教育改革的深入，教师原有的教育教学理念和知识、技能储备已不能满足日新月异的社会和教育发展需要。新课改把教师定义为专业人员，目的是促进教师能胜任专业工作、具有专业素质和专业自我更新能力。新课改不断拓展教师的职责范畴，也不断促进教师的专业发展。教师的职责不仅是教授知识，更要关注学生的身心成长，培养学生的学习能力、生活技能、合作精神和国际视野，让学生学会独立思考，使他们在走向社会后能够做一名合格的公民。

一、教师的专业发展

1966年，国际劳工组织和联合国教科文组织发布的《关于教师地位的建议》首次提出"教师专业发展"一词，认为教师是一个特殊的职业，是需要专门人才来从事的职业，教师需要专业发展，教师不是简单的劳动者。这是国际社会关注教师发展问题之始。20世纪70年代，美国明确提出教师需要专业化，开始研究教师的专业化问题。我国对这一问题认识比较晚，1995年国务院颁布了《教师资格条例》，2000年教育部颁布了《教师资格条例实施办法》，2012年教育部颁布了《中学教师专业标准(试行)》，教师专业发展问题引起高度重视。

地理教师专业发展是指教师作为教学的专业人员，随着教育理念和教育技术得到发展，不断提高地理素养或专业胜任力的过程。专业素养包括三大方面，一是专业态度，二是专业知识，三是专业能力。三方面相互促进，专业态度是目标，专业知识是基础，专业能力是核心，只有具备专业知识和专业能力，专业素养才能达到一个较好的程度。

专业态度首先要具备专业道德。道德是职业情操、人格修养、教育信仰。专业态度第二个方面是专业精神，专业精神指的是学科精神和人文精神。地理学是一门实践性很强的学科，学科知识来源于实践，又要在实践中灵活运用。我国在新课改时对地理学科特别提出了要创造性地开展地理实验、社会实践的要求，体现了地理学精神。还有人文精神，人文精神是指教师学科执著、探究真理的精神境界。教师在开展科学探究时要追求真理、大胆质疑，还要体现人性的光辉，用智慧的方法、坚定的意志去解决问题。专业态度第三个方面是专业情怀。苏霍姆林斯基在《给教师的建议》中说道，我一千次地确信，没有富有诗意的情感和审美的清泉，就不可能会有学生全面的智力发展。教师要理性地爱职业，感性地爱学生，学生感受到老师的关爱，就能够迸发出学习的热情。

专业知识是教师专业发展的基础，包括主体知识、工具知识、实践知识。主体知识指学科知识，工具知识主要是教育学和心理学理论，实践知识是教师的实践经历、教学经验和情感体验。教育应该是让学生通过在学校的学习，在迈出校园走向社会时具备人际交往、思辨等能力，有自己的思想和基本的逻辑思维。

专业能力是教师专业发展的核心。教师的专业能力现在已经很明确地表述出来，2012年《中学教师专业标准(试行)》提出了六大能力：教学设计能力、教学实施能力、班级管理与教育活动能力、教育教学评价能力、沟通与合作能力、反思与发展能力。教学设计能力表现为要利用有目的的活动过程满足学生不同的成长需求。教学实施能力指能引发中学生独立思考和主动探究，发展学生地理创新能力，并将现代教育技术手段渗透应用到教学中，不仅包括信息化，还应包括传统教学技艺等方面。班级管理与教育活动能力指教师不仅要把课教好，而且能组织管理班级课堂纪律，使课堂教学氛围浓郁。教学评价能力指教师能够合理全面地评价学生。反思与发展能力指教师能够提出改进自己教学的意见和办法。

二、教师专业发展的模式、层级和路径

(一)教师专业发展的模式

中学教师的专业发展,是中学教师在教育和学科领域的教学理念、课堂技能、学科思维、个人素养等方面的全面发展,可用教学时间和专业发展两个指标来衡量。教学时间指的是教师在教学岗位的教龄,专业发展指的是教师的教学行为和状态。在这两个维度上可以用不同的线条来表现教师的专业发展状况,我将其概括为三种模式。如图1中的三条曲线所示,它们的共同特点是,教龄前三年上升角度基本一样,教龄三年之后上升趋势差异大,最终形成了三种类型的教师专业发展模式,我将其概括为“311型”“333型”和“369型”。

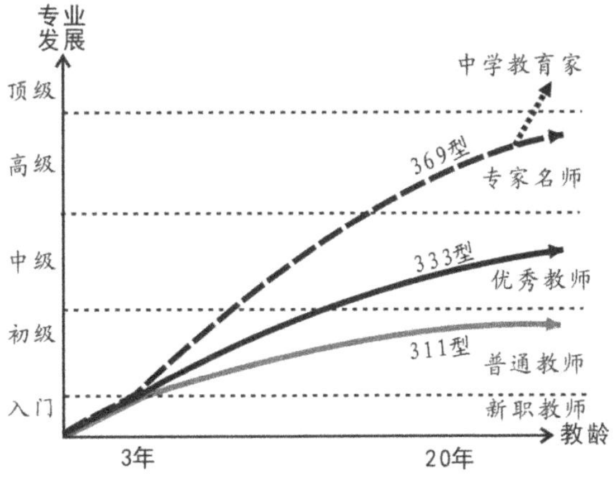

图1　中学教师专业发展模式

1. 普通教师的专业发展模式(311型)

“311型”是普通教师的专业发展模式。这类教师在进入职场后的前三年专业发展很快,他们学习教学理论、课标和教科书,学习同行授课,观摩优质课堂,这阶段教学水平大幅度提升。大约三年时间,基本掌握了教学方法,有了一定的教学经验,能够完成教学任务。之后,这类教师进入一个专业发展非常缓慢的时期,随着教龄的增长,只是经验的缓慢积累。即使二三十年后,他们比起入职三年的教师来说,除了经验稍多之外,专业能力上并没有太大的差异。

2. 优秀教师的专业发展模式(333型)

“333型”是优秀教师的专业发展模式。这类教师在进入职场后的前三年与“311型”基本一样,而入职三年之后,这类教师仍然沿着这条轨迹快速专业发

展，他们继续学习，不断进行教学探索和实践，逐步形成自己的教学风格，随着教龄的增长，教学技法越来越精湛。

3. 专家名师的专业发展模式(369型)

“369型”是名师的专业发展模式。这类教师进入职场后的前三年与前两类教师基本相同，而入职三年之后，这类教师却出现了加速发展的趋势。他们除了继续学习、探索实验外，还研究学科和业界的最新成果，视野开阔。随着教龄的增长，他们除了教法精湛外，还追求教学艺术和教学创新，不断实现自我突破，逐步形成了自己的教学思想。寻找并跟踪这类教师的成长历程，领会他们的教学思想和技艺，反思自己的教学情况，我们的教学思维和行为将步入一个新的境界。

通常情况下，中学教师的专业发展就是以上三种模式，只有极少数的“369型”教师，由于自身的素养和魅力，最终还可能发展成为“中学教育家”。他们除具备专家名师的特征外，还有独有的教育思想、执著的学科信仰、很强的行业号召力和个人魅力。这已经不是能力问题，而是个人气质和个人内在修养的完美结合。

(二)教师专业发展的层级

与中学教师专业发展模式对应的是中学教师专业发展的层级。层级不是教师专业发展的步骤，而是教师专业发展的水平阶段。不同层级有不同的专业发展特征，低层级的要求低，能达到的人数多，高层级的要求高，能达到的人数少，呈现为金字塔形。图2反映了中学教师专业发展从入门到顶级的五个层级和对应的特征。

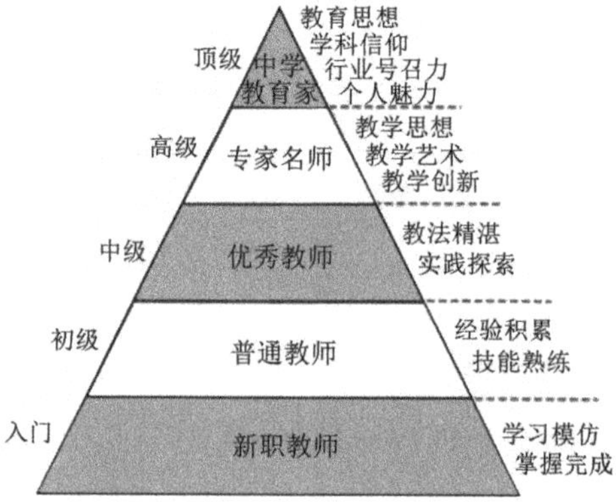

图2　中学教师专业发展金字塔

1. 新职教师

这是教师专业发展的第一层级，是入门阶段，主要特征表现为“学习、模仿、掌握、完成”。学习教育政策、课标和教科书的内容，模仿身边优秀教师的教学活动，掌握教学基本方法，能够完成基本教学任务。这个层级的教师接收的教学信息量大，来自岗位和领导的压力大，促使他们专业发展速度较快。

2. 普通教师

这是教师专业发展的第二层级，是初级阶段，主要特征表现为“经验积累、技能熟练”。许多新教师在入门之后，缺少了工作压力，放松了专业学习和发展，但随着教龄的增长，教学经验日渐积累，教学方法、课堂驾驭、教学技巧等教师技能也日渐熟练。这个层级的教师工作压力较小，自我发展的愿望不强，因而教师的专业发展速度比较缓慢。

3. 优秀教师

这是教师专业发展的第三层级，是中级阶段，主要特征表现为“教法精湛、实践探索”。这个层级的教师，大多数并不是从普通教师发展而来的，而是从新职教师发展而来的。新职教师在工作入门之后就出现了明显的分化：一部分安于现状，进取心不强，最终成为普通教师；另一部分，积极进取，不断进行教学实践和探索，努力提高教学水平，教学技能日渐精湛，最终成为优秀教师。这个层级的教师，自我发展的意识较强，工作勤奋，因而教师的专业发展速度依然保持入门阶段的节奏，快速发展。

4. 专家名师

这是教师专业发展的第四个层级，即高级阶段，主要特征表现在“教学思想、教学艺术、教学创新”三方面。这个层级的教师，大多数是从优秀教师发展而来的，他们除具备优秀教师的特征外，还在教学中不断总结和反思自己的教学行为和观点，逐步形成了自己的教学思想。他们不仅和普通教师一样完成教学任务，像优秀教师一样教学技能精良，而且追求教学的艺术性，把教学当作艺术享受。他们不仅探索教学方法，实践教学理论，而且积极创新教学，形成自己的教学风格。这个层级的教师，自我突破意识和工作创新能力很强，因而教师的专业发展一直勇往直前。

5. 中学教育家

这是教师专业发展的最高层级，即顶级阶段，主要特征表现在“教育思想、学科信仰、行业号召力、个人魅力”四方面。这个层级的教师，一般来说可望而难以企及，只有极少数的专家名师，在长期的教学实践和探索中，把个人的教学思想和学科素养升华为教育思想和学科信仰，进而转化为精神和行动，并自觉地践行和传播，才能达到这个境界，因而这个层级的教师在行业内享有较强的号召力和崇高的威望。目前，江苏等沿海省份已经开始了这方面的培养工作，期望不久的将来我国的中学教育家能够破茧而出。

(三)教师专业发展的路径

图1告诉我们，专业发展从新职教师开始就要选好方向。图2告诉我们，层级的差异就是工作状态和教学追求的差异。综上所述，中学教师的专业发展通常有以下四条路径。

1. 学习模仿

这是教师专业发展的快捷路径，能够在较短的时间促进教师的专业发展。学习内容包括教育学和专业学科的理论知识、他人的教学经验。模仿对象包括观察和仿效身边及附近的优秀教师、专家名师的治学态度、课堂技能等。学习是提升教师素养的原动力，模仿是提高专业技能和教学水平的快车道。这条路径是刚入职青年教师专业发展的首选。

2. 实践探索

这是教师专业发展的常规路径，能够长期稳步促进教师的专业发展。教师在课堂活动中不是墨守成规地完成教学任务，而是不断实践、大胆探索教学新理念、新方法、新技能，只要坚持不懈，勤奋努力，定能成为教法精湛、技能娴熟的优秀教师。这条路径是工作在教学一线的中青年教师专业发展的首选。

3. 反思创新

这是教师专业发展的高速路径，能够跳跃式提升教师的专业发展。华东师范大学叶澜教授说过，一个教师写一辈子教案不一定成为名师，如果一个教师写三年的反思有可能成为名师。这句话说明了反思对教师的意义。反思是自我总结、自我提升，创新则是自我突破、自我超越。这条路径是渴望成为专家名师的教师专业发展的首选。

4. 交流助推

这是教师专业发展的外力路径，能够对教师的专业发展起催化剂的作用。教师要积极参加行业内的研修会、研讨会，主动展示教研成果、交流教学经验，撰写并发表教研论文，充分利用专业媒体和行政渠道宣传自己，努力获取“优秀教师”“专家名师”等称号。这些外力都会对教师的专业发展起到有力的推动作用。这条路径也是名师型教师成长的必选之路。

三、教师专业发展与教师专业标准

教师专业标准是教师专业发展的政策保障和行动指南。教师专业标准是国家对合格中学教师的基本专业要求,是中学教师实施教育教学行为的基本规范,是引领中学教师专业发展的基本准则,是中学教师培养、准入、培训、考核等工作的重要依据。

教师的专业发展是教师专业标准的终极目标和职业要求。教师的职业特点决定了必须专业发展,教师是履行教育工作职责的专业人员,需要经过严格的培养与培训,具有良好的职业道德,掌握系统的专业知识和专业技能。

教师专业标准有四大理念。第一个是师德为先,对教师进行考核,应以师德为优先指标。第二个是以学生为本,学生是主体,在教学中、课堂上,甚至于考试都要以学生为本。第三个是能力为重,对教师和学生的评价,不是看学生掌握了多少东西,记住了多少东西,而是看学生能干什么,将来毕业后能做什么。第四个是终身学习,教师不是临时培训或者短期学习就能胜任的,而是要终身学习。

教师专业标准有三个维度,涉及十四个领域。一是专业理念与师德,它包括对职业的理解与认识、对学生的态度与行为、对教育教学的态度与行为、个人的修养与行为。二是专业知识,包括教育知识、学科知识、学科教学知识、通识性知识,不仅需要掌握地理学科知识,还要掌握其他学科相关知识,以及教学理论等。三是专业能力,包括教学设计、教学实施、班级管理与教育活动、教育教学评价、沟通与合作、反思与发展。

教师专业标准是中学教师队伍建设的基本依据,是中学教师培养培训的主要依据,是教师管理的重要依据,同时是教师自身专业发展的基本依据。

四、教师专业发展与教研方法

(一)教研是实现专业发展的必由之路

教研即教学中的研究,是运用科学的方法去探求教学中的问题和答案的过程。教研是获取知识的一种手段,它具有权威性,注重运用推理和论证得出结论;教研是一种研究性活动,它是探究教学中的问题和答案的过程,能推动教学的发展,获取学识和同行的认可,其与教师专业发展中的专业态度、专业知识、专业能力密切相关。

(二)教研基本过程

1. 提出问题,确定选题

教师通过在工作、学习中的思考,确定研究选题,在地理教学的理论、实践、成果、兴趣和困惑中寻找研究对象,提出的问题应是现实存在的问题,而不能是伪问题。

2. 开展调查,获取信息

选择技术手段开展调查,并获得相关信息。根据研究内容的不同,分别到野外、某些部门等获取信息,然后针对这些信息的不同特点进行分析。

3. 分析研究,得出结论

选择教研开展的形式,用系统科学的方法研究获得的信息,分析问题,最后总结并得出结论。有些研究有确定的结论,为人们的判断提供借鉴;有些研究提不出结论,最后只能提出一种假设或者假想,这样的结果同样有意义,可以为日后他人的继续研究提供帮助。

(三)地理教研基本方法

1. 实验观察法

新课标明确要求开展课堂和课外实验,实验观察法是教研和学习中最直观的方法,是获得第一手资料的方法。其主要包括自然观察法、设计观察法、演示观察法等。

2. 野外调查法

野外调查法是地理学的基本调查方法,是获取第一手资料常用的方法。它是课堂的延伸和课后的活动。野外调查的步骤包括选择主题、确定方式、出发准备、野外活动和室内总结。

3. 文献分析法

文献分析法是教研活动最常用的一种分析方法,是通过对文献的搜集、整理、鉴别、分析研究,形成对事物正确认识的方法。首先是广泛搜集官方数据、书刊资料、网上信息等;其次是整理鉴别,选择有效信息,注意可信度;最后是分析研究,比对分析,寻找问题,得出结论。

4. 检测评价

检测评价是教研活动中针对性最强的一种方法,直接对反馈的信息进行剖析,提出解决的方法。检测评价要经常做问卷调查,通过问卷调查评价做出分析。检测评价在教学中最常用的方式就是考试和测验，它能够量化检查学生的学习效果。

5. 团队协作法

团队协作法是大型教研项目的常用方法，需要项目负责人分解任务，项目各参与人共同研究，共同得出结论，最后汇总成果。

（四）教研开展形式

1. 学习思考

指学习相关的教研内容、研究成果，然后作出思考判断。学习和思考的内容包括理论探析、教改进展、课标解读、教法模式研究、课程教科书分析、教学环节研究、实验实习研究、教学管理和人才培养研究、学科前景和发展动态等。

2. 课堂实践

实践是教研最好的老师，课堂实践具体的方法有示范课展示、教学理论应用、教科书资料处理、课堂活动实施、教法模式尝试、环节难点突破、难题疑惑解答、评价应试策略、教学行为实践、学习行为实践等。

3. 主题活动

指通过开展学科热点专题活动（如演讲、展览、墙报等）、实验观察活动、QQ群教学研讨、野外调查、旅游考察等进行教研活动。

4. 会议交流

研讨班、培训班、沙龙等都是常见的会议教研形式，教师应充分利用这样的机会认真学习，相互交流。

5. 撰写论文

撰写论文以展现教研成果，是最重要的教研形式之一。公开发表论文能够让更多的同行专家学者阅读，从而对教研内容进行进一步的交流。

（五）教研视角

教研视角包括宏观视角和微观视角。宏观视角注重思维的宽度，从面上思考研究的问题，如关注现代意识，关注人文情怀，关注学科素养，关注现实问题。微观视角注重思维的深度，从点上思考研究的问题，如探究某个学科理论、教学实践、课堂环节、评价检测、成长拓展等。

地理学是一门综合性强、容量巨大的学科，地理教研同样是一个很大的研究领域，只有选定了自己的教研方向，才能做深入的研究。研究方向取决于个人兴趣和资源优势。中学教师的资源优势有课堂实践、教科书使用、教法探索、备考试题、学生反馈、课外活动等。

综上所述,教师的专业发展与教研活动密不可分,专业发展为教研活动指明方向,教研活动反过来促进专业发展。中学教师的专业发展关乎基础教育改革的成败,关乎中国教育的方向,值得我们每一位有责任、有担当、有理想的教育工作者深入研究。

教学 教研 科研，一个都不能少

陈鹏飞
（阜阳市教育科学研究所）

摘　要：初中地理教学质量提高和教师专业化发展离不开教学、教研和科研能力的提升。笔者提出“智慧课堂”“草根教研”“落地科研”三个策略，三个策略紧密结合，必将促进教师教学质量提高和教师专业化发展。

关键词：智慧课堂；草根教研；落地科研

一、农村初中地理教学现状

初中地理是否是中考科目，影响初中地理教育教学，对农村初中地理教育教学影响更加明显。如果初中地理教学长期处在“边缘化”的境地，教师的教学动力不足，学生的学习兴趣不浓，社会的认可程度不够，初中地理课程必然会成为典型的“副科”，地理专业教师少、教研活动少、课堂教学效率低的局面在所难免。

2010年开始，安徽部分地区中考将地理作为考试科目，这在一定程度上提升了初中地理教育教学的地位。近几年，初中地理的师资力量逐渐增强，教师的教学理念、专业素养及现代技术能力等方面也有很大提升。

初中地理教学质量的提高以及教师的专业化发展，都离不开教师的教学、教研和科研能力，三者相互关联，相互作用。对待课堂要充满智慧，在教学实践中开展“草根教研”，做到“落地科研”。

二、智慧课堂

智慧是指对事物迅速、灵活、正确地做出理解和处理的能力。智慧课堂需要教师灵活处理课堂教学的多个环节。课堂教学不仅仅具有科学性，还应具有艺术性。教师在智慧课堂中上出一节好课，需要做到规范化、精细化和个性化。教师应在教学中不懈追求，并在教学实践中构建好课的标准。

(一)智慧课堂“六度”标准

课堂因智慧而精彩。智慧课堂与优质课、高效课堂的概念相差不大，智慧课堂的标准因人而异，但是课堂的本质是相同的，追求的价值观是类似的。

北京师范大学资深教育专家顾明远先生认为好课有四种类型，一是深入浅出型，二是深入深出型，三是浅入浅出型，四是浅入深出型，四种类型的教学效果依次降低。深入浅出指教师教学时能够用非常浅显的语言解释深奥的道理，让学生在非常轻松的情境下接受比较深奥的道理，教师教学“举重若轻”，学生学习“轻负高效”。相对这类而言，最极端的是浅入深出型，非常简单的东西被老师讲解得玄而又玄，天书一般，这就违背了我们常说的一句话——“学生已经会的老师不要讲”，教师教学“举轻若重”，学生学习“重负低效”。

华东师范大学叶澜教授认为，一堂好课没有绝对的标准，但有一些可供参考的基本要求，即可以去努力做到“五实”：扎实、充实、丰实、平实和真实。①“扎实”——一堂好课应是一堂有意义的课。对于学生来说，至少要学到东西，再进一步锻炼能力，进而发展到有良好、积极的情感体验，产生进一步学习的强烈需求。有意义的课，也就是一堂扎实的课，不是图热闹的课。②“充实”——一堂好课应是一堂有效率的课。一是看对全班多少学生有效率，二是看效率的高低。效率高的课，才称得上是充实的课，有内容的课。③“丰实”——一堂好课应该是有生成性的课。即一节课不完全是预设的结果，而是在课堂中有教师和学生的真情实感、智慧的交流，这个过程既有资源的生成，又有过程状态的生成。这样的课可以称为丰实的课，内容丰富，多方活跃，给人以启发。④“平实”——一堂好课应该是常态下的课。课堂的价值在于通过师生思想碰撞，相互讨论，生成许多新的东西，这样的课称为平实的课。要淡化公开课，多上研讨课，不管谁在听课，教师都要做到旁若无人，心中只有学生。⑤“真实”——做到了以上几点，这种课应该是一堂有待完善的课。它不可能十全十美，它应该是真实的、未经过粉饰的、值得反思的、可以重建的课。只要是真实的，就有缺憾，有缺憾恰恰是真实的表征。

华东师范大学崔允漷教授认为，一堂好课没有统一的标准，但总有一个边界——“教得有效，学得愉快，考得满意”。每个老师都可以围绕这个边界自己去创造。“教得有效”是指一堂课有一堂课的标准，一个学期有一个学期的标准，要精教精学,别浪费学生的时间;"学得愉快"是指学习的过程应该是愉快的;"考得满意"是指注重结果,达到认知目标。

笔者认为可以从六个角度(简称"六度")来评价智慧课堂,分别是有效度、有温度、有深度、有力度、有风度和有高度。

1. 有效度

"有效度"是相对于无效或负效而言的。通过课堂教学活动,学生得到了实惠,从不懂到懂,从懂得少到懂得多,从不会到会,从不能到能,从不喜欢到喜欢,这都表明了学生的进步和提高,这样的课堂是有效的。高效是相对于低效而言的。通过课堂教学活动,学生在知识与技能、学习方法、情感体验方面都得到了和谐统一的充分发展,这样的课堂就是高效的。高效课堂关注的是全体学生的全面发展。优质课堂教学应该是高效率、高效果和高效益相统一的教学。

2. 有温度

"有温度"是指课堂教学充满活力和生机。传统教学中的"闷课"现象比较普遍,"闷课"的主要特征是课堂气氛沉闷,教师照本宣科,课堂无欢声笑语,学生昏昏欲睡,迫切等待下课铃声响起。"闷课"的结果是泯灭了学生的学习兴趣,扼杀了学生的学习热情,抑制了学生思维的发展。

在"有温度"的课堂上,人人都跃跃欲试,人人都充满自信,人人都敢说敢做,都愿意也都有机会表现自己,形成一种积极主动、争先恐后、紧张活泼的教学氛围。只有课堂活起来了,学生才有可能主动、生动、活泼地发展。学生动起来,课堂活起来,效果才能好起来。

3. 有深度

"有深度"是指课堂教学中学生行为、认知和情感参与的深刻性,它包括有效思维的长度和情感内化的深度。在课堂教学中,教师不仅要激发学生的学习兴趣、学习热情和主动精神,更重要的是激活学生内在的思维力度和心灵深处的精神愉悦。

在"有深度"的课堂上,教师能够根据教学的需要对教科书进行调整、重组,能给学生足够的独立思考和解决问题的时间和机会,师生之间、生生之间经常讨论和探究问题;学生善于观察、聆听、思考、表达、总结和反思,有敢于质疑问难,敢于批判创新,敢于对教师说"不"的勇气和习惯;学生能主动寻求学习方法,发现学习规律,能举一反三、拓展演绎、深化提升,形成自己的学习观和知识观。

4. 有力度

“有力度”是指课前预设和课中生成交相辉映、相得益彰的有机整合，形成推动课堂教学走向优质高效的坚强合力。学生的发展有预设性发展和生成性发展。预设性发展是指可预知的发展，即从已知推出未知，从已有的经验推出未来的发展；生成性发展是指不可预知的发展，这种发展不是靠逻辑推演出来的，而往往表现为“灵光闪现”“神来之笔”“豁然开朗”。新课程在注重预设性发展的同时，强调生成性发展。

在“有力度”的课堂中，课前的预设科学有度、引领有力，但又不失弹性和留白。教学中宝贵的生成性资源能激发师生的创造性和智慧潜能，预设和生成联袂能打造出“风生水起”的精彩课堂。

5. 有风度

“有风度”是指课堂教学具有个性和特色，也就是教师的教学风格。教师在长期教学实践中逐步形成的适合自己个性特征的教学观点、教学方法和教学技巧的结合与表现就是教学风格。优秀教师往往都有自己独特的教学风格，“有风度”的课堂教学才是最美的。教学风格因教师的学识、修养、兴趣、特长等不同而各异。如：有的教师善“导”，导学生生情，引学生入胜；有的教师善“问”，巧于设疑，质疑问难；有的教师重“情”，“随风潜入夜，润物细无声”。

6. 有高度

“有高度”是指课堂教学的不断变革和创新。在新课程背景下，教师要不断地求新、求变、求进，不断地自我扬弃，从而不断完善自我、超越自我，不断实验和探索，提升教学艺术，提高教学质量。学无止境，教亦无止境，只有不断创新，才能使课堂教学达到新的高度。

以上六个标准只是大概地反映出是否为好课，但不能严格依这些标准来评价是否为好课。好课没有统一不变的标准，好课只是一种描述性的概念，只要学生在课堂中能够主动有效地学习，这样的课就是好课。

(二)智慧课堂的内涵

1. 智慧课堂是高效能的课堂

课堂教学是科学也是艺术，需要不断地变革创新，不能一成不变。教师要改变现有的课堂教学模式，尽可能地展示自己的个性，尽可能地有自己的创新。在常态的课堂教学中，通过教师的“导”和学生积极主动的“学”，高效率、高质量地完成教学任务，促进学生获得高效发展。课堂教学的高效性就是通过课堂教学活动，使学生在学业上收获多、提高快、进步大。

2. 智慧课堂是有指向的课堂

有指向就意味着智慧的课堂。好课也好，优质课也好，要有目标有预测，一节课的课堂教学一定要有教学目标。如何设计可操作的教学目标呢？如人教版八年级地理上册“自然资源的主要类型及其特点和分布特征”内容，某教师设计的教学目标之一是“举例说出什么是自然资源，它有哪些主要类型”。其中，“说出”这个行为动词就没有“说明”一词全面，因为“说明”不仅要说出自然资源的概念还要说出其中的内涵；另外“举例”这个行为条件要求学生不仅仅能记能背，还要能够灵活运用和理解，并且“举例”和“说出”不匹配。合理设计的教学目标有利于教学执行和教学评价。

3. 智慧课堂是有建模的课堂

模式是一个比较固定、程序化的东西。苏联教育家凯罗斯提出五环节教学：组织教学、复习旧课、讲解新课、巩固新课、布置作业。这套教学模式对我们国家影响十分深远，很多老师对此驾轻就熟，现在依然比较常见于众多老师的课堂中。随着我们国家基础教育课程改革的不断深入，新的教学模式、教学方法、教学策略的不断出现，很多学校都在尝试改变原来传统的教学模式，不断地提出很多新的模式，如发现式等。发现式是最能够体现课堂教学要义且真正符合课堂精神的东西，学生在探究、在发现、在寻找，老师适时地点拨和讲解，这类课应该是我们课堂教学发展的方向。

4. 智慧课堂是有对话的课堂

在课堂教学中，师生通过对话产生观点的碰撞和交流，学生不会因怕出错而掩饰自己，而是积极地去表达和体验；教师不会因担心不能恰当回答学生的问题而掩饰自己，而是通过对学生问题的反馈和应答充分显露自己，参与的双方不只是语言交流，更是一种“敞开”“接纳”和“倾听”。

5. 智慧课堂是有探究的课堂

师生之间真正的对话、真正的互动、真正的交流让课堂有深度、有探究。课堂上不仅要做游戏，不仅需要轰轰烈烈的“温度”，还需要有思维的深度，没有思维深度的课堂太肤浅。

6. 智慧课堂是有生活的课堂

有生活就要接“地气”，教学内容能与生活实际相结合。例如，讲授中国农业时，可以把中国农业有关的问题跟阜阳的农业紧密结合起来。因为阜阳是一个典型的农业大市,是我们国家重要的商品粮基地之一。另外,阜阳又处在中国南北交界的地方,阜阳南部有秦岭-淮河线通过,气候具有过渡性的特点,而从地形来看,阜阳市是地地道道的大平原。

7. 智慧课堂是有生成的课堂

课堂生成是在教师与学生、学生与学生的合作、对话和碰撞的课堂中,现时生成的超出教师预设方案之外的新问题、新情况。教学不仅是课前预设的过程,更是生成的过程,课堂中生成的绩效超出了教师预设的绩效。学生在特定的情境中感悟文本,会提出质疑,而且多种角度,由浅而深,由表及里,这是学生思想的火花。如果教师能够及时抓住这宝贵的教学资源,逐层突破,说不定课堂的精彩就如期而至。

8. 智慧课堂是有个性的课堂

教师要创设有教学思想的课堂,一定要让课堂打上自己个性的烙印,东施效颦、邯郸学步是永远形成不了自己的教学风格的。教学如果仅仅局限于表演的话,那是没有亲和力的,那样的课堂学生也不会喜欢,所以要让课堂既有原生态但又不乏教学艺术。

9. 智慧课堂是有文化的课堂

有文化和有个性紧密相关,有文化的老师才能够有可能成为名师或大家。这里的“有文化”不是认得几个字,上了几年学,内涵相为广泛。模仿固然是一个人成长的重要阶段,但是要脱颖而出,靠模仿是永远不够的。

(三)智慧课堂的实践策略

1. 有效的教学准备策略

教师备课时,主要应以教学目标为依据,根据学生的实际情况,选择合适的教学方法,制定实用的教学计划。对多数教师来说,以学生的实际情况为依据,选择何种教法是教学准备中的一大难题。其实,教师可在熟悉初中地理课堂较为常用的教学方法后,再充分分析学生的情况,并且根据不同的教学内容选择不同的教学方法。一般来说,教学方法主要包括讲授法、探究法、体验法、案例法等。

(1)讲授法。在初中地理课堂上讲授地理事物布局、地理现象与规律等内容时较为适用。教师用生动形象、通俗易懂和充满激情与感染力的语言将相关内容讲出来,并根据教学需要准确、快速地画出板画等。实践证明,富有欣赏性的板画能有效地激发学生的学习兴趣,调动他们学习地理的积极性。

(2)探究法。在寻求某种自然现象或经济问题出现的原因和解决策略时较为适用。以初中地理中国土地资源教学为例，把学生分为六组，让他们根据土地的特点和利用情况、土地利用中出现的问题与解决办法等，用翻阅教科书、社会调查、网上查阅资料等方式，合作完成这一内容的学习，然后在课堂上分享小组探究的成功经验，再由教师归纳出主要内容。

(3)体验法。对地理观察、观测和地理调查及制作较为适用。体验法是按照“激发兴趣—实践操作—体验内化—强化反馈”的步骤进行的，活化了静止、固定的教学内容，让学生在平等自由、互动宽松的情景中学习。可将学生分成若干小组或独立进行，根据教师的指导开展实践，自主体验后进行反思，把对知识和事物的感知内化成自身的概念和行为，让学生在互相讨论的过程中得到启迪，使内化升华。在充分尊重学生差异性和多样性的基础之上，教师还应恰当地引导学生归纳自身经历，提升自身经验，并公正客观地给予评价和反馈。

(4)案例法。主要通过对典型案例的研究和剖析，总结出地理原理和规律。案例法的基本程序是“展示案例—分析案例—总结规律—实践验证”，理论充分联系实际，将知识传授与学生能力的发展统一起来，使学生主体性得到体现。比如，初中地理中国“工业”内容，因为地处农村，工业远离学生的实际生活，工业布局的地理概念又比较抽象，导致学生难以理解。教师在教学这节内容时，可以当地的工业产品为例，进一步分析地区的工业布局，进而上升到国家的工业布局，再带领学生归纳出结论，这样由近及远、将抽象化为具体，非常符合初中生的学习心理和年龄特点，也有利于学生理解。

2. 有效的教学实施策略

(1)要有效整合教科书内容。目前，初中地理教科书用的是专题式的叙述方法，这一方面能有效突出区域特征，另一方面却使知识点显得分散。因此，教师就要根据学生特点与教学内容适时调整教学顺序，并对教科书内容进行必要的取舍。比如，初中地理中的地方文化特色，这本是人文地理方面的知识，当深入探究后发现，各地的传统服饰和饮食等方面的差异均以各地自然环境的差异为背景，中国自然环境差异是各地文化特色形成的基础，所以在教学中可将这两部分内容融合起来，方便学生深刻理解各地风俗文化的成因，也使地理课堂的知识点更具关联性和逻辑性。

(2)要创设最佳教学情境。教学情境对学生的学习兴趣和课堂气氛的重要作用，教师都有深刻的体会。新课的导入有多种方法，最常用的是通过复习旧知识导入新课,达到温故而知新,以有利于新旧知识的衔接。比如,在讲授黄河时,可先提问"长江在中国的地位",待学生回答出它是"中国第一大河"之后,再提问"黄河在中国的地位",由此自然地导入新课。当然,也可以用现代教学技术手段导入新课。

(3)要巧妙设问。根据学科的特点,为学生创设真实有趣的学习情境。比如,在讲到中国的铁路运输时,可以提问"一位青海居民想在'五一'假期到上海旅游,如果他乘坐火车要经过哪些铁路干线,经过的铁路干线中哪些是南北干线,哪些是东西干线?"这样能有效活跃课堂气氛,锻炼学生的读图及析图能力。总之,教师设置的问题应能引发学生去思考,而不能流于形式,且要具体明确,为学生指明思考的方向与重点。

3. 有效的教学评价策略

教学评价包括对课堂学习过程和结果的价值判断,这里主要探讨课堂教学中的口头评价。课堂教学评价应是多元化的,教师要注意寻找恰当的评价时机。一般来说,越是及时反馈信息,反馈的效果就越好,所以教师要"该出手时就出手",要多给予学生正面、激励的评价。

(四)地理教学中存在的主要问题

教师在教学中普遍存在教学目标片面化、教学内容空泛化、教学过程形式化、教学引领缺失化、教学手段无效化、教学评价简单化等问题。

1. 缺乏地理科学素养

地理教师教学中要能够体现地理学科的特征,这是最基本的前提条件。经调查,地理教师在地理学科知识、科学能力、科学意识、科学品质等方面的素养不尽相同。

2. 情境创设无效

教师上课喜欢创设情境,创设情境的方法有很多,包括视频、音频、动画、文字、老师个人的讲解、学生的角色扮演等。但是花费大量时间创设一堆情境却不设计问题,甚至和本节课内容毫无关系,那就大错特错了。

3. 有活动没体验

活动开展得轰轰烈烈、热热闹闹,但学生实际上是被动的,没有思考,没有情感的体验,这不是我们需要的"活动"。

4. 有问答没对话

问答是老师常用的课堂教学方式,一问一答。但是,教师提出问题之后,没有给学生任何思考时间,就喊某同学站起来回答。另外,学生回答过之后,教师没有评价学生回答得如何。如果这样,教师提出的问题就没有取得实质性的效果。

5. 有小组没合作

小组是整个课堂学习组织形式中最主要的一种形式,尤其是课堂改革的学校。但是,分组之后有没有合作?没有真正的合作,这样的小组是虚假的,不是真正意义的小组。

(五)评课方式

常用的评课方式是通过评分表量化评分,此评价方式对于教师的专业成长极为不利,分数反映不出教师的问题出在哪里,不能完整地给出评价的结果和建议。所以,推荐一种叫作"课堂分析"的评价方式。课堂分析是建立在课堂实录基础上的分析,指参与者观察课堂教学状况进行分析,给出知性的分析结果。分析即描述,分析即研究,分析即改进,分析一堂课就是去描述一堂课,去研究一堂课,去和教师协商一堂课,分析的话题是非指标化的,非等级的,在于改进而不是分等级评名次。

三、草根教研

智慧的课堂需要教师日积月累的积淀,是蓄势待发,更是厚积薄发。教师的教学研究是智慧的孵化器、助推器、加速器,决定了教师的教学品质。

"草根"是近年来使用频率较高的一个词,这里是相对"精英"而言的。我们的教研不是专家、学者、精英教师组成的"贵族式"研究,而是由一线教师广泛参与的研究,是我们对教育教学生活朴素而真切的向往、关怀和参与,故谓"草根教研"。"草根教研"其实来源于生活,来源于我们的课堂,是摸得着看得见的。更清楚地讲,"草根教研"就是年级组的教研活动、校级教研和校际间的交流。

(一)教研成果类型

教研活动的基本流程是确立问题、开展设计、采取行动和总结反思,教研的成果表达有教学设计、教学课例、教学案例、教学反思、教学叙事、教学日志、教学论文、研究报告等类型。

1. 教学课例

教学课例是"教学设计+教学实录+教学反思"的结合。其中,"教学设计"是解决问题的方案(教学预期),"教学实录"是解决问题的做法(教学生成),"教学反思”则描述教学预期的实现程度,即问题解决的效果,也就是对教学的评价。教学课例的主要目的是揭示“做什么”(教学目标和教学设计)、“怎么做”(教学策略)以及“做得如何”(教学评价与反思)。

2. 教学案例

案例是理论的故乡,是理论和实践之间的桥梁与纽带。教学案例是“背景 + 问题+问题解决+反思讨论”,具有问题性、典型性、启发性和真实性的特点。教学案例研究成果可以采用叙述和议论相结合的形式,夹叙夹议或者先叙后议等。

3. 教学反思

教师成长离不开教学经验和反思,教师成长过程应该是一个总结经验、捕捉问题、反思实践的过程,反思是教师专业发展和自我成长的核心因素。

4. 教学叙事

教学叙事指教师讲有关教育教学的故事。它是教育主体叙述教育教学中的真实情境的过程,其实质是通过讲述教育故事,体悟教育真谛的一种研究方法。教师在不断反思中提高教学效率和促进教师专业发展,其成果最接近日常教育教学的“真相”。

(二)教研策略

1.扎根于教学反思

教学反思是指教师在教育教学实践中对自己的教学思想和行为的批判性探究,是教育教学认知活动的重要组成部分。教学反思的目的是提高教师教育教学专业水平。

叶澜教授说,一个教师写一辈子教案不一定成为名师,如果一个教师写三年的反思有可能成为名师。教师在日常教育教学工作中随时会遇到许多问题,我们把这些预料之外的事情、棘手的问题、小小的案例、一时的顿悟记下来,及时反思这些问题,才容易发觉自身不足,才能把握住时机,找到提高自身的切入点和教育教学能力的增长点。

最适宜教师操作的教学反思就是教学叙事。教学叙事就是讲一个教育教学故事,再加一些在叙述具体事件时自己的看法和反思,即评析。

由于教学叙事叙述的是教师自己身边真实的教育教学事件,且以叙事为主,夹叙夹议,能够直接形象地反映出某个教育教学事件的具体过程,因而有很强的可读性和操作性。

2. 扎根于群体参与

个人的力量毕竟是单薄的，教学研究还应发挥教研组集体的力量，让每一位老师参与到“草根式”研究中来。从“教学实际”出发，扎根于教师群体，从校本研究做起，让人人都成为科研者，就会消除教师对教育科研的神秘感，就会开拓出教育科研的新境界。可以这么说，只要我们在教育教学工作中有意识地用心思考，探寻教育的本质，寻求教学的规律，改进教学的方法，提高教学的效率，就可以说是在搞教育科研。

校本教研扎根于全体教师，让每一位教师参与“草根式”研究，教育教学中的实际问题得到了解决，教育教学和教育科研联系得更紧了。

3. 扎根于小课题研究

《基础教育课程改革纲要（试行）》指出：教师在教学过程中应与学生积极互动、共同发展，注重培养学生的独立性和自主性，引导学生质疑、调查、探究，在实践中学习。“草根式”研究大力倡导小型课题研究。用自己的眼睛看，用自己的脑子想，用自己的话说，自己教育自己，这是“草根”的优势。教学与教研相结合，用教育科研来强化教学意识。老师们先从日常教学中的问题入手，不断生成小话题、小课题、小论题，自觉地利用自己的休息时间查阅有关书籍，思考解决问题的方法，并针对问题将初步解决方法、解决设想写出来，并由教研组同志对产生的问题进行集体分析，从中理出可供研究的小课题。这些小课题贴近教育教学实际，来自于教师自己的观察、发现，老师乐意去搞，研究效果自然就好。近两年来，教师教育科研的热情高涨，充分展示了小课题研究的迷人魅力。

4. 扎根于乡土文化

《基础教育课程改革纲要（试行）》指出：积极开发并合理利用校内外各种课程资源。学校在执行国家课程和地方课程的同时，应视当地社会、经济发展的具体情况，结合本校的传统和优势、学生的兴趣和需要，开发或选用适合本校的课程。在教育科研中，既需要学术专家支撑教育科研的天空，也需要“草根式”的研究。只有根植于课堂，根植于学生和老师中间，吸收教育生活实践中的营养，才能让教育科研工作开出更美丽的花，结出更丰硕的果。

四、落地科研

教师积极开展科研可以解决教育教学活动中存在的实际问题，提升教师的实践智慧，基本过程是提出问题、解决问题、锤炼成果。教师要能做到点、线、面融合:“点”是指教师从身边的小问题入手,点滴改进,取得成绩,增强信心;“线”是指教师将存在的问题梳理成问题链,在某一阶段或学科前后衔接地开展系列研究;“面”是指逐步形成有学校特色的龙头课题,全面投入、分工协作、持久深入地开展研究。

高效课堂的理论与实践

倪士昌

（阜阳市第十中学）

摘　要：文章在陈述对高效课堂的认识和为什么要打造高效课堂的基础上，展示了阜阳十中对高效课堂的探索历程以及高效课堂教学改革的成效，同时详细阐述了导学案的编写及使用，指出了导学案在实践中经常出现的几个问题。

关键词：高效课堂；四步教学法

阜阳十中创建于1969年，现有教学班级88个，在校学生5 798人，教职工288人（其中，高级教师89人，一级教师108人，省、市级教坛新星8人，颍东区教育教学技能全能教师1人，颍东区“十佳教师”4人，并有18位教师被授予市级学科带头人及骨干教师称号），是阜阳市一所颇具影响力的市级特色示范中学。

近三年来，学校呈加速发展态势，中、高考成绩连年提升，居全市同类学校第一；开展了丰富多彩的课改交流研讨活动，发挥了示范引领作用；媒体高度关注阜阳十中高效课堂教学改革取得的成效；荣获全国“爱阅读榜样学校”和“全国最具办学特色先进示范校”荣誉，校长当选为2014年全国“课改杰出校长”。

成绩的取得离不开上级领导的关心，离不开全校教师的努力，来源于学校的精细化管理，来源于学校特色发展的理念，更得力于学校近三年来推行的高效课堂教学改革。

一、对高效课堂的认识

叶澜教授说过，课堂是缔造师生生命的场所；苏联教育学家苏霍姆林斯基说过，教育的终极目的应该是向人传送生命的气息；泰戈尔说过，培养学生面对一丛野菊花而怦然心动的情怀；卢梭说过，教育即生长。这些振聋发聩的教诲给我们很多启示。

高效课堂就是要“以学生为本，把学习交还学生”，就是要让学生通过“自主学习、合作学习、探究学习”，达成“学会、会学、乐学、创学”的目的。

高效课堂核心理念：自主学习，合作学习，探究学习。

高效课堂技术支撑：通过合作实现交流，通过展示实现分享，通过质疑实现纠错，通过点拨实现提升，通过检测实现拓展。

高效课堂学习方式：小组学习（独学，对学，群学），独自思考，合作探究，对抗质疑。

高效课堂教学抓手：导学案——学生学习的路线图和方向盘。

高效课堂师生关系：以学生的“学”评价教师的“教”。

高效课堂“三看”：看学生自主学习的程度、合作学习的效度和探究学习的深度。

高效课堂评课“三看”：一看教师是否遵循了模式，是否使用导学案上课，是否充分利用了学习小组这种学习形式，是否组织了当堂达标测评，是否控制了单向讲授时间；二看学生的学习状态、课堂气氛，是否有走神、打瞌睡、精力不集中或者假学、伪学现象；三看教师是否注重学习方法，关注学习过程，严禁教师上课“对答案”，严禁用标准答案禁锢学生的思维。

郑金州先生在《教育碎思》中说过，第一，高效课堂不是教师表演的舞台，而是师生之间交往互动的舞台；第二，高效课堂不是对学生进行干预、训练的场所，而是引导学生发展的场所；第三，高效课堂不只是传授知识的场所，而且更应该是探究知识的场所；第四，高效课堂不是教师教学行为模式化运作的场所，而是教师教育智慧充分展示的场所。

高效课堂教学既是一种策略，也是一种理念，更是一种价值取向；高效课堂教学是相对于传统课堂教学的“低效”“无效”甚至“负效”而言的，即用尽可能少的时间获取最大教学效益的教学活动，达到提高教育教学质量的目的。

二、为什么要打造高效课堂

传统的课堂教学存在以下弊端：教师讲解多，学生思考少；一问一答多，探索交流少；操练记忆多，鼓励创新少；强求一致多，发展个性少；照本宣科多，智力活动少；显性内容多，隐性内容少；应付任务多，精神乐趣少；批评指责多，鼓励表扬少。

传统的课堂教学有以下特点:流行的"填鸭式",极端的"功利化",纯粹的"应试化",统一的"程式化",单调的"标准化",重教法轻学法,重灌输轻探究,重教科书轻学生,重知识轻能力。

我们学校处于发展机遇期,也处在发展爬坡期,通过改革,我们可以实现"弯道超越",实现"变轨提升"。

李嘉诚说过,鸡蛋从外打破是食物,从内打破是生命。人生亦是,从外打破是压力,从内打破是成长。如果你等待别人从外打破你,那么你注定成为别人的食物;如果能自己从内打破,那么你会发现自己的成长相当于一种重生。

三、对高效课堂的探索

(一)建立健全各种制度,为高效课堂"护航"

1. 成立机构

为使课改工作有条不紊的开展,我校成立了学校课改领导小组,下设课改研究组、推广组、督察组和各级部课改小组,明确了学校各课改小组的工作职责。

2. 健全制度

我校出台了《阜阳十中课改实施方案》《高效课堂教学评价标准》《阜阳十中课改培训教研制度》《教师教育教学业绩评定制度》《教职工教育教学工作综合考核制度》《阜阳十中教师业务考试制度》《阜阳十中课改教师学习制度》《阜阳十中课改校本培训制度》《阜阳十中集体备课制度》和《阜阳十中导学案研修制度》等。

(二)加强理论培训,为课改工作提供智力保障

每星期一业务学习,教科处开展课改专题培训,还利用业余时间组织全体教师参加校本培训达80课时;学校投入资金50余万元,组织各科教师500余人次参加了各级各类教学观摩、研讨和课改培训,不仅使教师有效了解和掌握新课程改革的内涵,也进一步提高了教师的理论水平,转变了教师的教育理念,为学校课改工作的推进奠定了坚实的思想基础,提供了智力支持。

(三)强化教师集体备课,为推进课改提供专业支撑

结合实际,我校集体备课安排在星期三下午和星期四下午进行。

第一节课分学科听课(备课组组长提前制定备课组计划并安排本组公开课),第二节课前20分钟分学科评课,剩余时间分组讨论修改导学案。

集体备课有效解决了本组教师由于课程冲突而无法听课的问题,保障了教

师每学期能真正完成20多节的听课任务，并参加20多节的评课活动。大家畅所欲言，群策群力，在讨论中进步，在质疑中前行，在改正中提升，在合作中团结，充分享受集体的力量。集体备课提高了教师业务水平和课堂效率，保障了导学案的质量，保障了课改的顺利推进，成效显著。

(四)重视教师导学案研修，为推进课改提供质量保障

导学案最突出的特点是导学，它可以培养学生良好的学习习惯，培养学生独立思考、集体讨论、合作研讨的能力，可以提高课堂效率。教师则借助“学案导学”这一策略，将教科书有机整合，精心设计、合理调控课堂教学中的“教”与“学”，从而提高课堂教学效率。为此，我们发动教师利用暑期集体备课完成下一学年的导学案(初稿)，为后期的集体备课研讨提供素材，减轻后期教师教学和备课的工作压力。

我校还采取措施把集体备课研修导学案、集体备课评比和导学案印刷制度改革结合起来，具体做法如下：①备课组组长把暑期编好的导学案提前打印一份(标注为“初稿”)，按备课组备课计划安排分发给主备人；②主备人提前准备导学案研讨提纲和发言稿，在集体备课时，集体研讨修改导学案，用红笔修改，由备课组组长再次打印导学案(标注为“修改稿”)；③实际授课后对导学案有了进一步的认识，在每周集体备课的评课后，首先要修改前一周的导学案(用红笔修改，形成“完善稿”)；④备课组组长要把三稿导学案交级部负责人，由级部负责人在导学案(修改稿)上签字，开出印刷条交付印刷；⑤级部负责人在导学案(完善稿)上签字，整理存档，汇同电子稿统一上交教务处，以备下一年级使用和完善。级部负责人要收齐三稿(红笔修改的初稿、打印的导学案修改稿、前一周红笔修改后的导学案完善稿)方可开出印刷条。各备课组的红笔修改的初稿和用红笔修改的修改稿整理完备后供集体备课检查人员检查，达标后方可评为优秀备课组。期末优秀备课组评比要看导学案三稿和电子稿的交送汇总情况，增设级部管理优秀奖。

(五)促进教师专业发展，为课改提供人才保障

(1)加强业务学习，促进教师转变教育教学理念。为此，我校组织老师分赴山东、河南、江苏等名校学习。

(2)加强教师业务考核，促进教师业务水平提高。

(3)成立学科专业委员会，促进不同学科教师均衡发展，各科专业委员会长期定期举行各种活动。

(4)实施“青蓝工程”。加强对青年教师的培养,促进教师队伍可持续发展和新老教师结对活动。

(六)强化教师校本教研,为推进课改提供机制保障

推行教师业务学习和培训制度、集体备课和研评课制度、推门听课制度。要求全校中层领导班子进班听课,每周听课不少于两课时,周五行政会议由教务处主任检查听课笔记并公布听课节数。抓质量,促课改,校领导班子亲临教学第一线,推门听课,并参加评课活动。

学校每周四召开课改工作会议,学校课改领导小组和级部课改小组成员参加会议,及时反馈课改情况和信息,研究对策,明确思路,指导学校课改工作,解决课改各环节存在的问题。

通过问卷调查、学生座谈、教师座谈,及时了解课改中存在的问题和困惑。不定期召开课改推进会,落实学校课改的各项政策、措施,督察课改走向,及时反馈、解决课改实践中出现的问题。

学校每学期还开展课改先进个人评选工作,为推进课改树立标杆。

通过以上多种措施,调动了教师的课改积极性。

同时,开展大量行之有效的活动,包括以《课改简报》为平台,检查、交流、提升课改经验;实施课题带动策略,提升课堂教学质量;搭建展示平台,提升、推广高效课堂;举办高效课堂大奖赛、教师基本功大赛;对外公开教学研讨活动;校内外“同课异构”教学;开展观课、议课评比活动。

(七)完善评价体系,为课改提供动力

评价是最好的武器,无时无刻不在的评价就是无时无刻不在的管理。评价让课堂变得高效、有趣。评价带动竞争,竞争又促进评价。评价以非物质奖励为主,公平、公正。

评价是管理评价,是服务评价,是激励评价,为此我们对学生、教师进行多元评价:

(1)对学生评价多元化,包括期中、期末考试成绩,周末、月末考试成绩;课前自学、导学案完成情况,课堂讨论探究、展示点评、反馈总结表现;各种活动参加、表现、获奖情况;校规校纪、班规班纪、考场纪律遵守情况。

(2)对教师评价多元化,包括班级教学学期、期中、期末考试成绩“三率”比较,校内常规课、公开课、展示课成果,校内外各类比赛获奖等级;“四步教学法”教学情况,导学案的批改情况,教案、听课记录、读书笔记的数量与质量。

(3)考试类型多样化,包括校内期中、期末、周末、月末考试,新生入学考试,新学期入学考试,与校外学校联考。尝试无人监考,诚信考试。

(八)完善学校课改培训体系,深入推进课改

培训是最好的教育,是最好的管理。用培训统一干部思想,提高领导干部的理解力、执行力。用培训转变教师观念,促进专业成长。重视培训学生,实现学生自主成长、自主发展。培训的形式多样化,培训的内容成体系,培训的时间要短但培训的频次要多。举办班主任培训、高效课堂教学改革专家专题报告会、新教师业务培训、新学期新班主任培训、新生培训等。

(九)探索课堂教学模式,提高课堂效率

1. 积极推行自然课堂“四步教学法”课改模式,打造特色高效课堂

第一步:自主探究。自主探究完成学案—批阅导学案—课前培训。

第二步:合作探究。解读学习目标—学案完成情况反馈—小组讨论。

第三步:展示点评。小组展示—互动点评—质疑、追问。

第四步:检测提升。课堂检测—总结反思—归纳、提升。

课堂上一个老师带四五十个学生,再苦再累也不会带出高效来,一旦把学习小组变成“动车组”,效率就会大大提高。再者,素质教育有个“面向全体”的要义,如果没有小组合作,“面向全体”只能是一句空话。

2. 重视小组合作

小组合作学习就是以合作学习小组为基本形式,系统利用教学中动态因素之间的互动,促进学生的学习,以团体的成绩为评价标准,共同达成教学目标的教学活动。

小组合作的基本形式:同质互学,异质帮学,小组群学。

小组学习很好地体现了新课改的核心——自主,合作,探究。

学习小组的建立和建设是打造高效课堂的灵魂,小组学习决定成败。

小组合作学习真正实现了学生的自主管理、自主学习和自我教育。

3. 展示和点评是“高效课堂”最关键的环节

展示和点评能促进学生积极主动完成任务,感受成功或失败的体验,激发学生参与学习与展示的积极性。

展示学生对问题、知识独到的理解和解决问题创新的方法,展示学生规范的解题过程,发现学生学习中存在的问题或认知缺陷。

通过展示和点评,学生对规律、方法总结到位,对学过的知识和技能力争做

到举一反三和触类旁通,也为老师收集学习信息,为诊断补救做了准备。

在高效课堂中,单一的说或做无法调动学生的积极性,久而久之,再诱人的课堂也会索然无味,只有多元化的展示形式才能让平凡的课堂一节胜过一节。

展示方式包括:①口头展示——概念的形成、现象的描述等内容丰富、容量大的内容;②书面展示——定理的证明、推理、探究的过程,题例的解答等;③肢体语言展示——展示的同学用手势、表情等身姿语帮助其说明,增加他说话的效果,作为口头语言的补充;④实物模型展示——学习空间图形内容可以提前让学生制作,通过学生的展示、比较,认识图形之间的关系,加深对相关内容的理解。

另外,我们在课堂展示过程中坚持做到以下几点:①展示课堂"三允许",即允许学生出错,允许学生保留不同看法,允许学生向教师质疑、提意见;②展示课堂"四不讲",即学生能说的不讲,学生能研究出来的不讲,学生能自己操作的不讲,学生能自己得出结论的不讲;③展示课堂"四转移",即由过去的讲明白向现在的学生自悟明白转移,由教师提问为主向学生提问为主转移,由强制性课堂管理向科学自主开放式课堂管理转移,由过去教师演示向现在的学生自己参与教学实验转移;④展示课堂"六让",即书本让学生看,思路让学生讲,问题让学生提,规律让学生找,结论让学生想,实验让学生做。

学生的课堂展示会使学生自我价值得到实现,给学生提供最大的学习动力。

交流展示后的反思。在交流展示后要不断地反思和总结,对学生来说,这是很重要的。一堂课下来,你学到了什么知识,学会了什么方法,把所学的知识和方法与自己已有的知识结构相融合,形成自己的知识体系和框架。对教师来说,同样需要不断反思。一堂课结束之后,应该及时在备课本上记下上课时的心得体会,或者是上课时的不足之处,以便日后总结提升。

(十)重视校园文化建设,为课改营造土壤,促进学校可持续发展

文化,外显于形,内化于心。课堂兴则学校兴,文化盛则教育盛。校园文化是学校的灵魂,是学校的成长与发展的动力。

课改如果还没有触及教育文化,说明课改还没有真正进入深水区。如果没有教育文化的重建,课改就会浅尝辄止,不会走得很远。课改到深处就是文化重建,或者说文化重建是课改的必由之路。为此,我校重视文化墙建设和"书香校园"活动等。

我们有大德育教育活动,包括十八岁成人仪式,“迎六一献爱心”温暖关爱行动,远足,志愿者活动,关爱留守儿童,模拟法庭,阳光体育等。

我们努力实行活动课程化,包括生态教育系列课程,道德讲堂系列课程,法制系列课程,成人系列教育活动,自我教育系列活动等。

四、高效课堂教学改革的成效

(一)学生的变化

1. 学生真正成了课堂教学的主人

高效课堂的实施,促进了学生的角色转变,使学生成为了学习的主体、学习的主人。学生有了较强的学习独立性,有了主动探究、获取知识的习惯,有了独立思考、独立表达、独立解决问题的机会,极大地唤起了学生的学习热情,从过去的“要我学”变为现在的“我要学”。

2. 学生的自学习惯初步养成,学习能力有所提高

经过一年多的课改实践,学生已掌握了一些科学的学习方法。以“学案”为依托,学生能够独立地发现问题、分析问题和解决问题,培养了独立获取知识的自学能力,提高了学习效率。在充分预习的基础上,学生以最佳的精神状态进入课堂。

3. 学生变得热爱学习了

在各种课堂上反映出学生的学习方式正由单一性转向多样性,学生在读中学、玩中学、做中学、听中学,在思考中学习、游戏中学习、合作中学习,学生开始掌握更多的学习方式,身体更多的器官参与学习,从而获得学习中的乐趣与全面和谐的发展。

4. 学生综合素质明显提高

学生阅读能力提高了,书写能力提高了,交流和表达能力提高了,质疑创新能力提高了,动手实践能力提高了。老师们一致认为,学生探究学习的行为、方式、习惯、技能、能力等方面有明显的进步。

5. 学生的个性有明显变化

高效课堂使学生的学习方式由单一性转向多样性,老师们重视学习方式的个性化,鼓励学生从自己的视角出发,用自己最喜欢的方式学习,真正地做到了以人为本、激活思维、张扬个性。

6. 学生更快乐了

具体表现在:从“完成任务”走向“自我实现”,劲头更足了;从“有意注意”走

向“无意注意”,负担更轻了;从“教师讲解”走向“同伴讨论”,听得更懂了;从“继时互动”走向“同时互动”,效率更高了;从“各自为战”走向“团队合作”,帮助更多了。

(二)教师的变化

1. 教师的角色发生了变化

具体表现在:变“高高在上”为“平等中的首席”,建立平等、民主的新型师生关系;变管理的“专制式”为“民主式”,充分发挥学生的主体性;变教学的“指令式”为“对话式”,让学生享有自主构建的权利;变“教科书的执行者”为“课程资源的开发者”,让学生享有体验的权利;变评价的“评判式”为“促进式”,让学生享有充分发展的权利。

2. 教师的育人观念发生了变化

师生之间建立起一种新型的师生关系。教师学会了尊重每一位学生做人的尊严,学会了赞赏每一位学生的独特性、兴趣、爱好、专长,赞赏每一位学生所取得的哪怕是极其微小的成绩,赞赏每一位学生所付出的努力和所表现出来的善意,赞赏每一位学生对教科书的质疑、对自己的超越。

3. 教师的教学方式发生了变化

教师的“教”不再停留于传授知识,“教”的职责在于帮助:帮助学生反思自我,明确自己想要学习什么和获得什么,确立能够达成的目标;帮助学生寻找、收集和利用学习资源,设计恰当的学习活动和形成有效的学习方式,发现他们所学东西的意义;帮助学生营造和维持学习过程中积极的心理氛围;帮助学生对学习过程和结果进行评价,并促进评价的内化;帮助学生发现自己的潜能。

4. 教师的职业关注发生了变化

由原来的传授知识变为关注学习过程:关注学生的知识、技能、态度、情感、价值观,关注学生终身学习的愿望和能力,关注学生的需求,关注学生的个性,关注学生的尊严。让学生在教师设计的教学情境当中去发现、去探索,并学会学习,在参与中去感受,使学生的情感、态度、价值观发生变化,有利于学生的终身学习和发展。

五、导学案的编写及使用

(一)编写宗旨和目标

一要找出并使用最简单、最直观的方法;二要能为学生自学指明方向,指引道路；三要正确引导锻炼学生思维的方式。

要求学生掌握学习方法，目标只有一个：轻松快乐地学习，有成就，有收获。

(二)导学案基本环节设计

从“导”字出发，紧扣意旨，讨论并设计导学案的各个组成部分。

1. 基本环节一：教学目标

学习目标简而精，通俗易懂，行为动词要明确(不超出3个)。

例如七年级地理上册“世界的语言和宗教”学习目标：①说出世界六种主要语言和世界三大宗教的名称及其分布地区；②知道并说明不同国家和地区的宗教信仰和文化传统。

2. 基本环节二：自学方法指导

学案中自学方法指导必须可行、有效。导学案开始部分给出了学生自主预习时的建议，包括预习范围、预习方法、疑难问题处理方式等。

例如自主学习七年级地理课本上册第77—80页(导学案中带★要求必背)自学方法指导：①认真阅读课本及插图，使用双色笔把课本上的重难点勾画出来并记忆，同时完成课本插图或活动中提出的问题；②独立、认真完成导学案，遇到疑难问题用红笔做好记录，以备课堂上展示并和同学、老师讨论。

3. 基本环节三：导入

若说课堂教学中的导入环节是一节课点睛之笔，我们设想导学案中若适时适量加入能为学生自学服务的“导入”环节，也许会给枯燥、让学生“谈案色变”的导学案带来轻松的氛围。

随着导学案应用实践，导学案的导入部分设计方式逐渐拓宽，包括了与知识点相关的漫画、地理故事、实时新闻、生活调查、地理趣事、实验操作、趣味诗词等。

例如七年级地理“经线和纬线”学案导入：

【切一切】①如果让你切个西瓜，请问如何切才能切出像地球仪上纬线一样的效果？如何又能切出像地球仪上经线一样的效果？请在右图上画出你的方案。②你是从什么视角观察得到这样的效果的？

这一环节有严格要求：导入的设计要紧扣章节知识点，有针对性，为学生发展服务，否则就删改导入部分。

4. 基本环节四：知识点

知识点部分要以多种方式呈现，有条理，层次清晰。

经过不断的反思和改进,我们发现导学案中知识目标的问题设计是一种催化剂,可以挖掘学生已有的地理知识,训练他们的思维能力,提升他们的学习能力,能帮助学生催发新的思维方式。

(1)知识点的问题能启发学生思维,问题设计不宜太多太碎。首先,问题或者说知识点的呈现尽量少用填空的方式(对于C层学生,有时适当使用),避免学生全部照课本填空对号入座而不积极思考。其次,知识点的呈现尽量避免全部用问答题的方式,以免造成视觉和心理压力,应兼顾不同层次学生的预习能力。所以,我们采用填空、提问、框架图、地理示意图、表格、趣味模拟图、自绘图等方式来展现知识点目标,一般每张学案使用其中两三种方式,也不能过多。

(2)知识点的问题设计要有条理有层次。通过自学、完成学案后,如果学生能清楚地说出本节涉及了哪几个方面,大致梳理出知识框架,那么这样的导学案才算是成功的导学案。所以,我们在编写学案时大多会使用各种形式的数字符号或者框架图表引导学生,并能对知识体系进行梳理。同时,在各章节学案制作中,也会转换成用提问的方式来检测学生对于这种学习方法的掌握程度,如学生自己能有条理、有层次地分析,便可及时改变问题设计方式。

(3)知识点的问题要重难点突出。我们多使用【合作探究】这一环节提示和指导学生,通过讨论交流、合作探究的方式解决问题,必要时加上★号,提醒学生不仅会分析总结,还要识记背诵。

(4)知识点问题的趣味性。以学生喜闻乐见的形式作为问题的背景,可以增加问题的魅力,激发学生学习的信心和兴趣。我们认为引发学生的学习兴趣,趣味性的问题设计很有必要。

通过精心设计问题,使学生意识到要解决教师设计的问题不看书不行,看书不认真也不行,仅看书不思考不行,思考不深不透也不行,让学生真正从教师设计的问题中找到解决问题的方法,学会看书,学会自学,训练思维方式,掌握学习方法。

5. 基本环节五:小组合作建议

我们在导学案中明确提出了课堂小组合作的建议,以备课堂具体实践中各小组有条不紊地进行合作,内容如下:

(1)小组长检查并了解组员导学案完成情况。

(2)小组长安排合作讨论。可一对一合作讨论,或检查基础知识并巩固基础知识,或先解决疑难问题再由本组其他同学帮助补充、完善。

(3)小组安排指定展示环节。确定板书展示和口头展示成员，在知识展示的同时，小组长负责组员巩固基础知识。

(4)小组板书学案分配问题。口头展示人员做好口头分析解说知识点的准备。

(三)学案设计中其他方面的做法

1. 使用方框标注

一般用于让学生进行简单知识点的归纳总结，这样能看出学生自学预习效果，有无生成，是否达到预习目的。

2. 基础概念必须解决

带★要求必背，提醒学生展示点评时要脱离课本等资料。

3. 有选择性地利用教科书

虽然是课本图，但有些若加入学案中并和导学题目融合，较直观，更易于学生学习。

4. 注重知识的拓展

导学案不仅是一张自主预习学案，更是让学生拓展知识面、了解生活、热爱生活的不同于教科书的百科学案。

六、实践中经常出现的几个问题

(一)对学习目标重视不够

1. 部分老师一节课下来没有学习目标

高效课堂的一个显著特点是学生课前经过自学，明确了上课的主要内容(即学习目标)，带着问题参与学习。因此，学习目标很重要，开始要解读目标，过程中要体现目标，总结时要紧扣目标。

2. 部分老师对学习目标认识不到位

学习目标是通过一节课的学习立即可以达成、可以实现的具体要求，要很具体、很明确，而不能笼统、抽象。如评讲试卷、某节课的学习目标，它不同于课程标准中的三维目标。课程标准中的三维目标是教学目标(知识目标、能力目标、价值观目标)，学习目标可以理解为知识目标和部分能力目标。

3. 部分老师对学习目标表述不够准确

不再使用“了解”“理解”“掌握”等模糊语言，应该使用“记住”“说出”“说明”“画出”“比较……”“尝试评价……”等可检测的明确用语。

4. 部分老师对学习目标使用不到位

开始要解读目标,过程中要围绕目标,结束要回归目标。

(二)不重视课堂预设,"四步教学法"各环节处理不到位

部分教师认为导学案印制以后,备课就结束了,课堂上就可轻松使用了,结果在实际课堂操作中易出现对一些突发状况解决不当,导致课堂秩序松散,课程有头无尾,学习效率不高。

1. 自主学习往往急于完成预习任务,学习不充分

本环节是"四步教学法"的起点,是整个课堂能否顺利完成的第一步,因此必须调动学生的学习兴趣、学习主动性,否则会导致下面三个环节不能充分完成。而在实际教学中,由于学生课前要完成多门学科的自学预习任务,课堂教学中又普遍存在教师出于时间上的考虑急于完成教学任务,导致学生自主学习时学得不主动、不独立、不完整和不深刻,对个别不能独立理解和完成的问题老师急于让同学互相帮助,或只是笼统地看书或急于抄问题答案,不能合理有效地根据学习目标和预习问题去读书、思考、分析、解决、总结问题,最终学生并未充分发挥自己的能动性,调动起学习的兴趣。

2. 合作探究环节,教师引导作用发挥不充分,合作效果不明显

由于学生层次不等,讨论时若教师的作用没有充分发挥出来,对参与讨论的学生分工不明确、监管不到位,同时未能深入小组了解学情,在本环节就不能实现小组的有效合作和探究合作。很多班级在小组讨论时不能按照要求先同层一对一讨论,再跨层讨论,讨论时往往呈现无序状态,降低了讨论的效率,表面看上去热热闹闹,但实际上生帮生、生带生并未真正实现。

3. 展示点评思维不活跃,实际参与度小,形式单一

学生展示和点评所学内容,可以增强他们自信心,提高他们语言表达能力和分析判断能力。一节课中学生学得深刻的环节就是展示点评,本环节对学生知识的巩固和学习心理品质的养成以及各种能力的培养,具有其他环节不可比拟的优势。

(1)思维不活跃。很多展示课上学生的思维不够活跃,究其原因是课堂中的孩子们缺少质疑。少了质疑也就少了对抗,少了对抗也就少了知识的生成,少了生成也就少了情感的愉悦。可以在班内设置质疑小组,让他们对每节课的学习内容提出质疑,引起学生强烈的探究欲望。

(2)实际参与度小。在学生没有充分预习和合作学习的基础上忙于让学生

展示,以致参与展示的只是个别优生和小组长。如果仅仅是几个学生展示点评,没有补充,没有互动,由原来一个老师讲变成几个学生讲,意义不大。

(3)展示的形式过于单一。通过几轮听课,多数学生展示的是对导学案问题的知识性重复,大多说答案或背答案,缺少对知识理解性展示和概括性展示。

(三)不是结尾的结尾

1. 克服对高效课堂的认识误区

下列误区必须消除:①学生太差,不能适应课改;②社会和家长质疑,不敢推行课改;③自身素质局限,不会课改;④课改工作量大、任务重,无精力搞课改;⑤“我教都不会,学生自学讨论能学会?”怀疑课改;⑥担心学生成绩下降难辞其咎,畏首畏尾害怕课改;⑦“我的学生成绩好,考评我居前”,不屑课改;⑧同行不配合,冷嘲热讽,犹豫课改;⑨缺乏勇于探索、敢为人先的锐气,拖拖沓沓缓慢改;⑩这不好那不对,吹毛求疵,抵制课改;⑪热血沸腾,力图十全十美,不愿从点滴做起摸索着搞课改;⑫担心投入,推诿搪塞躲课改;⑬只讲形式不重实效假课改。

2. 课改绕不开的十大问题

这十大问题是:①教师理念,明白容易转变难;②学生新习惯,说改容易养成难;③集体备课,安排容易做实难;④导学案,编写容易有价值难;⑤学案,完成容易保质保量难;⑥学习小组,建成容易建设难;⑦督导检查,评价容易长效难;⑧课堂展示,泛展容易精彩难;⑨学习任务,设计容易完成难;⑩教学质量,不升反降提高难。

3. 课程改革任重道远

课程改革,还有许多问题需要探索与思考,如信念的坚守与现实的矛盾,课改“定模”与“破模”关系处理,学习小组文化建设研究,学生自学环节有效性研究,展示环节的有效设计和展示方式,导学案编写实效性研究,课上的“活”与课后的“实”的关系处理,课堂教与学的关系及时间的有效处理,模式构建下各学科个性魅力的研究等。

4. 高效课堂的灵魂

高效课堂的灵魂是相信学生,依靠学生,解放学生,发展学生;相信学生才是“师德”,解放学生是教育的使命,学生是一切教育的智慧源头,发展学生是教育的根本。

教育,需要转变,需要行动。一个人只能走得快,一群人才能走得远。让我们手拉手,肩并肩,共同行动!

内容与方法篇

阜阳师范学院地理科学专业在2012—2014年连续三年获批的“国培”项目均为“短期集中培训项目”。在教育部颁布的《“国培计划”课程标准(试行)》中，“初中地理教师培训课程标准”建议“短期集中培训项目”课程内容应包括专业理念与师德、专业知识、专业能力三个维度和师德修养、专业理念、学科知识、教育教学知识、教学设计、教学实施、教学评价、教学研究、科学研究、现代教育技术能力、实践教学、课程资源开发与利用、学习指导、教师培训等十四个模块。

本篇主要从内容(“教”或“学”什么)和方法(怎么“教”或“学”)两个核心层面汇编了十份讲稿，内容基本覆盖了上述三个维度十四个模块。

有效课堂教学问题

——以初中地理教学为例

黄成林

（安徽师范大学）

摘　要：有效课堂教学是教师教学追求的目标；正确理解有效课堂教学的内涵是开展有效课堂教学的前提；扎实的学科专业知识，遵循教育学、心理学规律，贯彻落实科学的教学理念，正确理解和把握课程标准，科学分析和把握教科书，搞好图形图像教学，活化教学内容等，都是提高有效课堂教学的重要策略。

关键词：有效课堂教学；地理课程标准；教学理念；图形图像教学；初中地理教学

在中学地理教学中，我们可以看到两种极端情况，一种是有些“教师教得很辛苦，学生学得很痛苦”，另一种是有些“教师教得很潇洒，学生学得很快乐”，这实际上是有效课堂教学问题。有人认为，教学有效与否，与对教科书、对学生、对教学目标把握不够，对打造有效课堂重视不够等有关，这些说法都有道理，但事情并非那么简单。

在教师职业生涯中，不同时期关注重点不一样。入职初期特别关注自己教得怎么样，目标是“教好书”；经过一段时间磨砺，发现自己教书教得得心应手，学生听课亦听得聚精会神，但学生成绩就是不理想，“教得好”不等于“学得好”，继而转向用“学得好”来检验“教得好”。这就涉及有效课堂教学问题。其实，老师“教得好”，学生“学得好”，才是最理想的状态。对于初中地理学科来说，要想学生课后有大量的时间用于复习巩固很不现实，因此，打造高效课堂更具有现实意义。

理解什么是有效课堂教学，是开展有效教学的前提；把握影响有效教学的因素，进而有针对性地予以补救，在教学环节不断实践，可以不断提高课堂教学效果。

一、什么是有效课堂教学

什么是有效课堂教学，见仁见智。

(一)对有效课堂教学的一般理解

“有效”，指通过教师在先进教学理念指导下，经过一段时间的教学之后，使学生获得具体的进步或发展。

“教学”，指教师引起、维持和促进学生学习的所有行为和策略。①引发学生的学习意向与兴趣。教师通过激发学生的学习动机，使教学在学生“想学”“愿学”“乐学”基础上展开。②明确教学目标。教师要让学生知道“学什么”和“学到什么程度”。③采用学生易于接受和理解的教学方式。

(二)对有效教学的其他理解

1. 基于教学投入产出的定义

教师遵循教学活动的客观规律，以尽可能少的时间、人力和物力投入，取得尽可能多的教学效果，从而实现特定的教学目标，满足社会和个人的教育需求。概言之，主要包括有效果、有效益、有效率三方面。

2. 基于学生学习和发展的定义

促进学生的学习和发展是有效教学的根本日的，也是衡量教学有效性的唯一标准；激发和调动学生学习的主动性、积极性和自觉性，是有效教学的出发点和基础；创设和提供适宜的教与学的条件，促进学生形成有效学习，是有效教学的实质和核心。

3. 更宽泛意义上的理解

有效教学是符合教学规律、有效果、有效益、有效率的教学。符合教学规律是有效教学实现的前提条件，教学有效果、有效益是有效教学的基本要求，教学有效率是有效教学的最高目标。

(三)有效教学必须满足三个必要条件

1. 引起学生学习的意向

即教师首先要激发学生的学习动机，教学在学生“想学”的基础上展开。

2. 讲清学生所学的内容和所要达到的目标

即教师要让学生知道学什么，学到什么程度。学生只有知道了自己学什么、学到什么程度，才会带着明确的目标去学习，并在学习过程中主动参与、积极配合。

3. 采用易于学生理解的方式

即教学要遵循学生的认知规律,挖掘学生的内在潜能,使学生易于理解、勇于探究、主动发展。

二、影响有效课堂教学的因素

影响有效教学的因素很多,无论怎么归纳,肯定挂一漏万。但可以肯定的是,不同的教师有不同的教学风格,不同年级的学生其知识结构、认知特征存在差异,不同版本教科书的风格也各有特色,这就决定了不同教学风格的教师必须面对不同的学生和教科书,采取学生最乐意接受的教学方式,方能实现有效教学。

有人可能说,初中地理教学外部环境不理想,如地理非中考科目,学生、学校和老师不重视;高考试题中初中地理内容少,难度低;现行初中地理教科书中课程内容"地球与地图""世界地理""中国地理""乡土地理"四部分,总体上是由远及近,由未知到已知,从整体到局部,从宏观到微观,从抽象到具象,与初中学生知识水平、认知结构不匹配;等等。这些外部教学环境都可能影响课堂教学效果,但同样的外部环境,为什么有的老师教学效果好,学生喜欢学?很显然,教师自身因素在影响教学效果方面起主导作用。换言之,"地理教师当自强","有为才有效"。

(一)专业背景

《初中地理教师结构特征及专业化发展策略——基于安徽省合肥市十所学校调查现状分析》[1],很能说明当时合肥市城区初中地理教师状况。2009年10月、2010年4月,该文作者先后调查了合肥市城区总体属于中上等水平的10所学校(市重点2所,区重点3所,一般学校5所)共50位地理教师,基本状况如下:

(1)学历结构。专科学历21人,占调查教师总量的42%;本科学历29人,占调查教师总量的58%。

(2)专业结构。地理专业16人,占调查教师总量的32%;非地理专业34人,占调查教师总量的68%。

(3)任课情况。18位教师专授地理课,占调查教师总量的36%;32位教师兼授地理课,占调查教师总量的64%;20位老师兼任行政职务(不含班主任),占调

[1] 王传兵. 初中地理教师结构特征及专业化发展策略——基于安徽省合肥市十所学校调查现状分析[J]. 合肥师范学院学报,2010,28(6):113-117.

查教师总量的40%。

基于以上三点,可以得出如下结论:在初中地理教师中,非地理专业老师比重大,用非所学和学非所用现象普遍存在。省会城市城区初中地理教师学历、专业结构是这样,其他地区尤其是乡村地区,地理教师的学历、专业结构可想而知。

尽管几年过去了,当下初中地理教师学历、专业结构估计尚未发生根本性变化。

还可以作如下推测:不少地方,尤其是乡村地区,地理公开课、地理观摩教学、地理教学研讨等教学教研活动不会很多,部分学校地理学科很少组织校本教研活动。很显然,这无益于同行间相互学习,取长补短,共同进步。在此环境下,如果地理教师缺少上进心的话,有可能几十年一个样,原地踏步不前。

缺少专业知识,可能"知其然不知其所以然",要提高教学效果,很有难度。

(二)教育学和心理学知识

仅有学科专业知识是不够的,有效课堂教学必须是学科专业知识、教育学知识、心理学知识和教学技能的有机结合和完美呈现。教育学知识,尤其是教育学原理或者教育学基本理论,探求教育的一般原理和规律,为学科教育学提供理论观点和思想方法,有利于教育者采用教育学一般原理,遵循教育规律,从事学科教育教学工作。教师具备必要的心理学知识,对学科教育教学具有重要意义:一是有利于准确掌握教育对象的认知规律和心理特点,有效密切联系教育过程的起点和终点,达成教学目标;二是能优化教师个体心理结构,增强师生互动的实效性。

目前的现实情况是,师范生在校学习期间都有教育学、心理学课程,但是这些课程教学与专业知识、地理教学论教学彼此结合不理想,甚至是"三不沾,三张皮",师范生并不很清楚教育学、心理学知识与自己今后从教职业的关系,并不把这两门课放在心上。在学校没有得到这三方面有机结合的良好训练,教学活动中难免出现方式方法问题,进而影响教学效果。

补足教育学、心理学知识短板,在学科教学活动中,遵循教育学、心理学规律,发挥教育学、心理学知识在指导学生学习方面的引领作用,学生必将受益多多。

(三)教学理念

我们现在不缺少科学的教学理念,而是缺少贯彻落实。

古时的"不愤不启,不悱不发,举一隅不以三隅反,则不复也"(《论语·述而》)，“知之者不如好之者，好之者不如乐之者”(《论语·雍也》)，“左书右图”，后来的“教学有法，教无定法，贵在得法，重在创新”，现在的“一切为了学生的发展，为了学生发展的一切”，“要处理好‘教好’与‘学好’的关系”，“开宗立意，直奔主题”，要“提升学生学科核心素养”，等等，这些教学理念都非常经典，问题是贯彻落实不够，进而影响教学效果。

(四)对地理课程标准的理解

地理课程标准是地理教师教学重要指南之一，但是在现实中，地理教师不研读地理课程标准或者研读不深的现象比较普遍。

《全日制义务教育地理课程标准(2011年版)》[1]分为“前言”“课程目标”“内容标准”和“实施建议”四部分，这四部分是一个环环相扣、从宏观到微观、从理念引领到实践指导的有机整体。

1. 对“前言”的理解

《全日制义务教育地理课程标准(2011年版)》“前言”包括“课程性质”“课程基本理念”和“课程设计思路”三方面，这三方面的核心内容是我们从事地理教学的行动指南。

“课程性质”在强调“义务教育地理课程是一门兼有自然学科和社会学科性质的基础课程”的同时，围绕义务教育地理课程的“综合性”“地域性”“思想性”“生活性”“实践性”逐点展开说明，涉及主要学习内容，课程多种目的等。

“课程基本理念”主要从宏观层面突出地理“学什么”“怎样学”“怎样教”的问题，包括“学习对生活有用的地理”，“学习对终身发展有用的地理”，“构建开放的地理课程”。

“课程设计思路”基于初中学生认知心理和知识结构，讲清“义务教育地理课程原则上不涉及较深层次的地理成因问题”，继而交代初中地理课程内容配置是“分为四大部分：地球与地图、世界地理、中国地理、乡土地理，其中，‘地球与地图’是学习区域地理的基础”，具体内容呈现上是“地理要素采用单独列出和与区域地理结合两种方式”，乡土地理学习“既可作为独立学习的内容，也可作为综合性学习的载体”。

2. 对“课程目标”的理解

“课程目标”是检验学生学习效果的宏观目标，以“知识与技能”“过程与方

[1] 教育部. 全日制义务教育地理课程标准(2011年)[S]. 北京：北京师范大学出版社，2012.

法”和“情感态度价值观”三维目标统领。

三维目标是一个统一的有机整体，“知识与技能”是基础目标，“过程与方法”是关键目标，“情感态度价值观”是终极目标。

三维目标是一个相互促进、共同达成的目标体系。科学合理的教学“过程与方法”是学生掌握“知识与技能”的“金钥匙”，是培养学生“情感态度价值观”的重要途径。要正确理解和处理好三维目标和每节课学习目标的关系。

三维目标是“以学生为主体”确立的：“知识与技能”是说学生“学什么”或者老师“教什么”给学生，“过程与方法”是说学生“怎样学”或者老师“怎样教”，“情感态度价值观”是学生“学了以后怎样”。也可以说，“知识与技能”学生必须“学会”，是“收获”的对象；“过程与方法”是教师教学生如何“会学”，如何在地理知识的田园里“耕耘”；“情感态度价值观”讲的是“乐学”，是“耕耘”和“收获”的“种子”。

3. 对“内容标准”的理解

“内容标准”主要有“标准”和“活动建议”两部分组成，篇幅很小的“说明”是对“标准”和“活动建议”的补充，或者是对“标准”中某些内容的进一步解释。

“标准”中的行为主体是学生；“标准”是检验学生有没有达到学习目标，而不是评价教师有没有完成教学任务；“标准”是学生学习地理课程必须达到的基本要求，以行为目标方式或者结果性与体验性目标方式陈述。

“活动建议”是为开展教学活动提供的参考性建议，各地可根据办学条件选择实施，也可以由教师自行设计。

“标准”虽然句子很短，但目标要求、行为条件、行为动词、认知内容和认知水平都非常明确，必须深入推敲。如“运用地球仪，说出经线与纬线、经度与纬度的划分”标准，提出了结果性目标要求，句型结构是“行为条件+行为动词+认知内容”，具体地，行为条件是“运用地球仪”（属于应用水平），行为动词是“说出”（属于了解水平），认知内容是“经线与纬线、经度与纬度的划分”。

课程标准中常见行为动词见表1。

表1 课程标准中常见行为动词举例

领域	水平层次	行为动词
知识方面	了解水平	说出、描述、举例、列举、识别、知道、了解、确定
	理解水平	解释、说明、比较、理解、归纳、判断、预测、对比、区别、收集、整理
	应用水平	应用、运用、设计、编辑、撰写、总结、评价

续　表

领域	水平层次	行为动词
技能方面	模仿水平	模拟、重复、再现
	独立操作	绘制、测量、测定、查阅、计算、试验
	迁移水平	联系、灵活运用、举一反三、触类旁通
体验方面	感受水平	感受、体验、体会、尝试、感知、寻找、交流、参观、访问、考察、接触
	认同水平	认同、接受、反对、欣赏、喜欢、讨厌、感兴趣、关心、重视、尊重、爱护、珍惜、拥护、帮助
	内化水平	形成、养成、树立、建立、坚持、增强、领悟、追求

4. 准确理解课程标准中的重要名词

在地理课程标准和日常教学活动中,会出现很多地理通识性名词,如谈到地理素养经常用到的地理知识、地理能力、地理意识、地理情感,日常教学过程中经常用到的地理环境、地理要素、地理事物、地理现象、地理表象、地理事实、地理信息、地理概念、地理过程、地理特征、地理规律、地理成因、地理原理、地理理论、地理思维、地理问题、地理方法等[1]。这些名词是教学活动中经常遇到的,但是不少教师辨析不清,甚至张冠李戴。“以其昏昏,使人昭昭”,这势必影响教学效果,降低课堂教学的有效性。

5. 对课程标准与教科书关系的理解

课程标准是编写教科书的依据,教科书体现了作者对课程标准的理解;教师教学必须回归地理课程标准,“用教科书教”而不是“教教科书”;教师不能唯教科书“马首是瞻”,可以补充教学内容,调整教学内容顺序,更换呈现方式;教师也不能抛弃教科书“信马由缰”,教科书是教师组织教学的蓝本,学生自主学习的依据,联系课程标准的纽带,实现课程标准的桥梁。

(五)对教科书的理解

1. 教科书特点

人民教育出版社出版的现行初中地理教科书(以下案例均据该教科书)具有图多、活动多、阅读材料多、呈现方式生动活泼、可读性强等特点。这一特点符合地理学科特征,符合初中生认知心理;符合学生获取知识的理想途径,充分满足学生探究知识的好奇心;符合“学无当于五官,五官不得不治”(《学记》),有

[1] 黄成林. 地理教学论[M]. 芜湖:安徽师范大学出版社,2004:4-10.

利于多通道记忆。

2. 教科书组成

现行初中地理教科书包括“正文”“活动”和“阅读材料(阅读)”三部分,另外安排有突出学习目标、体现课程标准内容要求、引导教学的“章首语”。

(1)正文。正文包括文字和图像两大系统:文字系统是课文的主体,是课程标准要求学生必须掌握的知识,是全书的骨架;图像系统可以代替文字,补充说明文字,功能多样。

正文在地理教育教学中具有七大功能:传达地理信息的功能,形成地理表象的功能,展示地理过程的功能,强化育人的功能,激发学生学习兴趣的功能,培养学生地理思维能力的功能,对学生进行正确的情感教育的功能。在教学过程中,必须充分发挥正文的七大功能。

在传达地理信息功能方面,文字长于表达抽象概念,图像长于表达空间关系;文字间接、缓慢唤醒自身所表达的意义,图像直接、迅速唤醒自身所表达的意义;直观形象材料比文字材料容易识记。

(2)活动。在现行教科书上,每目都有对应的活动,题首一句话点明活动主题,若干设问依次展开,突出实践能力,重在巩固和加深对知识的理解和掌握。活动具有传播知识、教授方法、提升情感等多种功能。

初中地理教科书中的活动,就活动内容而言,主要有以下类型:

①课堂教学知识类。如“比较北美洲和亚洲的位置和范围差异”[1]。

②课堂复习巩固类。如“认识纬线和纬度”[2],“运用板块构造学说的观点,解释地理现象”[3]。

③培养学生绘图读图能力类。如“绘制与阅读气温年变化曲线图”[4],“绘制和阅读降水量柱状图”[5]。

[1] 人民教育出版社课程教材研究所地理课程教材研究开发中心. 地理(七年级下册)[M]. 北京:人民教育出版社,2012:5.

[2] 人民教育出版社课程教材研究所地理课程教材研究开发中心. 地理(七年级上册)[M]. 北京:人民教育出版社,2012:6.

[3] 人民教育出版社课程教材研究所地理课程教材研究开发中心. 地理(七年级上册)[M]. 北京:人民教育出版社,2012:43.

[4] 人民教育出版社课程教材研究所地理课程教材研究开发中心. 地理(七年级上册)[M]. 北京:人民教育出版社,2012:54.

[5] 人民教育出版社课程教材研究所地理课程教材研究开发中心. 地理(七年级上册)[M]. 北京:人民教育出版社,2012:59.

④地理模型制作与演示类。如“制作简易的地球仪”[1],“演示地球公转,说明地球公转产生的地理现象”[2]。

⑤地理观测观察调查类。如“开展一次用水调查活动,提出节水建议和计划”[3]。

⑥辩论演讲类。如“演讲:保护极地,人人有责”[4]。

⑦情感教育类。如“懂得保护世界文化遗产的意义”[5]。

(3)阅读材料(阅读)。主要在于补充正文,帮助加深理解正文,激发学生的求知欲望。

(六)图形图像教学

现行初中地理教科书图形图像篇幅大。图形图像是教科书的有机组成部分,教学活动中必须注重图形图像学法指导,把握每类图形图像的功能和重点,注重从每类图形图像中提取关键性知识。

1. 地图类:注重空间性

地图能够反映事物的空间位置、形态及分布范围、分布特征、分布规律等。阅读地图三要素(地图上的方向、比例尺、图例和注记)和图名、地理名称、重要地理界线,能够知晓地理事物的地理位置、数量多少、分布范围、分布特征和分布规律,有助于理解地理事物成因、地理事物间的相互关系及其影响,有助于培养学生的空间意识。

2. 图片和景观图类:注重地理事物的突出特征

通过突出特征,反映教科书所表达的主题和地理事物本质。

3. 统计图类:注重定量性和规律性

统计图有曲线图、柱状图、扇状图、饼状图等之分,虽然只是呈现方式的不同,但合理选择统计图呈现方式,有利于数据形象化和具体化。

---

[1] 人民教育出版社课程教材研究所地理课程教材研究开发中心. 地理(七年级上册)[M]. 北京:人民教育出版社,2012:5.

[2] 人民教育出版社课程教材研究所地理课程教材研究开发中心. 地理(七年级上册)[M]. 北京:人民教育出版社,2012:15.

[3] 人民教育出版社课程教材研究所地理课程教材研究开发中心. 地理(八年级上册)[M]. 北京:人民教育出版社,2013:81.

[4] 人民教育出版社课程教材研究所地理课程教材研究开发中心. 地理(七年级下册)[M]. 北京:人民教育出版社,2012:99.

[5] 人民教育出版社课程教材研究所地理课程教材研究开发中心. 地理(七年级上册)[M]. 北京:人民教育出版社,2012:85.

连续的不同时点的统计图,能够反映地理事物发展和分布规律。

4.示意图、剖面图类:注重概念、原理与规律

示意图、剖面图直观、形象、简洁,能够说明地理事物本质属性、演变规律及产生的原因,能够解释“为什么这样”。要善于找出关键点或要素,分析相互关系,理解图件所表达的地理概念、地理原理及地理规律。

(七)活化教学内容

地理事物“远在天边,近在眼前”,身边的地形、河流、天气、城市、街道、乡村、各种经济活动等,都是重要的地理教学素材。对于初中学生来说,毕竟没有“读万卷书,走万里路”,在教学活动中,引入身边的地理,在教师活化教学内容的同时,让学生感觉到“地理无处不在”,有助于学生对教科书的理解,增进地理学习兴趣,切实感受到“地理就在我们身边”,学习地理“对终身发展有用”。

义务教育阶段地理课程标准对学习乡土地理提出了明确要求,并且要求“至少应安排一次野外(校外)考察或社会调查”。尽管有的中学编写了县级地理教科书[1],开设有乡土地理课程,基于多种原因,“本地区(省辖市)地理”开设状况不佳。“麻雀虽小,五脏俱全”,贴近乡土,地理知识具象化,在活动教学中引入乡土地理内容,可以弥补因为目前乡土地理教学短板所带来的学生乡土地理知识之不足。

三、结束语

总之,正确理解有效课堂教学是开展有效课堂教学的前提,丰富而扎实的学科知识是开展有效课堂教学的重要条件,学科知识与教育学、心理学知识有机结合是开展有效课堂教学的重要环节,贯彻落实科学的教学理念、正确理解和把握课程标准、科学分析和把握教科书、搞好图形图像教学、活化教学内容等,是开展有效课堂教学的重要保证。

[1] 何孟春,刁莉宏.利辛地理[M].芜湖:安徽师范大学出版社,2012.

初中地理优质教学案例分析与展望

吴儒敏

（安徽省教育科学研究院）

摘　要：安徽初中地理的学科地位目前有所上升，开课情况、教学水平都有所好转。为了促进更加优质的初中地理教学，结合案例提出八个优质教学策略：研读课标，良好预设；精心导入，激发意向；以学定教，及时反馈；开发资源，多元互动；把握主线，循序渐进；专业解读教科书；合理运用地图；改变作业内容，转变评价方式。

关键词：优质教学；初中地理；教学案例

一、我省初中地理教学的基本形势与突出问题

（一）初中地理教学专业水平不断提高

2011年，我省新增2位初中地理特级教师，有1位地理教师获全国地理优质课评选特等奖，有4位地理教师获全国地理优质课一等奖。

全省初中地理教师队伍整体力量还比较薄弱，相当一部分地区特别是农村地区专业地理教师仍然极度缺乏，如2010年某百万人口大县地理专科毕业及以上的初中地理教师仅14人。

（二）初中地理开课情况根本好转，但一些制度性障碍尚待进一步突破

2010年某市抽样调查显示，城区初一地理每周两课时开课率达到95%，农村地区达到85%。在巢湖、宣城等地先期实验基础上，安庆市桐城、宣城市广德等县（市）已经将地理纳入中考，两年来考试效果和社会反响良好。但是，全省绝大多数地区因为“不考就不重视”，学生初中地理基础极其薄弱，升入高中后地理学习困难，加重了高中学生总体学业负担。

因此，为了彻底改变地理学科被边缘化的境地，省教科院地理学科组将积

极支持各地探索性实施将地理成绩纳入中考录取总分,鼓励各市在组织全市学业水平测试的基础上将考试结果纳入学生综合素质评价。

二、优质课堂教学建议

(一)研读课标,良好预设

《义务教育地理课程标准(2011年版)》提出的课程基本理念是"学习对生活有用的地理""学习对终身发展有用的地理"和"构建开放的地理课程",这融合了学科中心主义、社会中心主义、儿童中心主义三种课程观,表明地理课程应以学科发展为基础,以社会发展为方向,以学生发展为核心。落实到教学层面,首先是备课要坚持课程基本理念至上,大处着眼,小处着手,避免受教科书和教学经验的局限。学校备课管理应该坚持"大统一,小自由"。"大统一"指的是一个年级的同一学科要做到"统一目标、统一进度、统一重点和难点、统一作业和考试"这"四统一"。"小自由"指的是教师根据自己所教班级的实际情况(有不同层次、类型的班),即学情,编写出自己的有针对性的教案。

课程改革以来,课堂教学强调生成,但这不意味可以弱化备课环节,须知有良好的预设才能成就良好的生成。预设的首要工作就是要设计教学目标,这需要依据课程标准、教学内容、学生实际和社会需要等制定。目标制定要突出可测量性、可评价性。目标叙写时首先确定行为主体是学生,二是确定学生行为动词(课程标准中动词),三是确定行为条件(特定时空中影响行为的物质和精神因素),四是程度(由行为的速度、准确性和质量三个方面确定)。例如,"通过土地资源的教学帮助学生树立可持续发展观"这样的目标就是教学目标大而不当,相应正确的目标可以设置为"提供一篇有关土地资源开发文章,学生能列出其中符合可持续发展观的行为,并运用本节有关概念和原理对不当行为给予批判,至少85%的行为能得到正确区分"。这样精心制定的教学目标才会内化于心,课堂教学才会避免随意性。

(二)精心导入,激发意向

一堂课良好的开端是成功的一半,也就是说导入非常重要。这里有个案例非常具有启发意义。陶行知先生一次给大学教授们演讲,他带去了一只鸡,然后放一把米,摁住鸡头让鸡吃,鸡拒绝吃米。然后陶行知放开鸡,过了一会,鸡开始主动吃米。陶行知说教育如同养鸡,不论东西多好,强迫鸡吃,鸡一定会拒绝;只有让鸡自己主动去吃米,让学生自己主动去求学,才是成功的。

(三)以学定教,及时反馈

奥苏贝尔说过,如果我不得不将所有的教育心理学原理还原为一句话的话,我将会说,影响学习的最重要因素是学生已经知道了什么,根据学生的原有知识状况进行教学。教师应在课前、课中、课后及时了解学生的认知状况,通过学生对教学的反馈,不断改进教学方式、调整教学内容。

(四)开发资源,多元互动

课堂教学活动得以顺利开展的基础之一是教师能够拓展创生课程资源。教师在教学中应积极开发课程资源,促进师生之间的多元互动。例如,在讲解经纬线时,可以用一个纵向切开的苹果示例,比较直观地分析纬度(线面角)和经度(面面角);分析等高线时,可以利用自己的拳头表示山顶、山谷、山脊、鞍部的特点;分析某地年降水量的季节变化,可以请12个高矮不同的学生依次排开示意。

(五)把握主线,循序渐进

教师要首先分析吃透教科书,结合教学目标和学生的年龄特点和实际体验,掌握好课时的重难点,把握教学主线。通过创设学生熟悉的情境,与学生良好互动,循序渐进地突破重难点。突出重点要"删繁就简三秋树"(例如七年级地理教科书上册的重点是一根主线、两条原理、三个要素),突破难点则要"咬定青山不放松"(例如七年级地理教科书上册的难点是经纬线、时间变化曲线、空间变化等值线)。

(六)专业解读教科书

"用教科书教,而不是教教科书"的思想得到越来越普遍的认同,并被越来越多的教师用在教学实践中。但与此同时,也出现了一些随意解构教科书的现象。

中学教科书是对某学科现有知识进行综合归纳和系统阐述,较少作未知探索和提出一家之言。教科书要经过国家审定,通过试用、修订,然后推广使用。中小学教科书体现国家意志,强调规范、标准和统一,因此要审慎地用好教科书。

1. 进入文本——"山是山,水是水"

在接触一节教科书内容时,要抛开别人的教案等材料,潜心会文,反复阅读,读懂教科书内容。要能复述教科书,关注细节素材,细察深思,形成自己对课文全面、深刻的认识。

例如，“探究黄河含沙量大的原因”的活动题，教师应注重以下几个方面：①遵循长江、黄河对比的思路；②长江在于治水，黄河在于治沙；③对“黄河含沙量大”要全面认识，不是在所有时段所有河段含沙量都大；④要重视气温变化对水沙运动的影响；⑤要注重地理环境整体性原理的应用等。

2. 跳出文本——“山不是山，水不是水”

在深入理解教科书后，还要从中跳出来，防止“只见树木，不见森林”，要在更为广阔的认知背景上去审视眼前独立的教科书，要能衔接整个单元、整册教科书、整个学段的知识和技能。

例如，教师引导学生分析中国人口密度图时，可以拓展以下几个内容：①人口分布是人地关系的体现；②人口分界线和季风区与非季风区的界线、三级阶梯分界线、汉族、少数民族聚居区分界线的关系；③人口分布与工业、城市、交通网分布一致性的对比等。

3. 回到文本——“山还是山，水还是水”

教师有了自身对文本的独特感受，有了对文本相关材料的积淀，再回到刚开始接触的教科书，理解教科书每一个细节的设计，体会编者的意图和考量，明白其所体现的学科思想及与课标的对应关系。

例如，教科书中一则“山川与行政区划”的阅读内容，教师可以引导学生思考人地关系、整体性与差异性、行政区划的局限等内容。

（七）合理运用地图

有人说过，地理教育是认识世界的基础，而学会如何运用地图则无疑是这个基础的关键所在。地图是地理学的灵魂，地图也是课本中出现最多、最常用的知识载体，如地形图、政区图、山川与气候等自然地理要素分布图，资源、能源、人口、城市等人文地理要素分布图等，在数量上约占课本图形图像的三分之一左右。用好地图是地理教学的重要环节。

（八）改变作业内容，转变评价方式

在传统书面作业的基础上，多增添一些非书面作业，不断拓宽学生的视野，提高动手能力和独立思考能力，循序渐进地提高学生的创造性意识。

初中地理教学策略探讨

周葆华
（安庆师范学院）

摘　要：当前初中地理教学面临“边缘化”的窘境。笔者从激发学生学习兴趣、培养地理素养和改变学习方式三个方面，结合具体案例探讨了初中地理有效教学的对策。

关键词：学习兴趣；地理素养；学习方式

地理教育对于培养现代公民的素质来说非常重要。在美国，中学教育有五大个性课程，其中一门重要的课程就是地理教育。我国将中学课程分为九大门类，在个别地方，地理是一个被“边缘化”的学科，初中地理教育面临考试不考、校长不重视、学生不热爱、家长不重视、老师把关难等难题。

面对资源紧缺、人口众多的基本国情，我国必须走保护环境、可持续发展的道路，而人地协调、可持续发展等理论是地理课程内容中的重中之重。学好地理课，对于培养学生的世界观、人生观，对于培养合格的公民都是非常重要的。另外，地理教育可以丰富学生的思维，开拓学生的眼界，提高其他课程的学习效果和学习效率，在塑造学生健全人格方面起到非常重要的作用。因此，加强中学地理教育，对如何走好可持续发展道路，用地理的观点来武装人的思想、指导人的工作是十分必要的。

一、激发学习兴趣

激发学生学习兴趣是初中地理教学的起点。衡量一个好老师的标准，不仅看其教给了学生多少知识，更重要的是看其是否激发了学生学习的主动性和积极性。

激发学习兴趣可从以下两个方面着手。

(一)培养学生重视地理学习

1. 激发学生学习地理的兴趣

一个成功的地理教师应该十分重视学生学习兴趣的激发,会根据教学内容和学生心理,灵活选用讲故事、做游戏、猜谜语、举实例、展邮票、编歌谣、搞竞赛、析案例、搞辩论等各种形式,有意识地拨动学生的心弦。设计好每一节课的引言,适当制造悬念,引发学生的好奇心,是一堂地理课成功的一半。

例如,在讲"地图"内容时,老师可以在黑板的右下角展示一张图片,在课堂导入时可以这样说:"这是公元前一千五百年生活在太平洋群岛上的波利尼西亚人利用木棍和贝壳制成的一件物品,请大家猜猜这是一件什么物品?纵横交织的棍棒可能表示什么呢?古人为什么要制作这样的物品呢?"通过启发引导学生互相讨论,答案可能是"捕鱼用的""做饭用的""晾衣服用的""航海用的"等。当学生回答的内容非常切题的时候,教师要适时总结,进一步启发学生:"你为什么觉得这是航海用的呢?""你觉得纵横交织的棍棒可能表示什么呢?"教师根据学生的回答情况,点出纵横交织的棍棒代表经纬网,并进一步总结和引入课堂教学:"同学们分析得很有道理,这的确是公元前一千五百年勤劳智慧的波利尼西亚人制作的航海图,用海贝代表岛屿的位置,用木棍代表经纬网与航行的方向,确保在茫茫的大海中不会迷失。发展到今天,地图越来越精细,越来越丰富。那么地图到底由哪些要素构成的,我们又如何在地图上量算距离、辨别方向呢?今天让我们一起学习地图的知识。"

这种开场用"猜猜看"来吸引学生的眼球。这是什么?它有什么用途?学生在好奇心的驱使之下,开动脑筋,发散思维,答案层出不穷、千奇百怪,每一个猜测被否定又激起学生新的好奇心,每一个学生都想弄明白,当一步一步接近谜底时,产生强烈的成就感,从而培养了学生的兴趣,专注的时间也会延长,学生思维积极,发言踊跃。

2. 感受地理之美与情感态度价值观的培养

情感态度价值观的培养是中学地理三维教学目标之一,地理教学可以针对学生的心理特点,将地理之美与情感态度价值观的培养有效结合起来。初中生的审美心理趋于活跃,他们有强烈的审美需求与追求,有高尚的审美意志和审美理想,希望从大自然、艺术品和社会生活中获得美的体验和享受。地理是集自然美、社会美、艺术美为一体的课程,地理教学可以满足学生浏览自然风光、欣赏各具特色的地域文化、领略多姿多彩的民族风情的愿望,同时培养学生高雅时尚的审美情趣。比如说山海原野之美,唤起学生对自然的热爱;祖国河山之美,丰富的自然资源、名胜古迹,灿烂的民族文化,激发学生对祖国和人民的热爱之情。

现在教学手段越来越多样化,我们可以充分利用多媒体课件,引领学生观赏俄罗斯的白桦林、芭蕾舞和红场,印度的音乐与舞蹈,日本的富士山、火山和温泉,欧洲西部的自然风光、民族风情等,让学生在地理课堂上尽情领略自然美、艺术美,激发学生对大自然的热爱,对艺术的向往和追求,这样可以培养学生学习地理的兴趣。

教师在准备授课内容时,可以从网络上搜索一些与课程内容相关的图片、视频等教学素材。有一位伟人曾说过,要把感性的人变成理性的人,唯一的途径就是使其先成为审美的人。地理审美能赋予我们学习地理的热情,更重要的是地理审美能陶冶我们的情操,运用地理美去创造和谐而美丽的世界。正是基于这种美的享受、美的获取、美的提升,使学生在课堂中积极地保持浓厚的学习兴趣和高昂的学习热情,时而惊喜,时而陶醉,时而感叹,就因为始终被课堂教学所吸引,这样专注学习的持续期就会被延长,对教师的认同感就会加大,兴趣就会被激发,他们能更积极地参与课堂的活动,因为他们觉得地理课非常有意义。

3. 教学生学习对生活和将来有用的地理

《地理国际教育宪章》中指出:地理在各个不同级别的教育中都可以成为有活力、有作用、有兴趣的科目,并有助于终身欣赏和认识这个世界。初中阶段是义务教育阶段,地理课程不仅仅是向学生传授系统完整的地理学知识,而应该是通过一些与学生生活联系非常密切的地理知识来传达地理思想,培养学生学习地理的兴趣和初步的地理能力。因此,我们的教学要体现素质教育的要求,要有利于学生获得对生活有用、对终身发展有用的地理知识。同时,初中阶段又是学科教育大众化的阶段,课程内容明显增多,学生学习压力空前提高,思维、学习方法和技巧训练等迫切需要加强。地理科学研究的区域性和综合性能有效训练学生的抽象思维、形象思维、综合思维,培养对比、分析、推理、判断等逻辑思维能力,从而有助于缓解初中学生学习的紧张情绪,提高学习效率,增强学习自信心。

随着初中生知识经验的积累和生活空间的扩大,他对社会的情感比小学生更丰富、更深刻,尤其是道德感、义务感、责任感、使命感、危机感等都明显增强。他们渴望社会和他人的理解和尊重，同时也愿意承担相应的社会责任。促进人类社会可持续发展是全球的目标，也是初中生义不容辞的职责。地理课堂可以培养学生的爱国主义情感和全球意识，树立科学的人口观、资源观、环境观、人地观、可持续发展观和地理价值观，使学生在社会、经济、生态、人文精神等方面初步具备中国和全球可持续发展的基本素质，从而适应新时代发展的需要。因此，在地理课堂教学时，充分认识地理学在学校教育、社会生活的各个方面，特别是在经济建设和改革开放中的作用，是地理教师工作的基本出发点，也是地理教师对地理课程应该抱有的认识。地理教师要努力使学生在学习地理课程中感受到学有所得、学有所用，喜欢地理课，爱上地理课。

例如，关于环境灾害教学，引入如下案例：2009年12月26日，一场震惊世界的大海啸发生在印度尼西亚的苏门答腊岛的西海岸，夺走了20多万人的生命。让同学们用所学的地理知识来解释这一现象，同学们都能用板块运动的理论加以解释。接下来，教师可以举办专题，引导同学们跟踪查找有关地震、海啸的记载、报道，在专题课上让同学们展示资料、讨论问题、交流感受。在专题课上同学们展示资料的过程中，有一位同学的资料特别受欢迎，这则报道说：“该学生听地理老师讲过，如果看到海水突然大规模地退去，就会发生海啸。该学生看到这一现象后就告诉周围的人，并要求他们离开海岸，结果他们都获救了。”2009年的这场大海啸是有预兆的，首先是海水突然大规模地自海边向中间退去，如果看到这种现象就知道有海啸发生的话，可以避免很多伤亡。当时被海啸卷走的大多是来岛度假的游客，他们并没有这方面的地理知识，看到这一现象可能觉得很有趣，反而站在那关注它。当海啸真正来临时，游客来不及离开，造成严重后果。如果有这方面的地理常识的话，看到海水大规模后退后可以及时躲避，即使要欣赏惊涛骇浪也会找制高点，就不会夺去如此多人的生命。

其实，学习对生活有用的地理的途径是多种多样的，关键是老师在教学过程中如何渗透和学生走出校门、走向社会、走向科学，亲身体验。通过学习对生活有用的地理，培养学生的探索精神、求知热情，增强他们的社会责任感和使命感，为学生未来面临实际问题打下坚实的基础。

4. 用人格魅力“征服”学生

学生一般是首先喜欢老师这个人，接着才喜欢老师所教的课程。在“你所爱的教师”问卷调查中，初中学生特别赞赏的教师素养集中在：①和蔼可亲，关心学生，不总是批评学生；②上课生动有趣，条理清晰，能学到很多东西；③知识面宽,能教给学生很多书本以外的知识;④公平对待学生。此类调查有利于老师根据学生的喜好标准将自己的思想、行为、教学和学生的兴趣联系起来,提升自己的受欢迎度。

总而言之,学生都希望老师有渊博的知识,并且能够把这些知识与学生的生活密切相关起来,提升教学的生动性和教师个人的人格魅力,从而激发学生学习地理的兴趣。

(二)设计好每堂地理课的开头和结尾

开头很重要,良好的开头是成功的一半。地理教师要吸引学生的地理兴趣,就必须课前精心设计每堂课的开头和结尾。从系统论的观点看,教学过程的结构也是一个系统,处理得当会使教学过程事半功倍,新课导入应该是美丽的开始,课堂结尾应该是精彩的结束。

1. 新课导入要素

综合分析各种要素,导入的构成要素包括引起注意、激启动机、构建教学目标、明确学习任务以及建立联系四个方面(图1)。新课导入的设计,需要处理好教科书、教师和学生三者之间的关系。

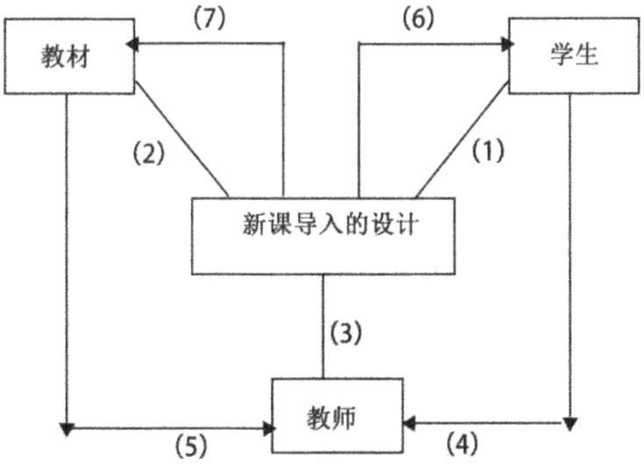

图1 新课导图构成要素关系示意

在图1中:(1)表示学生的智力情况,包括心理特征和认识水平,这是导入设计的重要依据;(2)表示教科书编排的特点和编者的意图,在导入设计前要充分分析和领会;(3)表示教师自身的素质,这是导入设计的重要方面;(4)和(5)表示教师要在综合学生和教科书各自特点的基础上进行新课的导入设计;(6)和(7)表示教师所设计的新课导入既能启迪学生引起他们的注意、激发他们的兴趣,又与教科书内容密切联系。教师不能为了激发学生的兴趣而远离教科书。教学是教师和学生的双边互动,教学要以教科书为本,以教师为主导,以学生为主体，在新课导入设计中要充分考虑三者之间的关系以及和新课导入的关系。

2. 新课导入要求

良好的开头须同时具备四个特征：趣味性、针对性、吸引性和直观性。

(1)趣味性。苏霍姆林斯基认为，教育学的统一性的起点在于激发学生的兴趣和愿望。激发兴趣就是要使学生在一种强大的内在动力的作用下，在情绪高涨的氛围下，把学习看作是一种精神享受，从而能自觉地尽情学习。

(2)针对性。揭示教学内容，完成课堂教学目标，做到有的放矢。

(3)吸引性。导入新课的材料要新颖，老生常谈的材料固然有用，但新颖的富有时代气息的材料更能够引起学生的兴趣。

(4)直观性。将不理解的地理知识、地理事物用模型或示意性的教具等表现出来，如地图、图片、模型教具等。

3. 课堂导入方法类型

(1)以教师的引导为方向，通过师生间的配合来完成教学目标。

①温故知新，承上启下。教学任务要循序渐进，这样能够降低教学的难度，有利于知识间的衔接。以黄河为例。老师问“长江为什么是我国的第一大河”，学生可能会回答出长江的长度、流域面积、人口、入海的年径流量并据此判断。老师问“黄河的情况是什么样的呢?”学生几乎异口同声地回答说“黄河是我国第二大河”。老师可以抓住机会解释，调动学生的积极性，使其集中注意力，提出自己的观点，复制知识，让学生明白黄河不是第二大河而是第二长河，河流的大小有的是以长度划分的，有的是以流量划分的，划分的方式不同，河流的排序也不同。

②设置问题，启迪思考。提出疑问很重要，通过设问的导入方式能促使学生主动思考和学习。以地图的三要素为例，老师可以这样说：同学们在看天气预报时能根据预报图上的气旋分析预测风的走向吗？你想外出而不迷路吗？这些都与地图的要素有关。今天我们学习地图的第三个要素——方向，让我们一起去寻找问题的答案。

③巧用素材，激发兴趣。地理教学所用的素材是多种多样的，如故事、诗词、谚语、谜语、音乐、漫画等。例如，漫画导入法——用《苦难的母亲》漫画讲含义，引出世界人口问题；诗词导入法——用《敕勒歌》引入对西北地区的介绍；谜语导入法——在讲中国的疆域时，采用谜语“蓝色星球浮天空，一只雄鸡在其

中,南北两边它在北,东西二分它居东,头指世界最大洋,尾靠全球最大陆”导入;音乐导入法——在讲四季变化时可播放春夏秋冬的不同音乐,让学生根据听觉判断四季,认识四季的不同,这样还可以进行美学教育;谚语导入法——用“早穿棉袄午穿纱,围着火炉吃西瓜”,引入西北内陆地区温带大陆性气候的学习;故事导入法——用“沧海变桑田”的故事导入海陆变迁教学。

(2)联系生活,调动经验。

教师要重视生活情境的创设,加强学生生活体验与文本生活的融合,把学生的认知系统迅速唤醒,从而提高积极性和学习效率。

(3)以学生为中心,用他们的言谈、表演作为导入的手段。

①演讲式导入。新课程理念要求老师能够让学生发挥他们的主观能动性,对此我们可以把学生的自由式的谈话、演讲、表演等行为作为课堂教学的导入,尽可能满足学生的表演欲和成就感,同时使课堂气氛轻松活跃,为后续教学奠定良好的基础。这样的方法就是演讲式的教学方法。比如教师可以在上课时让学生演讲两三分钟,演讲的内容可以联系学生喜好和相关教科书,围绕学生演讲的话题设问,围绕本课知识点展开,这样可以自然地引入本课的知识点。对于平时不爱讲话的学生可以根据其兴趣特点做一个示例,告诉他从哪些角度讲述,演讲的时间不要太长,不爱参与的同学就可以被调动起来,学生感受到老师的关心就可能会激发他们的学习兴趣,愿意配合老师去上完这堂课。

②游戏式导入。如用经纬网定位,对在座学生分组,抽取一人到讲台上说出任意位置,每个学生都有自己的一个位置,与经纬线进行对比,找出相同和不同之处。联系导入的过程,请同学们在地球仪上找到任意事物的地理位置,说出它的经纬度。

③表演式导入。在学习“地球的运动”一节时,可以让学生观察地球的自转和公转,找两名学生分别扮演地球和太阳表演自转和公转,找出转动的方向、中心和周期以及产生的现象,就要比单纯讲知识点更为有趣。又如讲到水资源,可以让学生分别扮演农民、钢铁厂的厂长和家庭主妇,从不同角度思考,为节水尽职尽责。

④竞赛辩论式导入。学生以竞赛的方式说出自己知道的国家的名字导入新课,讲到大洲和大洋时,找人分别扮演原告海洋、被告陆地,还有法官,让他们自己收集资料,为自己辩护。这样学生就会在课下收集资料,形成他们对地理事物的认识。

(4)充分利用教学媒体和图片进行导入。

如讲授新疆维吾尔自治区时,可以播放视频《新疆好》,让学生在歌声中轻松领略当地的自然风光和民族特色。视频播放结束,老师提问:“同学们,乘着歌声的翅膀我们来到了新疆,新疆怎么样?”同学们会回答“新疆很美”。老师说,“新疆的美目不暇接,让我们一起走进新疆探索新疆的奥妙吧!”这就充分调动了学生的视觉、听觉,使学生身临其境,迅速拉近了与这个遥远的省级行政区之间的距离,引发了学生学习的兴趣。

4. 课堂结尾的要求和方法

课堂结尾是本节课和下节课的“桥梁”,起到承上启下的作用,要有利于集中学生的注意力。草草课堂结尾,课堂“虎头蛇尾”,久而久之,会使学生产生厌倦情绪。课堂结尾的具体要求包括目标明确、言简意赅,灵活多样、不拘一格,总结全篇、深化主题,巧设悬念、引发思考,扣住题意、妙笔生辉。

针对不同的课堂教学类型,根据不同的教学内容和要求,考虑教学对象的知识结构、智力水平、年龄特点和心理特征,精心设计出与之适应的不同方式的结尾方法,可收到事半功倍的效果。

(1)总结归纳法。例如,学习亚洲的“自然环境”一节,老师通过提问的方式问亚洲大陆的自然地理环境有哪些特征,引导学生说出具体情况。学生说的可能有某方面的不足,老师可以修正和适当引导。如果学生掌握了这样一种概括的方法和思路,就能够举一反三。

(2)比较异同法。讲述经线和纬线的特征时,通过比较归纳得出异同。经线和纬线的异同主要体现在形状、长度、指示方向、度数范围、度数分布规律等方面。根据这些特殊性划分半球以及这些特征的比较,同学们很容易掌握经纬度知识。

(3)首尾呼应法。例如,讲述海陆变迁时,课堂导入时设置问题:喜马拉雅山发现了许多海螺化石,为什么会出现海螺化石?围绕此问题展开课堂教学,到课堂结束时,再找学生回答这个问题。这样,学生就会有豁然开朗之感,学生容易接受喜马拉雅山所在地曾经是一片汪洋大海,它是由亚欧板块与印度洋板块碰撞隆起产生的。

(4)承上启下法。如学生通过学习土地资源类型、分布、特点、利用与保护以及土地资源是一种可再生资源,可以为学习水资源做好铺垫。水资源也是一种可再生资源,水资源又有那些知识需要掌握呢?课后围绕思考题预习一下,这样就很自然地在学习土地资源知识的同时,有启发性地引入下堂课的教学内容。

(5)立疑激趣法。讲完“地球的自转”后,假设地球不自转只公转会出现什么情况?设置这种悬念,“收”中欲“展”,可以引起学生的兴趣,有利于发挥学生的主动性,同时也很自然地引入了下节“地球的公转”。学生在解决问题时查阅资料,思考结课时留下来的问题,也是学生学习的过程。

二、培养地理素养

培养学生的地理素养是初中地理教学的目标之一。基本的地理素养包括掌握地理知识,提高地理能力和建立地理知识体系。知识是能力的基础,知识是需要记忆的。怎样提高学生记忆地理知识效率,这是有技巧的。记忆可以分为机械记忆和意义记忆。老师应该根据记忆规律来引导学生识记地理知识,而不鼓励学生死记硬背。

(一)知晓记忆方法

1. 韵辙上口记忆法

把地理知识编成韵辙上口的顺口溜来加深记忆。例如,在学习昼夜交替和四季变化时,可以归纳为:地球自转,昼夜更替;绕日公转,四季出现;自转一日,公转一年;自西向东,方向不变。

2. 肢体语言记忆法

例如,学习“地球的运动”一节,辅导学生做“三球运动”演示,三个学生分别充当太阳、地球、月球做旋转运动,其他同学观察、分析各球的运动轨迹与有关现象。在这个模仿中,“地球”要记住自己绕太阳转一圈用了365日5小时48分46秒,自己自转一圈需要用时23小时56分4秒;“月球”要记住自己绕地球一圈用时29天半。这样,较为抽象的概念和枯燥的数字就会被清楚地记下来。

3. 形象记忆法

学习行政区划时,广东省的轮廓形似象鼻,象鼻指向南海,称之为“指向南海的象鼻”。

4. 图文并茂记忆法

利用填图册练习记忆,通过在中国地形空白图上填写中国的山脉,帮助加强记忆。

5. 网络结构记忆法

青藏高原的地理特征可以用下面的结构图(图2)记忆。

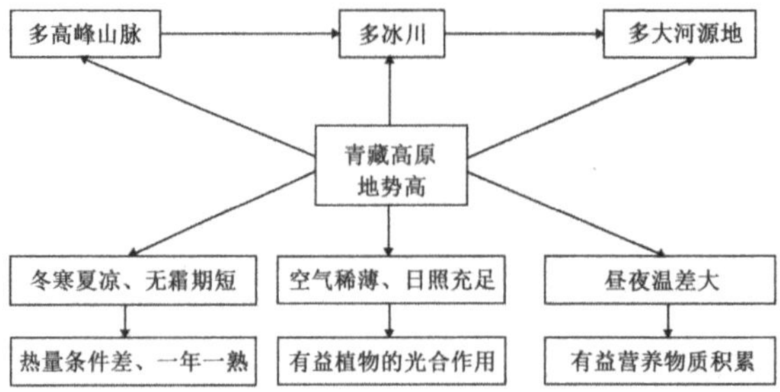

图2　青藏高原的地理特征

(二)培养学生读图能力

地理教科书上的图主要有行政区划图、景观图、统计图、结构图等。读图能力主要包括以下几个方面。

1. 看图

看图一般按着图题—图例注记—地图信息顺序看,这是分析、绘图、用图能力的基础。例如,读等温线图,可根据平行的等温线的变化判断所在半球是北半球还是南半球,根据该地区等温线的疏密判断该地区的温差,根据等温线的弯曲判断气温的高低、影响等温线弯曲的因素等。

2. 析图

所谓析图就是对图展开积极的活动思维、逻辑思维、形象思维,从而准确理解图的内涵及目的。若看图是为了解决"有什么""怎么样"的问题的话,那么析图就是为了解决"为什么"的问题。析图要注意前后知识的结构和相互联系,要运用辩证的思维方法,指导学生学会统计图、示意图、气象图、流程图、地理漫画等不同类型图形图像的分析方法。

3. 绘图

比如,画某地区年降水量分布简图,教师可以给同学提示,纵坐标表示降水量的多少,横坐标表示月份,教师给出数字,学生画出降水量图。另外,可以用颜色的深浅表示海拔的高低,通过绘图可以让同学们清楚中国地势哪些地方高,哪些地方低。

4. 用图

用图是地图能力的最高水平,学会用图之前还要学会记图。事实证明,利用图像记忆印象比较深刻,利于形成空间观念,在考试或者回忆时就会出现一幅生动形象的图像,这种现象可以称为地理图像的复现。记图包括默读、默绘和记忆。

（三）帮助学生构建知识体系

长期以来，我国基础教育学科重视知识体系的构建，强调对基础知识的掌握、基本能力的培养。在长期的中学教学中，教师构建知识体系常出现如下问题：多媒体课件成了独角戏，案例教学眼花缭乱，双基教学取代一切。因此，新课程改革应该继承传统教育的长处，在继承中创新，以学科知识体系的构建为载体，在学习知识的过程中掌握学习方法，并进行情感态度价值观的教育，真正体现地理课程的三维目标：知识与技能、过程与目标、情感态度与价值观。地理知识体系主要包括在教科书和多媒体资源整合中构建知识体系，在案例教学中构建知识体系，帮助学生处理好知识间的承转关系，在师生活动中帮助学生完成知识构建。教师构建知识体系是否有效，一看教师有没有通过教学目标进行预设，二看教师有没有帮助学生生成，这是衡量课堂教学效果的两个关键。

1. 在地理教科书与多媒体资源整合中构建

建立教科书多媒体资源库，借鉴教科书配套资源和多媒体网络资料，可以大大提高课堂教学质量。

2. 在案例教学中构建

案例教学法从真正意义上实现了以学生为主体，以培养学生的自主学习能力、实践能力和创新能力为基本价值取向，将地理课的理论性和实践性有机结合起来。

3. 帮助学生知识系统化

通过课程内容的重组、总结规律等方法，帮助学生建立系统化的知识体系，将所学知识有效链接，融会贯通。

4. 在师生互动过程中帮助学生完成构建

在课堂教学中，教师要积极构建有效的师生互动模式，让学生真正成为课堂的主人，对课堂知识产生浓厚的兴趣，学生在师生的互动过程中，有效完成知识构建。

三、改变学习方式

（一）“唤醒”学生而不是“灌输”知识

语文教学名师钱梦龙说，所谓“唤醒”，就是在教学中想方设法激发学生读书、思考、求知的欲望。教育的核心目标是人格心灵的唤醒。教育的最终目的不是传授已有的知识,而是要把人的创造力诱导出来,将生命感、价值感唤醒。教师不再是知识的传授者,而是要“唤醒”学生,包括唤醒学生的学习意识、参与意识、探究意识、创新意识、思辨意识等。

(二)有效组织合作学习

合作学习是目前世界上许多国家普遍采用的一种富有创意和实效的教学理论和策略体系。由于它在改善课堂学习气氛,大面积提高学生的学业成绩,促进学生形成良好的非认知心理品质等方面实效显著,被人们誉为“近十几年来最重要和最成功的教学改革”。

合作学习是以现代社会心理学、教学社会学、认知心理学、现代教育教学技术学等为理论基础,以开发和利用课堂中人的关系为基点,以目标设计为先导,以全员互动合作为基本动力,以班级授课为先导条件,以小组活动为基本教学形式,以团体成绩为评价标准,以全面提高学生的学业成绩和改善班级内的社会心理气氛、形成学生良好的心理品质和社会技能为根本目标,以短时、高效、愉快为基本品质的一系列教学活动的统一。有效的合作学习要求:①合理分组;②组内职责分工;③合适的学习内容;④评价合适且全面。

例如,学习“如何拯救海洋”,参照香港中学地理课程标准设计如下步骤和过程(30~50分钟):

(1)分成六个小组:①联合国官员5人;②政府官员6人;③渔民30人;④旅游人士20人;⑤石油公司总裁2人;⑥市民包括你自己15人。

(2)六个小组对应的目的:①鼓励国际合作以保护海洋;②保护本国海洋环境;③将来有良好的收入;④有美丽的海滩作水上运动;⑤在环境保护与公司利益间取得平衡;⑥协助保护海洋。

(3)讨论议题:①你的利益如何保护;②其他人对你有什么影响;③你对其他人有什么要求;④你保护海洋环境的主要措施是什么;⑤需要什么人来配合;⑥哪几个政府部门负责保护海洋环境;⑦该部门做了什么;⑧怎样确保该做的事情已经做了。

(4)小组代表发言,总结本小组的看法。

(5)教师讲评。

(三)有效组织探究学习

1. 探究学习的特点

探究学习是在学生主动参与的前提下,根据自己的猜想或假设,在科学理论指导下,运用科学的方法对问题进行研究,在研究过程中获得创新实践能力和思维发展,自主构建知识体系的一种学习方式。

探究学习具有以下几个特点:①学生通过探究活动获得新知识并培养能力;②探究学习注重从学生的已有经验出发;③重视证据在探究中的运用;④重视合作学习在探究学习中的作用;⑤探究学习具有开放的学习内容和学习过程;⑥探究学习具有创造性的学习过程。

2. 探究学习的基本步骤

(1)明确探究问题。课题的内容来自三大领域:人与自然,人与社会,人与自我。课题可以由学生独立提出,也可以是在教师的指导下学生共同讨论后提出。

(2)明确探究方向。教师通过问卷调查、实地考察等方法,引导学生确定主题,找出探究方向。

(3)组织探究。一般情况下以小组为单位,各自履行自己的职责。例如,通过网络了解相关问题的研究现状,可以到图书馆查找资料、参观访问、实地考察、实验验证,可以采访有关专业人士。

(4)整理资料。通过具体的探究过程,学生要整理分析搜集的资料,验证自己的假设,并综合资料提出自己的观点或结论。

(5)得出结论。这是一个总结提升的过程,如果遇到新的问题可以结合问题再次进行相关研究,以便得出更符合客观事实的结论。

3. 创设探究学习情境的方法

(1)用“生活中的地理”引发探究学习的热情。例如,可设置暑期旅游这样一个问题情境,让学生设计一个暑期旅游计划,要求在规定的时日内游览多个旅游景区,以节省经费和路途时间为前提选择交通工具,且根据各景区的气候特征准备衣物和必备品。

(2)设置认知冲突情境引发探究欲望。例如,设置这样的问题:家住上海的小华得知到日本东京访问的爸爸今天就要回到上海了,他了解到飞机从东京起飞的时间为早上8点,按照飞机飞行2小时15分钟计算,到达上海的时间为10时15分钟,他准备到机场迎接爸爸,可是还没有动身呢,爸爸就到家了,这是怎么一回事呢?

(3)利用案例教学培养学生的探究能力。地理教科书中有大量的案例,通过这种具体的地理教学情境,引导学生对其进行讨论和归纳,基本的思维过程是发现问题—处理问题—解决问题。

(4)利用教科书中的活动板块设计探究学习的情境。新课程标准把“探究活动”板块作为亮点和学科学习能力的核心,在教学中围绕教学目标,创设贴近学生生活实际的问题情境,并针对学生思维的疑点、难点设计问题,引导学生主动探究,构建自己的知识结构、能力体系、价值体验,提出问题,解决问题。

(5)利用乡土地理教学营造探究学习的氛围。教师巧妙利用乡土地理资料,有利于学生理解基础知识,能充分激发学生学习的积极性和主动性,从而营造探究学习的氛围,提高教学效果。

初中地理课程教学资源的开发与利用

张松婷

（阜阳师范学院）

摘　要:随着我国基础教育课程改革力度的不断加大,课程资源的重要性日益显现出来。地理课程资源的开发与利用制约着地理课程改革的深度和效度。探索有效的地理课程资源开发与利用的策略与方法,可以进一步促进地理课程改革。

关键词:初中地理;课程资源;课程资源开发;课程资源利用

课程资源也称教学资源,就是课程与教学信息的来源,或者指一切对课程和教学有用的物质和人力。凡是有利于实现地理课程目标的因素都可以列入地理课程资源的范畴。开发课程资源,不仅为学校和教师实施新课程创造条件,为教师提供各种教学素材、案例、条件和手段,丰富教学模式,并且有利于开发校本课程,更重要的是,课程资源的开发和利用,对于转变课程功能和创新学习方式具有重要意义。一方面,可以超越"唯教科书是举"的狭隘的教学内容,让师生的生活和经验进入教学过程,使学生懂得关注自然,关注社会,体现教育的社会价值;另一方面,能够充分体现"以学生发展为本"的思想,改变学生在教学中的地位,使其从被动的知识接受者转变成为知识的共同构建者,从而激发学生的学习积极性和主动性,同时还可以开阔教师的教育视野,转变教师的教育观念,从而更好地激发教师的创造性智慧。

一、课程资源的有关概念

1. 课程资源的概念与分类

(1)课程资源的概念。课程资源是指形成课程的要素来源以及实施课程的必要而直接的条件。

广义的课程资源是指有利于实现课程目标的各种因素来源。狭义的课程资源是指形成课程与教学的直接因素来源。

近年课程资源呈现的主要转化形式包括:将学习内容转化为学习者的经验,将教学目标、计划转化为教学过程本身的价值,将单一教科书转化为教科书、学生、教育环境等,由显性资源转化为显性与隐性并重,由单纯学校课程转化为学校课程与校外课程并重。

(2)课程资源的类型。①根据来源,可分为校内(如设施、场所,校纪、校规,活动等)和校外(如家庭、社区及社会,自然资源和网络等)两部分。②根据性质,可分为自然课程资源(自然环境和要素类)和社会课程资源(如外交,军事,风俗习惯等)。③根据呈现方式,可分为文字、实物、活动课程资源。④根据存在方式,可分为显形和隐形课程资源(如校风,师生关系等)。⑤根据功能,可分为素材性课程资源和条件性课程资源:素材性课程资源包括外在物化载体(如承载课程知识、技能和其他信息的课程标准、教科书、参考书、练习册、试卷等文本以及相应的音像资料等)和内在生命化载体(如师生在教学交往中形成的经验、感受、理解、创意、问题、困惑、方式、方法、情感、态度、价值观等);条件性课程资源包括设施设备(如图书室、活动场地、实践基地、教学设备、教学用具等)和作息时间(如上课时间、运动时间、自习时间、娱乐休闲时间等)等。

2. 地理课程资源的种类

根据初中地理课程的特点,地理课程资源主要包括校内和校外两个方面:校内课程资源包括教科书、图书资料、挂图、模型、标本、罗盘、音像资料以及校内人力资源和学校风气;校外课程资源包括科技馆、天文台、水文站等科普场所,社区的地形地貌、植被、气候等自然环境和条件,报纸、网络等媒体资源以及社区其他资源。

二、问题提出的缘由

开发和利用课程资源是初中课堂教学的必然和硬性要求,主要有以下几点原因:

(1)课程本身的要求。现代课程不是从现代生产线上下来的已完成的静态工业产品,而是一个不断发展与构建的过程。课程内容的不断丰富、价值与意义的不断创生、内容的不断生成与构建等,都需要开发与利用课程资源。

(2)课程改革的要求。新课改要求教师由原来单一的“课程传递者”向“课程缔造者”转变,教师角色的转变要求教师必须成为课程资源开发的主体。

(3)教科书的要求。无论教科书如何更新,总不能完全跟上时代的发展,只有教师不断发挥教育智慧,对教科书不断拓展、补充和创新,才能使教科书充满生机和活力,才能更好地使其适应学科的发展。

(4)学生发展的要求。不同环境、地域的学生特点各不相同,其发展性资源的特点也各不相同,课程资源的开发可以满足学生发展的地域性、民族性、本土性和差异性要求,从而促进学生的发展。

(5)走出教育困境的要求。教育中的困境是教师“用昨天的知识教今天的学生过明天的生活”。要走出这一困境,教师必须使课程资源不断地“动态生成”。

(6)选拔性考试的要求。

三、初中地理教科书分析

分析初中地理教科书,我们不难发现其课程内容以区域地理为主,充分体现地理学是以“人地关系”为研究重点的综合性学科。教科书增加了课程弹性,重视在教科书中体现学习过程,让学生在自己的思考中接受和理解知识,并把学习活动延伸到课外或校外。教科书内容和要求具有层次性和可选择性,可以满足学生不同的学习需要。初中地理教科书,编排上图文并茂、形式多样,符合初中学生的年龄特点和心理认知规律,重视创新精神的培养。

要反对传统教学常见的一种偏向,即把课程内容和教学局限于教科书和书本知识,不重视、不懂得、也懒于开发生活周遭可利用的课程资源,学校课程与社会生活脱节,教学趋于封闭、狭隘、抽象、死板。还要防止另一种偏颇,即一味追求远离教科书,忽视其基础与指导作用,甚至将教科书与其他课程资源并列,其后果是影响教学与育人的质量。

四、课程资源开发的几个维度

1. 教师——首要的课程资源

教师是人力资源开发的核心要素,教师本身是重要的课程资源,又是课程资源利用的主力军,因此,地理教师素质的高低决定着地理课程资源的开发水平。地理教师要从以下两个方面努力提高自身素质:其一,提高理论素养,在完善自身学科知识的同时,要掌握必需的教育学、心理学等理论,了解地理课程改革的最新动向；其二，转变角色，教师不仅是地理课程资源的开发者与利用者，而且也应该是学生利用课程资源的引导者与合作者，地理教师应该围绕学生的学习，引导学生走出课堂、走出学校，充分利用校外课程资源，在社会大环境中学习与探索地理。

（1）教师是实施课程的主体，起参与、决策、研究、促进作用。

（2）教师是素材性资源的携带者。

（3）教师是情景性资源的创生者，如图画再现，音乐渲染，表演体会，语言描述，实物演示，生活展现。

（4）教师的教育教学行为是课程资源，包括人际交往行为，特别是细节指导行为、教学管理行为。

（5）教师的人格魅力是无形的课程资源。

（6）教师的教育教学反思能形成新的课程资源。

2. 学生——重要的课程资源

首先，学生的生活是课程资源；其次，学生的经验是课程资源（比如说有学生游览过公园、去过海滨，那么他就比较容易理解这方面内容，也可以和同学们一起分享他的理解）；再次，学生的情感体验也是课程资源；最后，学生的学习方式也是宝贵的课程资源。值得注意的是，课业负担过重会影响学生资源作用的发挥。

3. 文本资源

教科书是重要的课程资源，但绝对不是唯一的课程资源，作为教师需要正确处理教科书。基于教科书再生课程资源，在授课的过程中要合理利用文本资源，珍视文本的教育性资源作用。

4. 教学过程——最宝贵的课程资源

教学过程作为课程资源最有意义，是动态课程资源应用和知识建立的过程。有过程才有思考、才有创生。教学过程中，还可以培养学生形成积极的人生态度和正确的价值观。

5. 环境、情景资源——教学之花的空气与土壤

充分利用与地理课程相关的资源，如社区的地形、地势，植被，天气、气候和季节等资源；重视乡土资源的迁移与运用，例如，通过分析民风民俗、传统文化、生活和生产经验、文物古迹等特征，探讨其形成与地理环境的关系。引导学生研究这些问题，既能调动学生学习的兴趣，又能培养他们分析问题、收集资料、

解决问题的能力，在这个过程中学生也会学会与他人的交流和合作。

五、课程资源开发应用意识培养

1. 教师的理念

在传统教学中，教师们的做法大都是“教教科书”，唯教科书独尊，视教科书为“圣经”，不敢越教科书半步，备课、上课等各个教学环节，只是重视如何把知识传授给学生，重视方法、技巧训练，消极接受并忠实执行专家学者开发的课程，对开发课程资源，既没有强烈的意识，更没有实际行动。

教师要善于根据教学实际，灵活和创造性地使用教科书，树立“用教科书教而不是教教科书”的理念。比如：对教科书内容作适当的增减，使之更加符合学生的需要，更具有时代感，更贴近生活；对教科书内容顺序作适当调整，使教学更符合学生的认知规律；对教科书进行适度改写，使之更符合学生的身心发展规律，提高学生的学习兴趣，激发学生的学习积极性等。除此之外，与教科书配套的练习册、教学挂图、音像资料等，都是教师要合理利用的资源。

2. 课程资源观

由于现代教学媒体不受时间、空间、宏观、微观限制，能将教学内容涉及的事物、情景、过程等全部再现于课堂，图文并茂地让学生去获得知识、认识世界，因此，在地理教学中引入现代信息技术，能有效地将地理知识与多媒体技术进行整合，使抽象、深奥的地理概念、成因、分布、规律变得直观形象，有利于激发地理学习的兴趣。另外，由于地理科学发展迅猛，网络媒体中关于地理科学发展的信息很多，对于这些信息，教科书不能非常全面及时反映，这就需要师生利用网络资源，了解地理科学的新进展。还要重视激活体验，挖掘学生内生性地理教学资源。内生性地理教学资源，主要指学生的日常生活经验以及所了解的地理科学信息。这些通过各种各样途径存在于学生头脑中的无形课程资源，使地理课程与学生实际紧密结合起来，激发学生兴趣，增强学生感性认识，强化学习动机。

六、课程资源引入教学活动的几种方式

1. 问题——探究式

围绕一定问题，组织学生利用图书馆、网络等课程资源，提倡探究式学习，体验解决问题的过程，学会分析、解决问题的方法，增强地理学习的能力。

例如：发展中国家与发达国家经济发展水平的差异；澳大利亚有特有的野生动物袋鼠、树袋熊等，讨论为何这些动物唯独生活在澳大利亚；学习三大人种时，可以分小组查找资料，演示讲解。

2. 实践——体验式

根据课标，挖掘课程资源，有针对性地组织学生参与实践，让学生亲身体验地理知识产生的过程，增强地理实践能力。

例如：学习“地图”时，让学生踏勘并绘制校园平面图；讲等高线时，让学生利用泡沫塑料、沙土制作等高线模型，识别等高线上的山峰、山脊、山谷，或者在课堂上让每个学生把手攥成拳头，在拳头上画等高线，然后将手伸平，观察等高线，体会等高线的概念和学习识别等高线；利用计算机软件模拟演示“大陆漂移”等，使学生在实践中自觉地将理论与实践体验结合起来。

3. 情境——陶冶式

教学中，教师要充分利用课程资源，创设一定的教学情境，陶冶学生情操，使学生树立正确的人生观、环境观和可持续发展观。

例如：学习环境保护内容时，展示国内外环境现状图片；与环保机构联系，带领学生考察环保先进和落后的企业及其周围环境，参观污水处理厂、垃圾处理厂；结合重大环境节日，如“3·12植树节”“4·22地球日”“6·5环境日”，丰富宣传橱窗，组织主题班会等。

总之，地理教学资源的开发和利用是新课程对教师的一项基本要求，是教师创新教学的一种表现，使教师的教学能在一个更高平台上展开，实现学生发展、教师发展，共同与新课程一起成长，促进教学目标的实现。地理课程标准明确了地理课程资源包括除教科书以外所需的挂图、模型、标本、实验器材、图书资料、电教器材、教学实践场所。地理课程资源的开发和利用可使地理教学的信息容量增大，使学生及时了解地理学发展的前沿和动态，了解地理科学的实际应用，了解科学技术的积极和消极作用，培养学生初步的科学决策能力；可以将学科教育与人文教育融合起来，将知识讲授与科学探究结合起来，这样既符合新课程标准的目标，又有利于培养学生的实践能力、实验能力、探究能力和创新能力。初中地理教学资源丰富多彩，无处不在，只有充分发挥地理教学资源的优势，才能全面提高学生的地理科学素养。

中学地理科技活动

程先富
(安徽师范大学)

摘　要:从地理科技活动的特点入手,结合地理学的发展趋势、国际地理奥林匹克竞赛和日本学校地理考察活动,讨论开展地理科技活动的好处以及如何开展地理科技活动。

关键词:中学地理教育;地理科技活动

关于中学地理科技活动的设计与实施,将从五个方面阐述:一是地理科技活动有哪些特点;二是地理学的发展趋势,即地理学的主要研究内容以及如何发展和学习;三是国际地理奥林匹克竞赛及其启示;四是日本学校地理考察活动及其启示;最后讨论如何开展地理科技活动。

一、地理科技活动的特点

(一)钱学森论地理科学

1. 地理科学是现代十大科学之一

钱学森教授对我国的导弹和物理学发展有着突出贡献。钱学森教授在高龄时开始对地理科学产生了浓厚的兴趣,认为"地理科学是比物理复杂得多的科学,有专门的研究方法"。钱教授认为,地理科学与自然科学、社会科学、数学科学、系统科学、思维科学、人体科学、文艺理论、军事科学、行为科学并列,是现代十大科学之一。

2. 地理科学是自然科学与社会科学相结合的科学

地理科学具有跨学科的特点,它兼具自然科学和社会科学的特点,而且随着信息技术的发展,出现了地理信息科学。总的来说,地理科学现在包含三个二级学科,分别是自然地理与资源环境、人文地理与城乡规划、地理信息科学。

3. 地理科学分为基础科学、技术理论和应用技术三个层次

基础科学包括地质、地貌、气象、水文、气候、动物地理、环境地理等；技术理论包括自然科学基础、测量、遥感、地理信息系统等；应用技术包括自然环境、土地、旅游、交通、人口等。因此，地理科学具有层次性特点。

4. 地理科学的研究对象是地球表层系统——一个开放的、复杂的巨系统

钱学森教授对地理科学研究对象做了说明，认为地理科学研究的对象是地球表层系统，由最深的马里亚纳海沟到喜马拉雅山顶，上下高差约20千米，这个范围是地理科学研究的主流范围。在这20千米范围内，自然要素多样，加之人类活动，形成了一个相互影响、层层套叠的复杂的巨系统。

5. 地理科学的基本方法是从定性到定量的综合集成法

地理科学的基本方法已经从定性描述发展为定量说明。定量研究已经成为现代地理研究的必然要求，比如野外调研、考察等数据采集结束后，可以用各种数据方法建模等。

6. 地理建设是社会经济的基础条件建设

地理科学可以为交通运输、能源发展、环境保护、防灾救灾、资源开发与保护等服务。

地理专业人士可以和其他部门合作解决一些社会经济问题，比如调查大别山区水土流失问题，研究巢湖地区生态环境十年变化问题等。地理科学在服务社会经济方面有很大的发展空间。

(二)地理学的定义

地理学的定义可以表述为：地理学是一门研究地球表层系统的自然要素、人文要素及其相互关系的科学，或者说，地理学是研究地理环境以及人类活动与地理环境相互关系的科学。

地理学自古就是自然地理和人文地理的集成。19世纪初期，近代地理学序幕被拉开，其中有两位对于地理学的发展有重要贡献的人：自然地理学的开山鼻祖洪堡和人文地理学的开山大师李特尔。洪堡家庭条件很好，母亲给他留下了万贯家产，但是他把家产用在了考察和讲学上。洪堡不但进行野外考察、记录、验证，还著书立说。洪堡阐明了自然地理学的思想，将自然地理划分为地质、地貌等，创立了自然地理学。李特尔出生于医师家庭，家境较好，受中学地理老师的影响，对地理感兴趣，进而调查城市周围经济、人口、交通等因素，之后著书立说，阐明了人文地理学的重要性，成为人文地理学的开山祖师。因此，我们可以

把地理学定义为“研究地理环境、人类活动与地理环境相互作用的学科”。

（三）地理科学的特点

地理学最重要的特点是具有综合性和地域性。

1. 综合性

地理环境是由大气圈、水圈、岩石圈、生物圈和人类智慧圈组成，由地球表层各种自然现象和人文现象有机组成的复杂系统。在这个综合体内有各种自然现象和人文现象，它是一个复杂的综合系统，各要素相互关联相互影响。这也就要求我们在研究地理学时，不能仅仅探讨某一个要素，而是要进行综合研究。

2. 地域性

地理学不仅研究地理事物的空间分布与空间结构，而且要阐明地理事物的空间差异和空间联系，并且致力于探索地理事物的空间运动和空间变化的规律。地理学主要研究的是空间特征、空间之间的联系，通过对地域性的探索，研究空间的运动变化规律。比如淮河流域有淮河流域的特点，大别山区有大别山区的特点，江淮分水岭有江淮分水岭的特点，即每个地方都有自己的特色。这也就要求我们以后在考察和研究时，要选取典型的、具有地方特色的区域来开展工作。

（四）现代地理科学

1. 现代地理科学以研究环境、资源、人口、经济、社会的可持续发展为主题

可持续发展是现代地理学研究的一个主题。实现可持续发展，不能无度开采，要给我们的子孙后代留有一定的资源。可持续发展需要全世界共同的努力，需要国际会议来协调发达国家和发展中国家的权益。

可持续发展涉及人地关系的探讨。从历史的角度来看，人地关系有三大阶段：受制于天，人定胜天，人地和谐相处协调发展。在原始社会，生产力非常低，人主要受制于天，有一些解释不了的事情慢慢发展成了迷信。科学技术发展到一定阶段后，开始出现了人定胜天的思想，过高地估计了人的能动性。现在的人地关系思想是人地和谐，讲究天地人一体化。

2. 现代地理科学以3S技术的应用为标志

3S技术指的是遥感（Remote sensing，RS）、地理信息系统（Geography information system，GIS）和全球定位系统(Global positioning system，GPS)，3S技术为地理科学的发展带来又一个春天。现在国家宏观上大的项目多数都要涉及3S

技术。

(1)遥感技术。遥感,即遥远的感知,利用遥感平台上搭载的传感器,接收地物发射或反射的光谱,从而认识地物。遥感平台包括无人飞机、热气球等。遥感获取的地物信息传给地理信息系统,进行信息处理,得出遥感影像。通过遥感影像我们可以了解很多信息,不出门就可以知道大别山哪里水土流失比较严重等。现在遥感平台越来越多,分辨率也越来越高。在遥感影像上,三峡大坝、城镇都可以看得清清楚楚,哪条路边的房子是新盖的,不用实地走访。遥感影像还可以应用在地物的动态发展演化上,比如研究黄河入海口泥沙堆积的增长速度,通过卫星云图预报天气等。总的来说,遥感探测地表获取数据,比人工调查走访省时省力,具有更高的效率。这是遥感技术发展带来的好处。

(2)全球定位系统。GPS是美国在1973—1994年耗资两百多亿美元,发射24颗卫星(其中21颗工作卫星,3颗备用卫星),建设9个地面监控站,与地面的接收器连接在一起构成的完整的体系。GPS的功能包括定位和定时。GPS可以提供7个参数,3个是未知的空间参数(经度、纬度和海拔高度),另外4个参数分别是三维速度的3个参数和时间参数。GPS的精确程度可以达到毫米级。比如说制航导弹,空间位置设定好后可以实现指哪打哪。我国的全球定位系统是“北斗”,欧盟是“伽利略”。我国自主研发的全球定位系统已经运行,这在国家安全上具有重要意义。

(3)地理信息系统。地理信息主要包括三个层面:空间特征、属性特征和时间特征。空间特征指空间位置,属性特征指地物的个体属性。GIS有几个组成部分,分别是硬件、软件、数据、方法和应用人员。GIS的主要功能包括空间数据数字化和编辑、信息分析综合提取,为科学决策服务。

数字地球(Digital Earth)是时任美国副总统戈尔在1998年年初提出的,他说我们需要一个数字地球,一种关于地球的可以嵌入海量数据的,并用多分辨率和三维表示的系统。数字地球是一种虚拟的地球。1999年12月29日召开了首届数字地球国际会议,世界各地都在建立数字影像基础。我们称此为数字城市或数码城市,不仅要数字化,还要智慧化,加入智能控制系统。比如交通叫智慧交通,通过智慧交通实现对交通的幕后指挥,我们不再是简单地给红绿灯全部设置为五十秒,而是可以通过监控镜头监测实际情况,按需动态调整不同方向上红绿灯的时长,这就是一种智慧。旅游也在向智慧旅游发展,我们可以把所有有关景点的音视频资料输入GPS,当我们到黄山光明顶,仪器可以随时调入地图以及音视频资料，这些资料可能涵盖了多方面专家的知识。“智慧”是以后的发展趋势。数字地球涉及高分辨率的遥感技术、可视化的地理信息技术、高精度的全球定位系统、海量存储技术、信息高速公路、高速大型计算机等技术，将相关自然科学、社会科学等海量信息融合为模拟实验平台，使人们对全球性复杂巨系统进行科学分析和客观预测成为可能。数字地球把国家地理信息组织起来，包括地质地貌、气候、山峦、河流、人口、交通等。利用数字地球，有助于在实施可持续发展战略、解决全球性危机等许多方面产生广泛的社会效益和经济效益。

我国在努力发展数字信息，在淮河流域、长江流域等重点区域制作了海量地理信息数据库。数字地球在军事战略和国防建设上有重大影响，对提高军队战斗力具有划时代的意义。

我国在数字地球上投入了很大的精力。“中国数字地球计划”将建立国家空间数据基础网，确立整个地球的三维动态地球数据。我国已经积累了大量建立数字地球所需的原始数字化数据和相应的资料，这包括各类数字化地理基础图、专题图、城市地图等。全国各地已建、在建和计划建设的大中型地理空间数据库多达200多个，在《中国21世纪议程》的62个优先发展项目中，有42个需要建立或者应用地理信息系统。我国已经发射了68颗卫星，获取了高分辨率的全景摄影图像，建立了多个遥感卫星地面接收站，能够接收和处理卫星图像数据。

(五)地理学的价值

1. 哲学价值

地理学科包括自然地理和人文地理，不但研究自然界，还研究人类社会，它所揭示的科学事实，可为人们世界观的形成提供一系列确凿而生动的例证。地理学科不但为人类科学世界观的形成提供了丰富的营养，而且本身就可以给出一部分世界观问题的确切答案及方法，具有不可否认的哲学价值。中学地理教育可以对学生的自然观、世界观起到重要影响。

2. 德育价值

地理教育可以与国情国策教育相联系，进行爱国主义教育。比如可以进行辩证唯物主义的人地观教育，包括正确的人口观、资源观、环境观等教育；可以立足于交往、发展的国际意识、全球意识培养和发展观念教育等。

地理学科在中学作为德育教育主渠道之一，其内含的德育价值是其他学科难以包容的。

3. 文化价值

通过教育使受教育者获得地理科学知识,而这些知识正是称职的现代公民必须具备的知识体系的一部分。它既包括自然科学的内容,又包括人文社会科学的内容,能使受教育者比较全面地认识某一区域的自然、人文社会条件及其发展演化的历史和未来;能使受教育者掌握一定量的地理分布及地名知识而服务于政治、历史等学科的学习,服务于日常的文化生活;能使受教育者较科学、全面地认识地理环境,增强环境意识;能使受教育者认识全球和各个区域特征及区域差异等。

4. 美育价值

地理学科涉及大量自然、人文景观,丰富多彩,孕育着美。这些地理景观的艺术美,不仅可以使受教育者得以欣赏享受,还可以使受教育者提高审美能力,接受艺术美的启迪,培养创造美的意识。

地理学科以时空分布变化规律将丰富多彩、错综复杂的地球表层清晰、简明地展示出来,给人一种秩序、逻辑的科学美。成功的地理教育应使受教育者了解、认识这种科学美,培养其追求科学美的意识。

5. 生产价值

如何把资源配置到社会各种产品生产中去,使生产出来的产品能够最大限度地满足人们的需求,是我国面临的现实问题。了解资源分布的不均衡性是实现资源合理配置的必要条件。评价资源利用是否充分合理,必须借助地理学方法。人类的生产活动,主要体现在农业、工业、商业及其联系纽带——交通运输业等几个基本方面,地理学科在这些方面都有较为丰富的内容,具有显著的价值。

(六)地理科技活动的特点

(1)重视实地观察、考察、调查获取信息,进行分析比较得出结论。考察是获取信息的重要途径,而且要在考察过程中以专业的眼光观察、思考、总结,在考察中寻找和发现美。

(2)充分应用地图、遥感照片和地理信息系统所提供的信息。

(3)融合自然科学需要的实验方法(包括运用物理、化学的分析方法),也需要社会调查等社会科学研究方法。

总的来说,就是课题选择要具有广泛性与综合性,研究过程应该具有实践性和开放性，从而调动学生的积极性。

二、地理学的发展趋势

（一）和相邻学科的交叉与融合

现代科学发展特点是从单一运动形态的研究走向多运动形态及其相互作用的综合研究；相邻学科之间的横向、交叉、渗透和融合成为明显的趋势，传统的学科界线变得模糊；以地球表层为研究客体的基础学科有地理学和生态学，应用领域有环境科学与资源科学（图1）；系统论、信息论、控制论等为地理综合体的研究提供了武器，促进了地理学现代化；学科的融合、理论和方法的移植，提高了地理学的水平，不断开拓新的研究领域，形成新的边缘学科和交叉学科。地球的整体观念和圈层相互作用研究极大地推动了地球系统科学的发展。

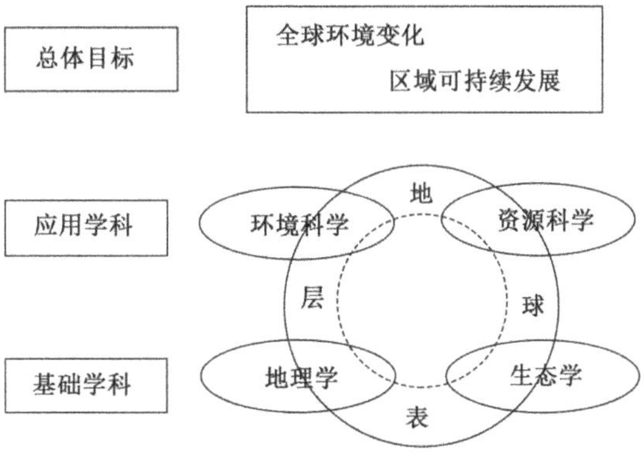

图1　以地球表层为研究客体的学科领域

（二）地理学内部的综合研究

20世纪30年代以来，地理学专业分化的趋势比较明显。自然地理和人文地理割裂对立的二元论，阻碍了地理学整体综合研究的发展。统一的地理学或综合的地理学是客观存在的，并且是社会发展所需要的。自然地理研究原则上不应该是纯自然主义的，人文地理研究也离不开自然地理和生态学基础。20世纪70年代以来，地理学内部的综合倾向逐渐增强，进一步专业分化和更高层次的综合同步进行。地理学各分支的发展为在分析基础上的综合和在综合指导下的分析打下了更坚实的基础。

（三）深化地理过程的微观研究

地理过程的微观研究体现了如下几点发展趋势：由静态、类型和结构的研究转变为动态、过程和机制的研究；地理过程研究涉及各个方面，如水热平衡、地形发育、径流形成、元素迁移转化、土壤发生形成、植被演替、沙漠化、城市化等；地理系统中界面过程研究的综合性更强、难度更大。随着人类活动的加剧，人文地理过程越加重要，如城市化过程、环境退化过程等；历史过程和现代过程的研究是预测未来的根据，冰芯、湖芯、树木年轮等的深入研究将为全球变化预测提供依据。

(四)拓宽应用研究领域，服务于社会

针对地理学描述性和认识性传统研究的局限，地理学家提出建设地理学方向——有目的地改造和管理周围环境的科学。协调自然生态与社会经济系统的平衡发展、控制污染、抑制环境恶化、改善生存条件成为环境地理研究的紧迫课题。地理学传统主要服务对象是农业，现在非农业应用领域受到重视，应用研究领域更趋多元化。

(五)地理实验技术手段现代化

地理实验要跟得上，需要新技术装备。新技术包括遥感遥测、对地观测系统、全球定位系统和卫星网络通讯系统等，还包括物质能量的定量测试、测年技术手段等，这些都为地理学研究水平的提高带来契机。

另外，室内模拟实验研究领域不断拓展，促使我们对自然界的认识日益深化；数量化方法普遍应用，数学模式用来表达地理经验概念、实验结果，揭示内在关系和规律；地理信息系统和遥感技术紧密结合以及具有专家系统水平的智能分析和决策等的深入应用，都必将为地理研究带来新的突破。

(六)理论思维模式的转变

地理学传统思维模式以观察材料和事实为基础，认识和阐述规律、概括理论，属于经验归纳型综合。

现代地理学综合模式的整体观念更强(图2)，从理论假设出发进行演绎，使分析与综合、归纳与演绎互相补充、辩证统一。综合的内容更加广泛，深入研究系统的结构、功能及动态演变过程。综合的方法更具有逻辑性和精确性，通过结构分析、功能评价、过程监测与动态预测等途径，使表达形式多样化。

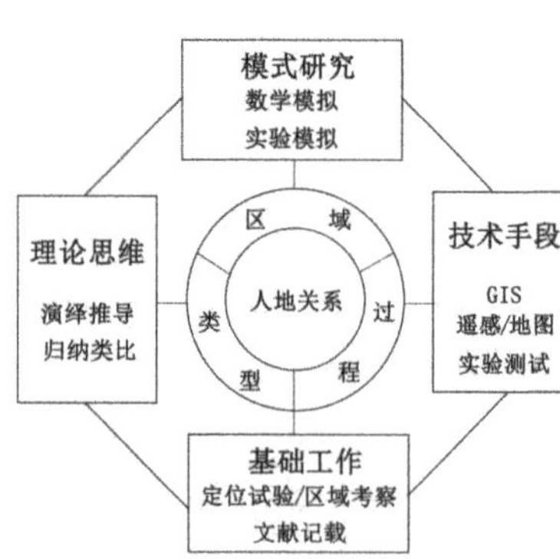

图2　现代地理学的思维模式

意识到传统综合模式的局限，地理学家

结合研究实践,发展了系统综合集成的理论与方法。

三、国际地理奥林匹克竞赛及其启示

国际地理联合会(International Geographical Union,IGU)于1996年在荷兰主办了首届国际地理奥林匹克竞赛,之后每两年举办一次,与国际地理学大会同期举行。

中国地理学会2000年首次派出中学生代表团,参加在韩国举办的第三届国际地理奥林匹克竞赛。2006年中国地理学会在番禺举办了第一届全国地理奥林匹克竞赛。

2006年的国际地理奥林匹克竞赛在澳大利亚举行,共13个队参赛,我国代表队成绩排序第8,暴露出我国学生在地理实地考察能力方面有很多弱点。

国际地理奥林匹克竞赛由三部分组成:笔试成绩占40%,野外考察成绩占40%,选择题成绩占20%。学生必须独立完成考试任务(野外远足活动以跨国小组形式开展,而野外考察任务考试问题需独立完成)。所有参赛学生都有参赛证明书,大约一半的学生能得到奖牌。金牌、银牌和铜牌的比例大约是1:2:3。按照传统,竞赛期间将举办文艺晚会,所以各参赛队都要准备一个具有自己国家独特风格的节目,还邀请各国参赛队介绍自己国家地理方面的内容。

(一)国际地理奥林匹克竞赛

这里以2002年8月在南非德班市举办的第四届国际地理奥林匹克竞赛题目为例,展示竞赛考察内容。

1. 第四届国际地理奥林匹克竞赛题目第一部分(主题:德班市的商业竞争——中心商业区和区域购物中心)

(1)阶段一:野外考察。

地点1:德班市的中心商业区。

这是一道绘图题,要求在一小时内绘出West大街从Grey大街街口到Aliwal大街街口一段街景,只要求绘出街道南面一边。要求:①在West大街横截面图上标明土地利用类型;②步行测量各建筑物之间的距离;③标明不同地方的商业活动,比如书店、咖啡店、加油站等;④在地图上标明非法小商贩的位置。

地点2:Gateway购物中心。

在一小时内完成以下任务:①在购物中心外面走一圈,注意看到了什么。比如购物中心周围的土地利用状况如何,为什么选择这个地方建购物中心。②

购物中心的建筑有何特色?这主要是受什么因素的影响?③购物中心想要吸引怎样的顾客?④这个购物中心与West大街(德班中心商业区)的商店有何不同?⑤区域性购物中心的优势在哪里?⑥区域性购物中心存在的问题是什么?Gateway购物中心是否也存在这些问题?说明理由。

(2)阶段二:完成野外工作。

①在所提供的图纸上,画一幅起于Grey大街、止于Aliwal大街的West大街的横截面示意图,注意选择好合适的比例尺,用不同的图例表示不同的土地利用类型,并在图上标明不同的商业活动区,同时指出非法小商贩的位置。

②列表说明德班中心商业区和如Gateway这样的区域性商业中心在商业活动方面有何相同和不同之处。

③根据你在Gateway购物中心的观察和思考,制作一份图表,说明区域性购物中心由于分布零散而产生的问题。

2.第四届国际地理奥林匹克竞赛题目第四部分(主题:农村地区发展规划)

(1)时间:一个半小时。

(2)任务:①你被一个非官方机构任命为顾问,要评价如何利用500万美元发展Trust谷地周围地区的农业;②根据你作为一个地理学者的观察、经验和思考,提交一份预算表,说明具体如何使用这些钱,以及为什么要这样使用;③各参赛队伍都要提交一份预算表,表中要说明经费使用在哪些部门,经费的数量以及为什么要这样使用。

(3)示例。①项目经费预算表。②新建5个连锁电影院,每个40万美元(居民在这里可以看到最新的好莱坞电影),共200万美元;理由:农村居民需要娱乐,人们可以在电影院进行社交活动,人们通过电影受到教育,减少感染艾滋病的机会。

(二)国际地理奥林匹克竞赛的启示

从竞赛题目和内容我们可以看出,竞赛主要考查学生的地理知识的广博程度以及地理知识的灵活应用能力。如果我们对地理奥林匹克竞赛感兴趣,可以去参加这个活动,提高学习地理的兴趣。如果获奖的话,也能够获得知名度等副产品,当然这也要求老师们投入很大的精力。

四、日本学校地理考察活动及其启示

日本是一个自然资源短缺、人口众多的经济发达国家。日本非常重视地球科学的科技活动,在日本高中课程中,单独设有“地学”课程,重视野外地理考察活动。考察活动可以让学生认知客观世界,开阔学生眼界,帮助学生建立思维空间,提高学生兴趣,使学生更加热爱自然。我们应该积极开展地理考察活动,而且要将考察活动的成果以标本、图片、视频等方式展示出来,促使学生在对考察进行总结的同时提高影响力。

日本地理野外考察活动与我国现在开展的研究性学习的方式非常相似。学生用PPT或者展板的形式汇报他们的考察结果,许多课题与当地的自然环境和自然灾害有关,如地震、台风灾害的调查等,教师的指导也很专业。

(一)日本学校地理考察活动案例

这里以日本香川县丸龟高等学校2005年设计的“0416号台风对香川县高松市造成的风暴潮灾害的调查”为例。

1. 调查内容

2004年8月末,香川县遭受台风侵袭,遭受大面积风暴潮灾害。8月30日午后11时最高潮位2.46米,沿海广阔范围内土地、街道和建筑物浸水,还造成人员伤亡。

2. 调查地域

风暴潮浸水范围。

3. 调查项目

①树木叶子的变化(受潮水影响变色或落叶);②自动售货机的故障;③加油站的故障;④浸水家屋的分布。

4. 调查结果

①浸水范围的确定(在地图中用等高线表达);②防波堤的作用;③不同树种的耐潮水性;④自动售货机电源与水深的关系等。

关于浸水范围,该如何确定呢?海水入侵岸上16米远,需要在地形图上按照等高线走向划出范围。关于防波堤的作用,防波堤可以阻挡潮水。不同树种的耐潮水性,可以通过观察树木叶子的颜色来评估等。然而有些问题就不那么容易了,比如自动售货机浸水故障问题,自动售货机电源安装较高则无故障,较低则会出现故障。

为了解决这些问题,需要学生调查。通过学生的调查以及分析报告的撰写,学生可以明白自动售货机的电源应该设置在适当高度,栽树应该选择较为耐潮水的树种等。

(二)日本学校地理考察活动的启示

(1)地理科技活动的指导教师在哪里?地理科技活动的区域性和综合性的特点要求有多学科的指导教师参与,包括专业地理教师与非专业地理教师。这主要因为地理有地域性和综合性的特点,涉及多学科的内容。同时,活动也可以邀请多学科的老师参与,比如科技活动如果是关于树木的可以邀请生物专业的老师参加,关于河流污染的可以邀请化学专业的老师参加,这样可以更好地开展活动。当然,这也要求教师在野外考察之前要有充分的准备。

(2)地理科技活动的项目在哪里?地理科技活动的“课堂”是自然界与社会。科技活动的选题要充分利用学校、所在地区的自然资源,因地制宜地选取项目。比如阜阳的学校,可以选择阜阳本地的某些与地理相关的内容开展科技活动。

五、如何开展地理科技活动

(一)充分利用资源

科技活动可以利用的资源可以从以下几个方面考虑。

1. 社区地理课程资源

包括青少年活动中心、地理教育基地、图书馆、科技馆、气象台、天文馆、博物馆、陈列馆、展览馆和主题公园、科研单位、大专院校、政府部门,区域自然环境、人文景观,广播、电视、报刊、网络等。

2. 学校资源

教师应鼓励和指导学生组织兴趣小组,指导学生编辑地理小报、墙报、板报,布置地理橱窗;引导学生利用学校广播站或有线电视网、校园网,播报自编的有关节目。

可以组织少数对地理感兴趣的同学,成立地理兴趣小组,鼓励小组成员从室内走向室外,从校内走向校外,将地理知识编辑成地理小报,也可以充分利用学校的橱窗等。编辑的地理小报或者布展的橱窗等,可以面向本班、本年级甚至全校师生。也可以引导学生合理利用学校的广播站,制作、播报专门的地理节目。

3. 因地制宜利用地方地理课程资源

各学校要根据自己的优势,利用身边的地理课程资源。仅就自然环境而言,山区学校可收集与积累地形与降水的关系、地形与植物分布的关系、水土流失在不同高度和坡向的差异、山区地形、不同地形部位气候资源的差异、岩石与矿物标本、山区自然灾害、山区农业发展规划、山区经济发展规划等方面的材料,便于实施国家课程时实现教学案例地方化。平原地区可利用有关水资源保护与利用、水污染、泥沙沉积规律、气候资源利用、气象灾害防治、农业生产规划等方面的课程资源。

(二)科技活动应遵循的原则

开展中学地理科技活动时,需要从以下几方面把握:①地理学科的科学性与思想性统一的原则;②理论与实践相联系的原则;③普及与提高相结合的原则;④探索性与量力性相结合的原则。

(三)地理科技活动的主要形式

1. 社会调查、访问

可以以植被、土壤、土地、城乡环境问题、农村居民点规划等为主题开展调查、访问。

2. 节日宣传

可以结合世界环保日(6月5日)、国际减灾日(10月第二个星期的星期三)等与地理知识直接相关的节日开展宣传。同时,可以在活动过程中和政府相关部门对接,比如环保日可以和环保局对接;也可以在活动中教会学生一些常识,比如汶川地震纪念日时以图片形式宣传地震知识、防震措施等。

3. 中学生地理夏令营

可以在暑期选择一条或几条路线带学生进行教学考察,这是一项考察学习融合旅游地理的活动,也是一个非常好的提高学生水平的机会。当然,这又不同于旅游,我们不只是去看表面的东西,我们要从专业的角度观察。

4. 地理观察(包括观察常见岩石、矿物、化石,阅读和分析地形、地质图等)

按路线考察的同时,注意教会学生观察并学会如何做记录。可以向省级或国家级观察站学习,学习如何观察水流并记录流速、流向、水质等。观察记录可以提高学生以专业眼光看事物、思考问题的能力,并方便活动后期的总结归纳。

5. 地理观测(天文观测、气象观测、水文观测、物候观测和地震观测等)

这要求学校有相关仪器,也可能需要与当地的有关部门联系,比如说与气象部门、水文部门联系,借助这些部门的仪器设备观测,学习地理知识。

6. 撰写地理小论文

可以鼓励学生结合夏令营考察或者日常地理观测的地理问题撰写小论文,

培养学生的语言组织能力、系统思考问题的能力。

7. 开展乡土地理实践活动

结合地方特色，开展乡土地理实践活动。

(四)科技活动案例介绍

1. 案例一：什么是地下蓄水层

给大家推荐一本好书，华夏出版社出版的《美国中学科学活动设计与示范》，书中有很多很好的例子教大家如何设计中学科技活动，在此列举“什么是地下蓄水层”一例。

(1)所需材料：空塑料喷雾器瓶子、水、海绵、水杯、盘子或浅碗。

(2)步骤：①讨论淡水的重要性；②讨论哪些是急需要水的地区；③告诉学生“地下蓄水层”是指“地面下的大水盆”；④水杯里倒入部分水；⑤把干海绵放在盘子上或浅碗中；⑥慢慢往海绵上滴水，直到它完全饱和；⑦把这与下雨相比较，下雨时土壤吸收大部分雨水，其中一些雨水渗透至地下蓄水层，并被不透水的岩层截流——像盘子或浅碗一样；⑧如果蓄水层在地下数百米，怎样得到这些水；⑨往喷雾器瓶子里倒一半水；⑩用手泵把瓶子里的水泵出来，告诉学生可以用泵把水从地下蓄水层中抽取出来。

(3)期望结果：①学生了解地下蓄水层是什么；②学生知道可以用水泵把地下蓄水层的水抽取出来。

(4)课堂讨论思考题：①用完地下蓄水层所有水的后果是什么？②除了地下水之外，我们还有淡水的来源吗？③由于有一些杀虫剂和肥料进入了我们的供水系统，我们应该怎么办？

(5)进一步探索的有关思路：①考察你所在社区的淡水资源；②就你所在社区的供水情况访问本地的水管理员。

2. 案例二：山东省旅游局发起“寻找莫言小说中文学地理场景图”活动

莫言获得诺贝尔文学奖后，山东省旅游局发起了“寻找莫言小说中文学地理场景图”活动。这个活动说明地理在文学中有着重要的地位。在莫言的《蛙》《丰乳肥臀》等作品中，有不少地理常识，大家如果感兴趣的话，可以带你的学生去寻找其场景。

板图板画在初中地理教学中的应用

李　奇
（阜阳市第三中学）

摘　要：在论述地理板图板画在地理教学中的作用和在学习指导上的运用的基础上，归纳了板图板画的主要类型，并从地理板画速绘的基本要求、简易地理板图板画绘画技巧及训练和区域简图的常见画法三个方面，介绍了如何绘制板图板画。

关键词：板图板画；地理教学；地图教学

一、地理板图板画在现代地理教学中不可替代的作用

1. 地理学科特点的需要

地理学的最显著特点之一就是地域性，尤其是初中的区域地理。地理教学中地理要素的空间性的建立，既是教学的难点，也是教学的切入点与突破口。地理正是因其显著的地域性与空间性，从而是一门比较具象的学科。地图既是教学手段，又是教学内容，更是考查的平台。书本和地图册中的地图信息通常综合性太强且主次并存，因而有些繁难，使学生产生畏惧感，进而厌烦它。地理板图板画具有简洁、具体、重点突出的特点，很好地解决了一般地图的烦、难、杂、乱的问题，成为地理教学的一种重要手段，对激发学生学习动机、培养兴趣、活跃思维、开发智力、加深课堂印象、强化记忆效果等诸方面起到显著作用。

2. 克服现代教学手段的弊端

随着现代教学手段的不断应用，学生们眼界大开，知识面得到了扩展，同时也激发了学生的学习兴趣，但也暴露出很多弊端。

（1）画面切换太快，没有充分考虑学生的思维水平和思维速度，像电视或电影画面那样一闪而过，不容学生细看和思考，极大地影响了教学效果。

(2)抢占思维空间。如果在课件中把所有抽象思维、文字语言的理解都用多媒体形象地展现出来,实际上是扼杀了学生的逻辑思维能力和创造能力。课件仅仅是师生双边活动中的一种辅助或补充,要充分考虑学生智力和能力的培养,尤其是创新能力的培养,激发学生学习的主动性和创造性,一切都包办到底到头来是害了青少年。

3. 体现地理教师的专业魅力

教学一贯注重“言传身教”,先进的教学手段不应完全取代传统教学,板书、语言描绘、手势比划、模型展示、实物演示、师生情感交流等传统做法仍然十分有效,只有将教师和多媒体两方面的优势都发挥出来,才能达到效果完美的境界。板图板画是教师个人素质的表现,使学生感到亲切,更具吸引力。

4. 利于即时应变与互动

有利于教师在讲课中即兴发挥,随手就可以在黑板上写几个字,画一幅简图等。有时边讲边画能产生更好的直观效果,同时实现师生互动,及时应变课堂实况。这些优点是多媒体教学无法比拟的。

如在利用计算机教学软件讲解南亚西南季风形成的原因时,用了一些图片、动画来说明,其效果不如用粉笔在黑板上边讲边提问边画板图,说明是由于南半球的东南信风向北移,越过赤道,受地转偏向力的作用而形成。这样,可以给学生留下深刻的印象,更有利于学生掌握和记忆,同时通过提问,可起到复习旧知识、发展学生思维能力的作用。

5. 还原地理信息的原始呈现形式

以地图为主的多种地理图形图像,内容极其丰富,具有较强的空间性、整体性和综合性的特点,比文字系统更便于学生观察、阅读、记忆、思考、分析、对比和理解。地理图像是地理信息的重要载体。

6. 发展学生的地理能力

教师应重视利用地图,通过阅读、使用地理图像和绘制简易地图,帮助学生掌握观察地理事物的基本方法,逐步发展对地理图像和地理事物的理解、想象、分析等思维能力和解决地理问题的能力。

7. 促进形象思维与逻辑思维的融合

在地理教学中要更好地让学生领会图像的重要性,更好地应用地理图像,把枯燥的地理文字知识融入形象的地理图像中,必须不能忽视教学中板图板画的作用。

8. 弥补学生社会认知不足

由于年龄与阅历的影响，学生认知能力与理解能力不足，对于空间性强、内容抽象、未有见闻的地理事象的学习常会有困难。板图板画凭借其直观性、绘制的过程性、视图的结构性等弥补了学生认知不足，利于深入浅出，深化理解，突破难点。

二、板图板画在学习指导上的运用

地理学习中的图文结合，首先就是要能够形象地把图形画好。能把图形画好是较好学习地理知识的第一步。

1. 从作图中培养学生学习地理的兴趣

督促每一位学生去作图——作为作业形式，或有意识性的建议学生自己画图，教师对每位学生作图中存在的问题要及时指出和纠正。学生绘图前后，教师适当指导，让学生能更好更快地把图作好。如绘制我国一些省级行政区，可以引入一些简单的图形，如三角形、长方形、梯形及其组合。教师同时要时刻提醒学生地理图形的重要性，让学生提高认识。

2. 鼓励学生创造性绘图，提高学习效能

把课本上的文字性的内容融入图像中，让所画的地理图像具有地理意义，也是现今学生面临的又一大难题，教师要做好引导。教师在讲授一个课题时，要围绕一幅图展开，不能追求多。

例如，给学生讲授长江内容时，对于长江的基本概况，包括发源地、注入海洋、流经的省级行政区划单位、流经的地形区、主要支流、上中下游的分界和河段的特征等，都要能够引导学生在自己绘制的图形中准确标注和识记；对于长江的开发和治理，在图形中结合各河段的特征和地形区等标示。比如：长江中游的“九曲回肠”的治理，在中游河段形象地画出“九曲回肠”，然后画一直线表示“裁弯取直”的措施；对于中下游洪涝灾害频繁，联系长江中下游地区降水主要集中在夏季，引导学生寻找最佳方法——修建蓄洪区。

3. 培养学生图文信息的转化能力

能够根据自己绘制的图形和标注的信息描述相关的地理知识。

4. 培养学生比较、联想与迁移能力

教师做好引导，让学生学会比较。比如对于我国台湾岛的学习，可以引入马达加斯加岛进行对比，比较两个岛屿的异同点。对于日本的学习，可以引入英国进行对比，比较两个岛国的异同点。还有不同发展类型的国家的对比，如巴西和印度、巴西和澳大利亚等。

在进行总结性学习时，教师还要引导学生利用自己绘制的图形，这样学生能够更好地回顾所学过的知识，更能加深印象。知识迁移同样重要。

三、板图板画的主要类型

(1)示意图，简要概括地理特征与空间结构。

(2)过程图，展示地理事象形成、发展的过程。

(3)景观图，常以简易素描形式描绘地理景观。

(4)剖面图，主要用以展示地层结构与形态。

(5)网络图，以网络结构体现地理事象的逻辑关系。

(6)统计图，常见二维、三维、三角等坐标形式或扇形、饼状、柱形等形状。

(7)等值线图，以等值线体现地理事物的数量与空间的关系。

(8)区域图，以符号系统描绘区域地理事物的空间分布。

四、板图板画的绘制

为了让学生把图画好，首先教师自己要把图作好，为学生树立良好的榜样。

1. 地理板画速绘的基本要求

①略：简略，美观；②准：内容准确，重点突出；③快：作图迅速，动作流畅。

2. 简易地理板图板画绘画技巧及训练

(1)粉笔有纵镂笔、横镂笔、排笔、捆笔等用法(图1)。

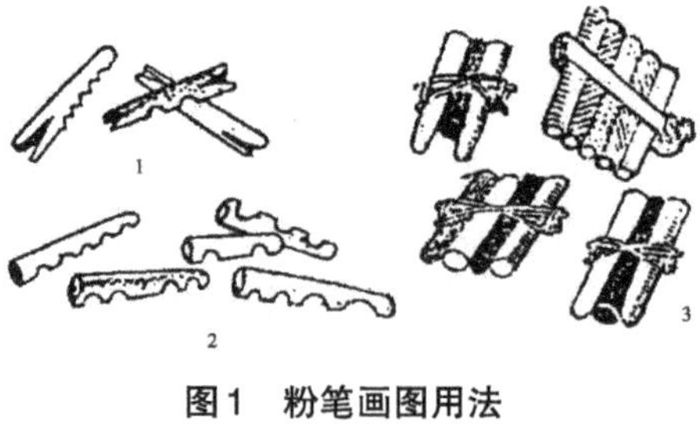

图1 粉笔画图用法

(图中数字所代表的信息：1.纵镂笔；2.横镂笔；3.排笔、捆笔。)

(2)常用线条类型：实线与虚线，单线与复线，曲线与直线，粗线与细线，勾勒与渲晕等。

(3)线段的画法：画长线段宜用长粉笔；画直线时不仅手而且整个手臂都要

做直线运动,粉笔的方向要与所画线段的方向一致;画水平线一般都由左向右;画垂直线时要从上往下画。

(4)圆的画法:圆规法、旋臂法、切线法等。

3. 区域简图的常见画法

(1)线条构架法(图2)。

(2)几何图形法(图3)。

(3)网格切分法(图4)。

(4)十字坐标法(图5)。

(5)比例切分法(图6)。

(6)形象构图法(图7)。

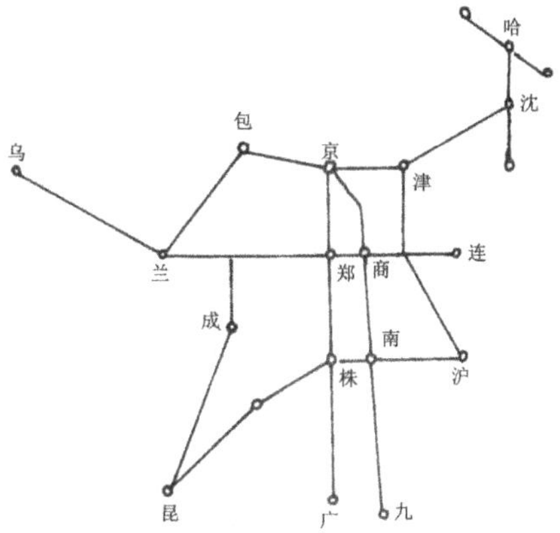

图2　线条构架法板图画法示例

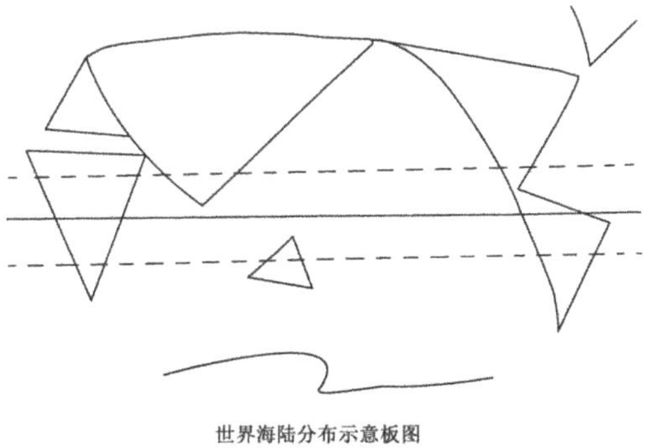

图3　几何图形法板图画法示例

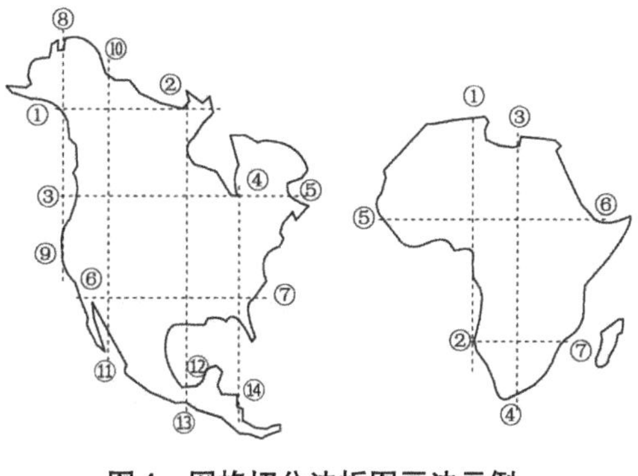

图4　网格切分法板图画法示例

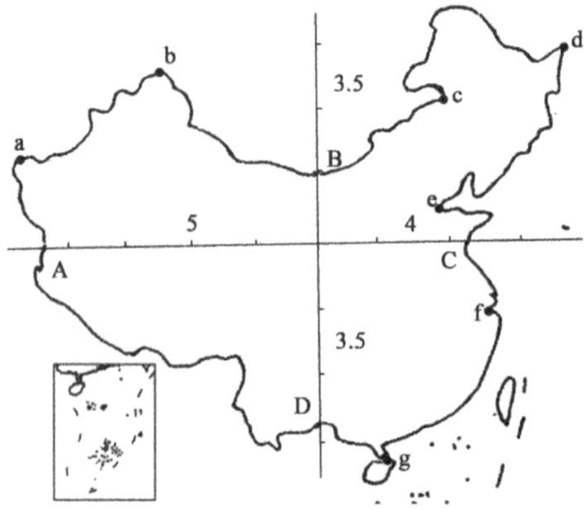

图5　十字坐标法板图画法示例

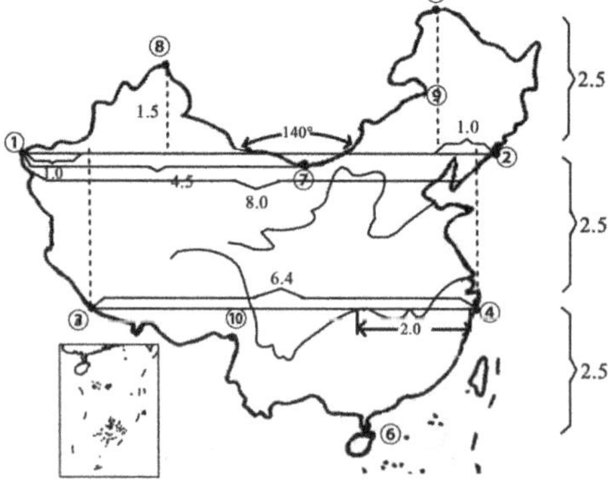

图6　比例切分法板图画法示例

图7　形象构图法板图画法示例

谈探究式地图教学

李　奇

（阜阳市第三中学）

摘　要：地图教学是中学地理教学的重要内容，文章分别从地图在初中地理教学中的作用与意义、地图教学现状及开展地图探究式教学的必要性、地图教学探究内容的适宜性分析、地图教学的主要探究内容、地图教学的主要探究方式、探究式地图教学的一般过程、探究式地图教学对教师素养的要求、探究式地图教学中的常见问题及应对方式等八个方面，论述了探究式地图教学。

关键词：板图板画；地理教学；地图教学

地理学是研究地理环境及人类活动与地理环境相互关系的科学。地图是地理信息的重要载体，几乎所有的地理教学内容都需要借助地图方能表述完整，"地图是地理学的第二语言"，"地图是涵盖大千世界的微缩艺术"，"地图是地理课的眼睛"。地图具有直观性、趣味性、简洁性、综合性、过程性、一览性、地理方位性、抽象概括性和几何精确性等特点，以及信息传输、信息负载、图形模拟、图形认知等基本功能。在地理课程学习过程中，学生可以通过阅读和使用地图与地理图表，获得有关地理事物的空间位置和空间联系、质量特征和数量差异、地理原理和地理成因、时间延续和空间动态变化等信息。没有地图就不可能有地理学，没有地图教学的地理教学将失去根基，因此，不善于运用地图的教学也不能算是成功的地理课。

一、地图在初中地理教学中的作用与意义

1. 地图在初中地理教学中的作用

（1）地图是重要的教学内容。

（2）地图是重要的教学手段。

(3)地图是地理事实的载体。

2. 地图在初中地理教学中的意义

(1)有利于发展学生的形象思维和逻辑思维能力。

(2)有利于激发学生的学习兴趣。

(3)有利于提高学生的学习效率。

(4)有利于拓宽教学内容的深度与广度。

二、地图教学现状及开展地图探究式教学的必要性

1. 地图教学现状

当前地理课堂教学中普遍存在对教学用图不够重视的情况:一是教师没有很好地去引导学生用图;二是学生没有用图的习惯和兴趣;三是基于一种惰性,学生懒得看地图和翻阅地图;四是教师与学生对读图能力的培养认识不足。这种情况越是低年级越明显,这是基于读图能力及基础不同对地理课程重视程度不同的缘故。

一项关于地图教学现状的调查报告给出这样的结论(根据多选结果统计):①学生地图知识的来源:地理教科书88%,地理教师67%;②学生用图意识:平时很少看地图的占64%,旅游中使用地图的占46%;③学生阅读地图的方法:只有30%的同学读图时先读图名、图例;④教师教学:选择"教师课堂教学中经常使用地图"的学生只有30%,"对地图教学方法满意"的学生只有8%;⑤地图本身:对地图内容没感觉的占64%,认为地图内容联系生活的占19%。

2. 探究式地图教学的意义

地理课程标准积极倡导自主学习、合作学习和探究学习,其核心是培养探究能力。地图教学是培养探究能力的一条主要而有效的途径,但在实际教学中,地图教学往往是"说起来重要教起来次要",就图讲图的现象普遍存在,"探究"在地图教学中不能有效得以落实。构建自主、合作、探究的学习方式,可以体现"一切以学生发展为本"的教育理念,从而使地理课堂教学走上了自主化、合作化、情感化、民主化的道路。也只有积极开展探究式地图教学,才能有效解决当前地图教学中面临的种种困境。

三、地图教学探究内容的适宜性分析

教学内容可以分为探究度高的、探究度低的、不宜探究的三类。地图教学

探究内容的适宜性分析判断的依据主要有三点:

1. 地图内容的难度

如单峰驼与双峰驼景观图、遥感地图、非洲气候分布图等,均适合探究分析。

2. 地图与学生生活联系的紧密度

地理与生活要衔接起来,学习对生活有用的地理,从生活中学习地理,让学生感到"生活中处处有地理","地理知识就在我们身边",学生就会产生一种对地理知识的需求感和地理学习的内驱力。

地图这部分知识与学生的生活实际联系紧密,实用性比较强,而且更重要的它是现代公民素质的一个重要方面。因此,在进行教学设计时,如果能与学生生活实际相联系,通过学生自主探究的活动形式来完成教学任务,应该会收到更好的效果。当然,对于远离学生生活的某些内容,有时可以通过补充阅读材料的形式,提高其可探究性。

3. 培养学生地理能力和地理素养的有效度

可以依据三维目标做出判断。如等高线地形图,农业物产分布图,中国能源工业发展分省柱状图等,均适合探究分析。

四、地图教学的主要探究内容

1. 归类探究

(1)地图归类,如景观图、示意图、分布图、专项图、综合图等。

(2)信息归类,如自然要素、人文要素。

2. 选绘探究

如选择、裁剪、拼贴、优化(信息取舍、重新设计)、简化(即选择有效与无效、高效与低效)、卡通化(图形、图例)……

3. 转换探究

包括图文转换,文图转换,图图转换。

4. 内容探究

即是(有)什么,叫什么,在哪里,怎么样(特征与规律),为什么,有何关系。

5. 方法探究

探究各类地图的读图技巧与分析模式。如等值线图的阅读内容与通用规律,点状、线状、面状地理事物的分布特征等。

6. 拓展探究

包括潜在信息的挖掘，关联信息的外延等。

7. 应用探究

联系自然现实，联系生产生活，联系时事热点。

五、地图教学的主要探究方式

1. 借图创设探究情境

依据设计目标，主要分为以下几种类型：

(1)由因导果型。由地图所给定的条件引导学生去探求相应的结果，由因导果，顺向推理。

(2)执果索因型。由地图所给定的结论引导学生去探求相应的条件，执果索因，逆向思维。如根据人口分布图探究影响人口分布的地理条件。

(3)自主创绘型。让学生运用所掌握的地图知识、技能，自己创绘地图，以地图的形式表达所学的地理知识。

(4)信息检索型。教师不加任何提示与引导，让学生直接从地图上读取有用的地理信息。

2. 借图导学，培养能力

主要是引导学生通过读图、析图、说图等活动，在独立解决问题的过程中，让学生的思维进入知识的再发现、再创造过程，授予学生科学的探究方法。

(1)观察法。观察是科学探究最基本的方法。学生在教师指导下有目的的读图，从地图中获取感性素材，并经综合分析、比较、判断、推理等智力活动，可以使观察成果从感性上升到理性，进而探究出地理概念和地理规律。例如阅读中国1月、7月气温分布图。

(2)比较法。在教学过程中，运用比较法揭示概念之间的异同，寻找知识的相互联系，是对知识的理解、巩固和深化的一条重要途径。比较是一切思维的基石。在地图教学中，对照同一地区同类不同时期图像，纵向比较，就能弄清其演变过程，预测其发展方向。对不同地区同类内容的地图比较，就可得出该区域地理环境的整体特征和区域间的差异。例如，讲到亚洲“复杂的气候”时，可要求学生读欧洲和北美洲的气候类型图。

(3)综合分析法。综合和分析是地理教学过程中常见的一对思维逆过程，分析就是把对象分解成各个部分或各种要素，综合就是把各个部分或各个要素连接成整体,从中考察各部分、各要素间的联系。分析综合这一思维活动的特殊性就在于它能够揭示事物的内在联系。多图并用,重视图与图之间的联系,让学生探究如何同时用几幅图来综合说明某些地理事物和现象,是培养学生综合思维能力的有效方法。例如,为了弄清印度农作物分布与自然条件的关系,教学中必须把印度水稻、小麦分布图与印度地形图和印度年降水量分布图结合起来读。

3. 借图设计教学方法,营造浓厚的探究氛围

可以将探究式教学与小组合作学习有机结合,常见形式有游戏、比赛、角色扮演、展演、互评等。

在同一节课中,以上探究方式可以结合教学需要有机组合,灵活变化,以达到最佳教学效果。

六、探究式地图教学的一般过程

主要包括五个方面:

(1)教师对地图进行不定向分析。

(2)教师对地图进行定向分析。

(3)教师设计有效的导学问题。

(4)教师指导学生参与探究过程:进入情境—明确方向—提取信息—加工信息。

(5)教师指导学生推进探究:教师沿着从现象到本质,从具体到抽象,从个别到一般,从插图信息到地理结论的发展顺序,通过点拨、引导、参与,引导学生探究。

七、探究式地图教学对教师素养的要求

1. 三维素养

要求学生具备的地图素养,教师首先要具备,并且要求更高。

完整的地图素养应涵盖知识与技能、过程与方法、情感态度与价值观等三个维度,并具有一定的体系结构,其内容主要包括地图知识、地图技能、地图学习能力、地图意识和情感等。在地图素养构成中,地图知识和技能处于基础地位,地图学习能力处于核心地位,地图情感、态度与价值观是在地图学习能力基础上的升华。

地图知识素养主要包括能够明确地图的三要素(比例尺、方向、图例和注记)以及经纬线，能够判别基本的地图类型等。例如：比例尺不仅在不同地图中可以不同，在同一幅图中的不同部位、径向与纬向也可能不同；经纬网图中经纬线的相互关系及分布特点；上述两项内容与地图投影法的关系等。

地图技能是应用地图知识解决实际问题的技巧和手段，包含四项地图技能：①使用地图——运用地图的特性(方向、比例尺、图例和注记等)；②绘制地图——将信息编码，以地图方式呈现，例如经纬网图与日照图的绘制(旋转、翻滚与变形)，世界与区域地图的绘制；③阅读地图——将地图语言成功解码，包括潜在信息挖掘，主要是有什么、叫什么、在哪里、怎么样；④解释地图——使学生既有的地理知识与地图上观察到的事物、类型、特性产生相关，尤其是为什么、有何关系。

地图情感态度与价值观是人们对地图利用的态度、情感、意识与道德规范的总和，是形成地图素养的重要动力。它表现在学习兴趣、文化情操、审美情趣等方面。

2. 教学操作素养

仅仅具备上述基本素养对于开展探究式地图教学还是不够的，作为教师职业素养的一部分，地理教师还应当具备以下素养：

(1)绘图设计：依据课堂探究目标编绘地图，注意地图设计中的美感与情感。

(2)问题设计：努力做到准确性、针对性、梯度性、逻辑性、启发性、挑战性、新颖性、趣味性等。

(3)活动设计：要处理好合作性与竞争性、操作性与可控性、新颖性与趣味性、目的性与评估性等。

(4)介入设计：包括选手式介入、裁判式介入、教练式介入、行为介入、语言介入等。

八、探究式地图教学中的常见问题及应对方式

1. 常见问题

常见问题包括问答化、描摹化、泛滥化、形式化、模式化和过程化等。

2. 应对方式

(1)针对性。应根据教学内容，抓住基本概念和基本原理，紧扣教科书的中

心内容及重点、难点。

(2)启发性。设问应联系学生的已有知识、能力及个人经验,提出问题应是学生乐于思考且易产生联想的。

(3)挑战性。问题难度适中。问题容易学生会产生厌倦和轻视心理,问题深奥学生会望而生畏,教师提出的问题应接近学生的"最近发展区",使学生能够"跳一跳,摘果子"。

(4)明确性。设计的问题要小而具体,避免空洞抽象。可把有一定难度的问题分解成几个有内在联系的小问题,层层设问,步步深入,使学生加深对知识的理解。

(5)新颖性、趣味性。新颖、奇特而有趣的问题容易吸引学生的注意,调动学生情绪,学生学起来兴趣盎然。

(6)层次性(梯度性)、逻辑性。要从易到难,讲究内在联系。

中学地理课堂导入浅析

李　奇
（阜阳市第三中学）

摘　要：好的开端是成功的一半，有效的新课导入是提高教学有效性的第一步。本文详尽描述了课堂导入的要求和形式、设计依据、导入方法和导入后续处理等问题。

关键词：课堂导入；中学地理教学

中学阶段，尤其是初中阶段，地理学习并不受重视，学生缺乏动力，学习兴趣不浓，对地理课程缺乏求知若渴的学习态度。如何提高教学的有效性，让学生把课堂学习变得有效果、讲效率和出效益，成了很多教师头疼的问题，也是必须引起教师高度重视的问题。

让学生一下子转变学习态度是不可能的，只有从每节课的变化开始，改变地理信息的呈现方式，吸引并抓住学生的注意力，逐步让地理学习变成一种既有趣又高效的事。让每节地理课都有一个精彩的开端就好比见面的第一印象，让学生对这节课"一见钟情"，后面的相处就会容易多了。好的开端是成功的一半，有效的新课导入是提高教学有效性的第一步。

著名教育家苏霍姆林斯基曾经说过，如果老师不想办法使学生产生情绪高昂和智力振奋的内心状态就急于传授知识，那么这种知识只能使人产生冷漠的态度，而给不动感情的脑力劳动带来疲劳。因此，老师要特别注意精心设计课堂导入，激发学生学习兴趣，达到上课伊始趣味即生的境界，以便一上课就紧紧抓住学生，让学生的大脑迅速兴奋起来，以饱满的热情最大限度地发挥主动性，掌握新知识，探求新问题，取得理想的教学效果。

好的导入，就像是高高的围墙内探出来的一枝红杏，又像放学回家的孩子闻到的厨房里飘出的缕缕浓香。

一、课堂导入的要求和形式

1. 课堂导入的要求

(1)趣味性——利于快乐学习，激发大脑皮层的活跃度，从而提高思维与记忆的效度。

(2)新颖性——形式与内容上的新颖性均利于契合学生的关注点与兴奋点。

(3)多样性——丰富多变的导入方式使学生不易产生审美疲劳。

(4)针对性——针对学生特点与教学内容需要，有的放矢。

2. 课堂导入的形式

(1)按照导入的信息载体分，导入形式有：堪称信息传递的第一载体的“语言”，具有形象化和视觉冲击力的“图片”，具有无穷魅力的综合性信息载体“视频”，以激荡的旋律引起学生共鸣的“歌曲”，以较高的参与度保障课堂成功的“游戏”，最具体最真实最具实践性的“实物”等。

(2)按照导入的目标功能分，导入形式有：利于直奔主题、简洁流畅、目标明确的“点题式”，利于营造氛围、激发兴趣、凝气聚神的“激趣式”，用以检查督学、温固旧知、夯实根基的“温故式”，用以自然过渡、承上启下、有机链接的“启承式”，利于充分准备、蓄势待发、顺势进取的“铺垫式”，用以置难设疑、制造悬念、激发欲望的“悬疑式”等。

二、导入设计的依据

新课导入设计最主要的影响因素有四：学生、教科书、教师、素材。众所周知，教学是教师和学生的双向互动，还要以教科书为本。在新课导入设计中，要充分考虑学生、教师和教科书之间以及他们和新课导入的关系。学生的实际情况（包括学生不同年龄的心理特征和他们的认识水平）是导入设计的重要依据，教科书编排的特点和编者的意图是导入设计的重要依据，教师自身的素质是导入设计的重要方面。教师在综合学生和教科书的各自特点的基础上，再进行新课导入的设计，所设计的新课导入既能吸引学生，引起他们的注意，激发他们的兴趣，又与教科书内容有着密切的联系，而不游离于其外。

作为教学活动的组织者、引导者和控制者的教师，由于自身的特点、素质、兴趣爱好、运用教科书和地图以及语言表述能力等方面不同，只要能扬长避短，都会设计出各种各样妙趣横生的新课导入。

三、常见的导入方法

1. 漫画导入法

漫画具有幽默、诙谐的特点，同时在“三观”上有着鲜明的态度，以此导入既可以激发学生兴趣，又有利于情感态度价值观的培育。

例如，在教“森林资源”时引入漫画《小鸟的悲哀》，易使学生兴趣盎然，积极议论，适时导入森林的作用以及人类对森林的态度。

2. 图表导入法

地图是地理学的第二语言，兼具教学手段和教学内容的双重属性。地理图表具有形象、直观、易懂、信息量大等特点。如在讲授“天气与气候”中的“常用的天气符号”时，使用当地当天的天气预报的网络截图就非常适宜。

3. 故事导入法

“学起于思，思源于疑。”利用学生感兴趣的故事巧设悬念，激起疑惑，启发思维，让学生带着问题学习新的知识，效果很好。例如，学习“海水运动”时，可以用德军潜艇自由出入地中海的历史故事导入。

4. 儿歌导入法

儿歌流传广泛，通俗易懂，内涵丰富。找准与地理课堂的对接点，可以水到渠成。例如，在讲述“地球的运动”时，可以用“地球大，月亮小，月亮绕着地球跑；太阳大，地球小，地球绕着太阳跑”这首儿歌。

5. 谜语导入法

谜语是学生喜闻乐见的娱乐形式。谜语竞猜，可以激趣启思，带领学生在愉悦轻松的氛围中进入新课的学习。如在教“地图”时，可由以下谜面导入：“容纳万水千山，胸怀五湖四海，藏下中外名山，浑身绚丽多彩”；“高山不见一寸土，平地不见半亩田，五湖四海没有水，世界各国在眼前”；“不坐车船跑全国，不乘飞机观四海，分文不花万里游，请问奥妙何处来。”

6. 析题导入法

标题号称文章的“窗口”，是对教科书内容的高度概括，从这里往往可以窥知全文的奥秘。新课一开始，老师与学生一起分析课题，并围绕课题提出一系列问题让学生思考，可以起到开门见山，抓住重点，促使思维迅速定向，直截了当，清晰简明，使学生很快进入探讨教科书中心问题的作用。

7. 趣闻导入法

真实、生动、形象的趣闻轶事往往是学生特别爱听的，以此导入新课，也能使学生对所学新课产生浓厚的兴趣，从而积极展开思维。例如，在教“埃及”时，用关于狮身人面像与金字塔的趣闻导入，不仅易于激发兴趣，还有利于加深对埃及自然地理环境与古文明的认知。

8. 简介导入法

有些教学内容与学生生活相去甚远，学生难以理解。针对这样的内容，老师可以选取学生陌生而好奇的地理事象作简单介绍，就是较好的导入。

9. 目标导入法

为了使学生明了听课的重难点，更好地完成教学任务，可以在导入时对学生提出明确的学习目标，开宗明义，直奔主题。这样将教学重点和盘托出，既利于学生心中有数，又便于老师讲述，起到了统领全课的作用。

10. 复习导入法

通过提问、检测、默写等形式复习旧知识，引出新知识，不仅有利于巩固已有知识，也常常利于为新知识的教学做好铺垫，搭好阶梯，使新课教学顺利推进。

11. 预习导入法

教师在课前布置预习内容，设计出几个有针对性的问题，在课堂上有针对性地提问，使学生不知不觉地进入学习状态。这种方法能使学生对所学内容有充分的心理准备，也可培养学生的自学能力，养成好的学习习惯。

12. 视听导入法

用区域性、民族性的特色舞蹈或歌曲片段导入新课，有利于引起学生的求知欲，调动学习的积极性。这种导入法在区域地理教学中应用尤为广泛。

13. 广告导入法

在大街小巷、报纸杂志、电视、网络上，随处可见知识内涵丰富、通俗易懂、读起来朗朗上口的各种广告。结合地理课堂教学内容，把合适的广告巧妙引入地理课堂教学中，往往会收到意想不到的效果。

14. 宣传日导入法

与环境有关的世界日很多，主要有2月2日——世界湿地日，3月22日——世界水日，3月23日——世界气象日，4月22日——世界地球日，6月5日——世界环境日，7月11日——世界人口日，10月16日——世界粮食日，12月29日

——国际生物多样性日等。利用好这些宣传日,往往会起到唤起学生注意、点拨思维、诱导动机、达到使其主动学习的效果。把这些宣传日有机地融入地理课堂教学,不失为一个新的导入方法。

15. 热点导入法

将学生关注的时事政治、社会热点问题,巧妙地引入地理课堂,通过学生的讨论,激发他们探求知识的主动性和积极性。

16. 其他导入法

其他常用的导入法还有神话导入法、悬念导入法、生活导入法、实物导入法、实验导入法、特产导入法、旅行导入法、游戏导入法等。

四、导入的后续处理

许多教师的导入素材仅仅是在一节课开头短暂地用了一下,虽说这样做未尝不可,但是对于精选的导入素材来说,这种用法总显得利用不充分,是对课程资源的浪费。最好的做法是在课堂教学进行中或即将结束时再次回扣导入素材,这样既使材料利用更充分,又有利于知识应用,培养学生思考和解决具体问题的能力,养成探究的习惯。

导之有法,导无定法。不同的老师有不同的教学风格,因而精心设计的课堂导入,激发学生学习兴趣的方式也是丰富多彩的,但都应当不断推陈出新。

Google Earth辅助初中地理教学

陈玲玲
（阜阳师范学院）

摘　要：在概述初中学生特点和初中学生对地理的认知的基础上，对Google Earth辅助教学的优势及可行性进行了详尽分析，并以八年级上册“辽阔的疆域”和“地形和地势”为对象进行了实证分析，主要展示课堂上如何结合老师课前制作的素材，使用Google Earth提供的地理信息及功能，进行Google Earth辅助初中地理教学。

关键词：Google Earth；初中地理教学

全球著名的搜索引擎公司Google于2005年6月推出了Google Earth系列软件。Google Earth是一款虚拟的地球软件，它以三维地球的形式把大量的卫星照片、模拟3D图像以及定位搜索功能结合起来，使用户可从任何角度浏览全世界任何一个角落。Google Earth就像一个立体的有多种分辨率的地球仪，可以通过鼠标转动缩放功能，看到世界各地不同类型丰富多彩的地物，大到海陆山川的分布，小到某个城市街道上的一辆车，都可以尽收眼底。

Google Earth以遥感影像作为底图，将境界线、道路、水域、地形、3D建筑等地理信息以图层的形式进行管理，可以根据需要显示一个或多个地理特征，从而非常便捷地实现同一地点的多重信息综合显示。换句话说，Google earth将地理信息以矢量图层、图片、文本、超链接等多种形式进行整合展示，为辅助中学地理教学带来了无限可能。

一、初中学生的特点和初中学生对地理的认知

（一）初中学生的特点

初中学生年龄多在12至14周岁，具有年龄小、爱动、容易分神、空间想象能

力弱等特点。这就需要教师在授课过程中灵活选择具有吸引力的教学手段,设计出有趣、学生可参与、开放探究式的教学过程,调动学生学习的积极性和主动性,让学生在参与的过程中自动构建知识体系,建立空间概念。

(二)初中学生对地理的认知

有学者对初中学生做了关于地理课程对学生本人帮助情况的调查,调查结果显示[1]:初一年级有57%的同学认为地理课程对自己生活的帮助“很大”,41%的同学认为地理课程对自己的帮助“一般”,3%的同学认为地理课程对自己帮助“很小”甚至“没有”。初二年级有37%的同学认为地理课程对自己生活的帮助“很大”,52%的同学认为地理课程对自己的帮助“一般”,13%的同学认为地理课程对自己帮助“很小”甚至“没有”。总体来说,80%以上的同学对地理的认知是“有用的地理”。

但是对地理课程功能的认知不代表对地理课程的重视程度。学生对地理课程的重视和认真学习程度,在很大程度上受初中地理学科地位的影响。由于不是升入高中的考试学科,地理被一些学生、家长、甚至老师看作是可有可无的“副科”“小科”。

二、Google Earth辅助教学的优势及可行性

(一)Google Earth辅助教学的优势

Google Earth在辅助初中地理教学上具有很大的优势。比起地球仪,Google Earth可放大可缩小,可以从宏观上查看一个国家一个城市的空间位置,也可以从微观角度查看一个国家一个城市的内部差异,这样能够保证对同一地物不同尺度上的研究可以相互关联嵌套,保证空间上的连续性。Google Earth的这个优势比常规的多幅纸质地图更容易被学生理解接受,并有利于学生形成一定的空间思维能力。比起纸质地图,Google Earth可平面可立体。通过Google Earth了解一个城市,操作者可以使用常规的地理符号,也可以通过3D建筑物,甚至可以通过模拟飞行去了解一个地区的地标特征。比起纸质地图,Google Earth可简单可复杂。通过对图层的选择显示,Google Earth的软件界面可以快速地在重点展示单要素的简洁界面和同时展示多要素的复杂综合界面中间来回切换。Google Earth辅助初中地理教学的优势主要表现在以下几个方面。

[1] 张新锋. 初中学生对地理教育看法的调查与分析——以苏州五中为例[J]. 铁道师院学报,2001,18(2):60-64.

(1)提供丰富的教学素材。Google Earth中有卫星照片、航拍照片、模拟3D图像等多种图像类型,在教学准备方面,教师可以通过编辑图像,获取丰富、契合教科书知识点内容的遥感影像和图片等。这些信息可以为授课过程中的知识点讲解提供很大便利,提升教师教学效率。

(2)发挥学生的认知主体作用,提高学生的学习兴趣。传统地理教学,"一支粉笔走天下"。传统的地理教具对学生的认知强化有一定的作用,但在模拟程度及空间上则有一定的限制。若能将2D的课本教科书转化为3D的立体世界,在地理教学的许多课题上有助于帮助学生厘清学习上的疑惑。Google Earth可以整合地理信息,以3D可视化的方式呈现,创建一个多元、生动活泼、互动性高的环境,可以增加学生临场感,提高学生学习兴趣与学习成效,这是普通地图无法达到的效果。

(3)培养学生的信息素养与基本能力。借助于Google Earth,可以相对简化对复杂问题的理解与思考过程,帮助学生建立空间概念,提升学生对于多要素信息的处理与分析能力,培养学生创新思考、问题解决、沟通合作与终身学习的能力。

(4)提供学习资源,丰富学生课余生活。Google Earth可以作为学生课余时间了解世界地理要素分布的一个较有吸引力的途径。

(二)Google Earth辅助教学的可行性

(1)软件免费获得,硬件配置要求低。Google Earth软件可以非常方便地免费从网络上获取较新的版本,并且其安装对电脑硬件配置要求很低。

(2)软件操作易学。Google Earth软件具有一些功能模块,在需要的时候,点击相应的功能模块进行操作,步骤较为简单,软件界面较为简洁,很容易通过自学学会常用的功能。也可以在网络上搜索Google Earth"使用帮助",其操作步骤详细,还结合图形直观展示操作功效,容易理解。

三、Google Earth辅助教学效果实证分析

任何形式的教学方法,其最终目的只有一个,就是要达成教学目标,提高学生学习兴趣与学习成效。

我国台湾学者[1]对Google Earth引入中学地理教学的效果做了实验,选择七

[1] 周兴隆. Google Earth融入地理教学对国中生学习成效影响之研究[EB/OL]. http://www.doc88.com/p-7058378699106.html.

年级两个班的学生作为研究对象，实验组接受Google Earth融入地理教学的方式，而控制组则施以传统讲述法为主的教学方式。两组学生在实验教学前后均接受“位置与范围学习成就测验”前后测试，接着再针对实验组学生发放“Google Earth融入地理教学学习意见调查表”供实验组学生填写，最后在实验结束一个月后对两组学生再进行一次“位置与范围实作评量延宕测验”。将以上测验及问卷结果进行SPSS统计分析，评估两种教学模式下两组学生在后测分数表现上的差异情形，所得数据经T检定、双因子共变量分析、单纯主要效果检验，结果如下：

(1)相同能力水平的学生在不同教学方法下，高、中、低分三组学生在“位置与范围”学习成绩后测验分数并无显著差异。

(2)接受Google Earth融入教学的学生，其学习成效优于接受传统教学的学生。

(3)不同能力水平的学生在“位置与范围”学习成效上有显著差异，高能力水平学生的学习成效优于中能力水平及低能力水平学生，中能力水平学生的学习成效优于低能力水平的学生。

(4)从学生学习意见调查表中可知，90%以上学生对Google Earth融入教学的反馈意见持正面肯定态度，认为有助于提升学习兴趣及学习能力，也提升了他们对学习抽象概念的领悟力。

(5)在不同的教学方法下，Google Earth融入教学的学生在学习效果持久性上优于传统教学模式的学生，Google Earth组的学生较能将所学的地理知识转化为可应用的地理能力。

四、实例讲解

(一)Google Earth能帮我们做什么

从空间特征角度来看，我们可以通过鼠标快速便捷地实现对Google Earth地球模型进行放大、缩小、翻转、平移等操作，从而可以对大到全球、小到某一村庄等多尺度的区域范围进行浏览观察，了解地球整体自然环境的详细情况(包括各地的地形地貌、水陆分布等)，浏览区域在地球上的精确位置(包括行政区划、各地物的位置等)，查看、学习某一城市的详细环境(包括城市的地理位置、自然环境、所有建筑等)。

从属性特征角度来看，Google Earth把多种信息分图层管理能够帮助我们更好地使用Google Earth进行学习。Google Earth中具有经纬网、边界和地名、道路、3D建筑、海洋、天气等多个要素图层，只要勾选某一要素图层，相关的要素信息便会呈现在显示区。这种数据管理方式使我们可以把复杂且综合的地理世界进行分要素分图层简化，通过关闭不必要图层实现地理信息的简洁展示，通过勾选需要的信息图层实现同一地区多重属性的综合展示，这比使用几张常规纸质地图展示同一地区的多重属性更容易被中学生理解。

Google Earth可以帮助使用者快速地高程定位、经纬度定位，查看地形、路网、居民点、城市形态、3D建筑物，测距和保存图片等。这些是Google Earth较为基础的功能。

在Google Earth中，可以通过添加标注以记录兴趣点，也可以在使用图层浏览共享地标的过程中标记自己感兴趣的重要地标，将其添加到自己文件夹。通过添加路径记录我们设计的线路，通过添加多边形或者添加图像叠加层，将我们需要的图层信息加入至Google Earth中显示，通过超链接文字、图片、网页、视频等多种形式的资料整合多媒体资源，把地物信息更多角度全方位地展示出来。

（二）Google Earth辅助中学地理教学案例设计

本案例以八年级地理上册"辽阔的疆域"和"地形和地势"为对象，主要展示课堂上如何结合老师课前制作的素材，使用Google Earth提供的地理信息及功能，进行Google Earth辅助初中地理教学。本案例内容是中国地理的开篇，教科书采用图片、学生活动等多种形式直观展示祖国的疆域特征。学生需要从中宏观上掌握我国的地理位置、自然环境特点等知识，建立起一定的空间概念，激发热爱祖国的情感，从而为八年级后期的关于中国疆域范围内特定空间位置上发生的人类活动及其区域差异学习提供基础。

（1）课前准备。教师除了在机房安装Google Earth软件、保持上课时电脑联网状态外，还需要制作教学素材。主要素材准备工作如下：

①通过Google Earth软件中"添加图像叠加层"导入"中国地势图"，并把图中中国边界的经纬度与Google Earth中中国境界线保持重合。

②通过Google Earth软件中的"添加地标"工具，在Google Earth上准确添加中国的四至点：最北端（53°33′N），最南端（3°52′N），最西端（73°40′E），最东端（135°2′30″E）；编辑标注的属性，添加文字、图片介绍四至点的具体位置、景观等；选择同一个日期（此处选择为讲座日期即2012年11月2日），在地标属性中

添加此时当地的气温,以此帮助学生通过对比图片和气温值直观、定量地了解四至点的自然环境差异之大。

③通过Google Earth软件中的“添加路径”工具,描绘中国地形三大阶梯的分界线、中国南海海域国界线、北纬32°中国境内部分纬线。通过Google Earth软件中“添加多边形”工具,描绘塔里木盆地、柴达木盆地、准格尔盆地和四川盆地,并在每个多边形上添加图片、文字等介绍,从多角度展示每个盆地的属性特征。

(2)教学过程:以八年级地理上册“辽阔的疆域”为例。

引入:上节课我们了解了伟大祖国优越的地理位置,其实祖国母亲为儿女们休养生息创造的优越条件绝非这一点,辽阔的国土是她对儿女的又一丰厚馈赠。

通过Google Earth显示中国疆域示意图(图1)。

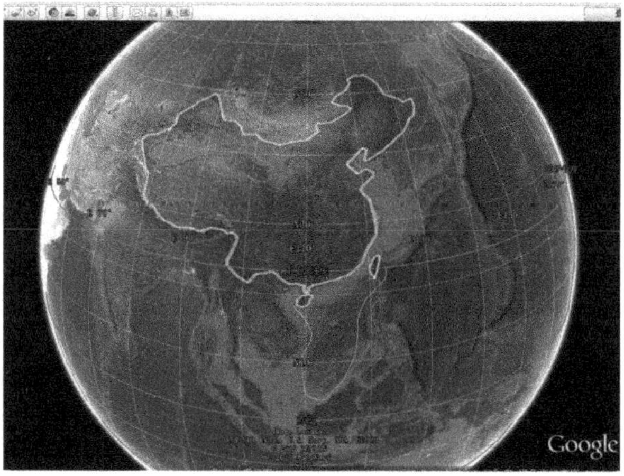

图1 中国疆域示意

学生活动:①通过操作Google Earth,找出我国领土四至(最北、最南、最东、最西);②计算我国南北纬度差,并通过Google Earth的测距工具量算我国南北距离;③计算我国东西经度差、区时差,并通过Google Earth的测距工具量算我国东西距离。

活动总结:我国最北端在黑龙江省漠河以北黑龙江主航道中心线,纬度是53°33′N,最南端在南海南沙群岛的曾母暗沙,纬度是3°52′N,南北纬度差约50°,相距约5 500千米。

教师操作Google Earth，使其“显示阳光在地面移动的轨迹”，并设置时间滑块使其处于同一个时间点（此案例设置为北京时间上午八点整），引导学生观察此时四至点是白天还是黑夜（图2），思考问题：2012年的11月2日北京时间上午八点整，东至点是旭日初升还是日上三竿？西至点是阳光普照还是繁星点点？中国的四至点的地方时分别是多少？

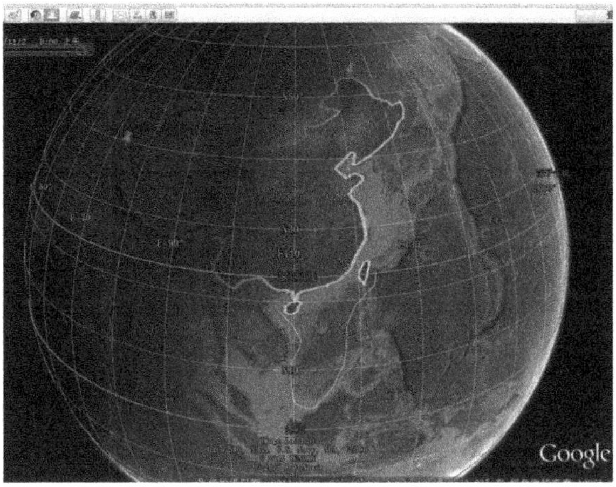

图2　中国四至点示意

老师引导学生点击四至点的地标符号（图3、图4），学生自主操作阅读四至点地标超链接的文字、图片、网址等信息，留一定的时间让学生观察并回答以下问题：在这一天，中国的四至点的气温分别是多少？四至点的景象各有什么不同？

图3　中国四至点之北至点讲解示例

图4　中国四至点之南至点讲解示例

学生回答：我国最东端在黑龙江与乌苏里江主航道中心线相交处，经度为135°2′30″E，最西端在帕米尔高原上，经度为73°40′E，东西经度相差约62°，相距约5 000千米。北京时间上午八点时，乌苏里江畔洒满阳光，帕米尔高原繁星点点，东西在时间上相差4个多小时。

此时教师要进一步引导学生进行总结：为什么我国南北季节差异、东西晨昏差异如此之大？

总结：都是我国领土辽阔的结果。(关于中国国土面积等内容，这里略去。)

过渡：由前面的学习我们知道中国国土面积辽阔，自然风光丰富多彩，那么下面我们一起来看中国的地势具有什么样的空间格局呢？

第二章第一节“地形和地势”从地势特点和地形种类两个方面来研究中国地形特征，内容包括“地势呈阶梯状分布”“地形复杂多样”和“山区面积广大”三部分，学生需要达到了解我国地势三级阶梯的分布特点及各级阶梯的主要特征，熟悉我国不同走向的山脉等知识目标。下面介绍这一内容基于Google Earth的教学过程设计：

①探究我国的地势特点。指导学生通过Google Earth搜索定位功能搜索西藏、江苏等省份，通过学生的放大、缩小、平移等操作，查看中国不同地区的海拔高度和地表景观。然后请学生勾选老师提前制作好的中国三级阶梯分界线，使其在Google Earth窗口中显示(图5)，并在老师的指导下由学生使用Google Earth软件进入“飞行模式”，观察中国三级阶梯各自的特点。

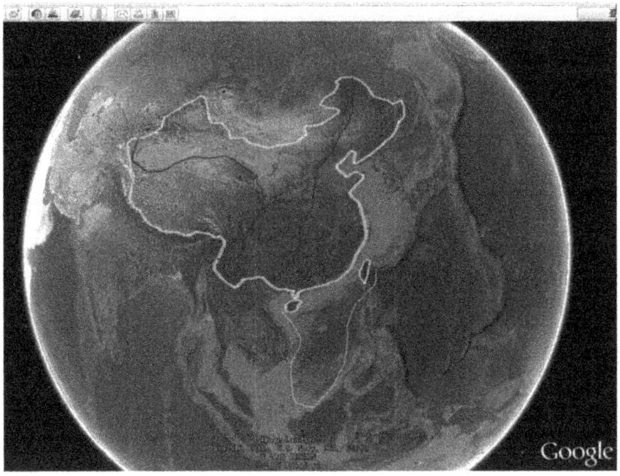

图5 中国地势三级阶梯示意

引导学生使用课前绘制好的北纬32°中国境内纬线段,使其“显示高度配置文件”,制成“中国东西向地形剖面示意”(图6)。

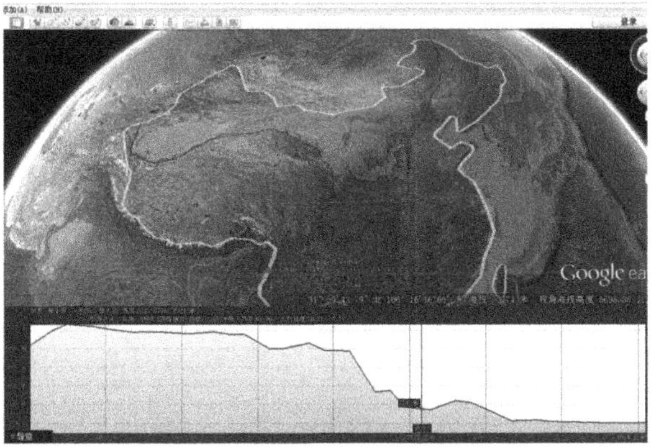

图6 中国东西向地形剖面示意

请同学进入Google Earth飞行模拟,结合飞行过程中的所观所感以及地形剖面图等,完成表1。

表1 我国地形三级阶梯基本地理信息

项　目	平均海拔/米	主要地形类型	主要地形区
第一级阶梯			
第二级阶梯			
第三级阶梯			

②地表形态是自然环境的基础，我国的地表形态对我国的气候、河流、交通等有什么影响？在了解了我国的地势特征之后，我们来研究一下这一特征对其他自然地理环境要素的影响(内容略)。

五、引入Google Earth的困难和注意事项

(一)引入Google Earth的困难

Google Earth软件操作较为简单，使用Google Earth辅助教学在技术上不会构成困难，但需要老师对课程内容提前做充分的准备，要考虑授课过程中每一个环节的需要，提前准备素材，避免在授课过程中出现因缺少素材而耽误时间的状况。

使用Google Earth辅助中学地理教学对学校的教学硬件环境有一定的要求。需要有实验室保障每位同学能够自己动手操作Google Earth软件，且保证网络畅通，这样才能让学生根据自己的知识掌握进度，更好地观察、思考、总结，自主构建知识体系。同时至少需要一台联网的计算机，让老师能够在课堂上演示。

(二)引入Google Earth的注意事项

教师在学生使用中要注意指导，让学生带着问题去使用，避免学生把Google Earth软件当游戏玩。

不同的知识点宜选用不同的方法，因此，教师课前准备很重要，需要考虑课程内容、学校环境、学生先备知识等背景条件，找出最为适切的教学方法，将课程目标与科技以整合及和谐的方式组织起来，切勿落入“为了融入而融入”的窠臼。

关于初中地理学习设计与学习方式的几点思考

高　敏

（阜阳师范学院附属中学）

摘　要：本文在阐述学习设计与学习方式内涵的基础上，基于目前中学地理学科和初中地理教学现状分析，论述了学习设计、变革学习方式的积极意义，探讨了包括学习现有成功经验与模式和基于微课的翻转课堂等实施学习设计、变革学习方式的途径。

关键词：初中地理教学；学习设计；学习方式

一、学习设计与学习方式的含义

1. 学习设计

（1）概念。学习设计就是教师运用系统科学的方法，以学习理论、教学理论和传播学理论为基础，依据学生的特点，分析学习问题，遵循学习过程的基本规律，制定学习目标，选择学习策略，评价学习效果，并将结果表现为一种学习系统的操作过程。

（2）意义。学生从单纯的知识接受者转变为学会学习，学会生存，学会做人，得到了全面发展；教师不再是课程的执行者，而是课程的建设者、调试者，课程实施中问题的协商者、解决者；教师的角色发生了变化：帮助学生确定适当的学习目标，指导学生形成良好的学习习惯，充分调动学生学习的积极性，为学生服务，构建和谐、宽容的课堂气氛，与学生一起分享他们的情感体验和成功的喜悦，和学生一道寻找真理。

（3）流程。包括：①分析学生现有水平；②分析学习内容；③分析学习环境；④确定学习目标；⑤设计学生活动；⑥设计学习策略；⑦选择教学媒体或资源；⑧评价学习效果。

(4)原则。从学生实际出发，灵活、创造性地使用教科书；以学生为中心，强调运用和实践，让学生在用中学，在生活中学习，在学习中生活；把握教学重点和难点，设计不同的任务，实施任务型学习活动；设计多种形式，创造互动的机会，让学生积极参与课堂；实现教学与情感教育有机结合。

2. 学习方式

(1)概念。学习方式不是指具体的学习策略和学习方法，而是高于策略和方法，影响并指导学生对具体策略和方法做出选择的有关学习行为的基本模式。

(2)主要分类。①现代学习方式，即新课程倡导的“自主”“合作”“探究”等学习方式；②传统学习方式，即与现代学习方式相对应的“他主”“独立”“接受”等学习方式。在学校教育中，现代学习方式与传统学习方式应有机结合，不可偏废。

(3)新课程标准倡导自主、合作、探究学习方式。这些学习方式的主要特性包括：①主动性；②独立性；③交互性；④体验性；⑤独特性；⑥问题性；⑦生成性。

学生如何掌握新的学习方式？应该做到以下几点：①构建和谐平等的新型师生关系，激励学生学习方式的建立；②改变教师教学模式和行为，带动学生改变学习方式；③实施发展性的教学评价，促进学生学习方式的建立。

二、初中地理开展学习设计、变革学习方式的积极意义

高考科目设置中地理学科的变迁大体如下：新中国成立初期至1963年，普通高等学校实行全国统一的招生考试制度，地理学科为必考科目之一；1964年，地理学科未被列为高考科目；1966—1976年，高考取消；1977年，恢复高考；1978年全国统一命题考试，考试科目分为理工农医和文科两大类，地理学科被列入文科类考试科目，单独命题，满分100分；1990年，随着我国基础教育改革的发展，推行高中毕业会考制度，实行“3+2”高考改革；1995年，全国各地高考科目全部实行“3+2”方案，取消地理科目的考试；1999年，广东省高考实行“3+X”高考科目改革方案，地理科目作为“X”中的一项被列入高考科目，标志着地理学科又重新出现在高考科目的队列中；2001年，全国陆续推广和实施广东模式。

在安徽省中考科目设置中，在20世纪60年代中期以前有地理科目，但是从80年代末期至今仅有个别地方设置地理科目。

1. 初中地理教学现状

（1）教师：专业知识与技能不均衡，整体水平不高；年龄偏大，缺乏吸引力；教学热情不高，投入的精力有限；个别教师教研活动、教学研究不积极，参与新课程改革并非心甘情愿；没有形成自己的教学风格与特色……

（2）学生：地理是副科，中考不考，凭兴趣学习；上课听听，作业抄抄，考前背背，成绩高低无所谓……

2. 开展学习设计、变革学习方式的积极意义

（1）有利于全面培养学生的地理素养。学生的地理素养主要包括掌握地理知识，运用地理技能，获取地理信息，探索地理问题，具备地理视角，树立可持续发展思想，关爱家乡，关爱祖国，学会生存，学会学习与合作等。

（2）有利于地理教师的专业成长。教师专业发展是指教师作为专业人员，在专业思想、专业知识、专业能力等方面不断完善的过程，即由一个专业新手发展成为专家型教师的过程。

教师专业发展的内容主要有专业理想的建立，专业知识的拓展与深化，专业能力的提高等。

教育的根本是育人，育人的职责在教师，为人师者要有师德，有德有能方可为师。

在研究中充实自己，在实践中发展自己，与学生互动发展。

（3）为现行高考以及将来的中考制度改革做准备。机会是留给有准备的人的，机遇稍纵即逝，天上不会掉馅饼，即使掉下馅饼我们还得有能力接住。

（4）有利于建立融洽的师生关系。新课程标准倡导的自主、合作、探究学习方式，体现出以学生为本、尊重学生的个性发展、关爱学生的理念，营造宽松、和谐的课堂氛围，构建融洽的师生关系。

在学习设计的过程中，教师不再是单纯的“与文本对话”，而是“与学生对话”，“与自己同伴及社会对话”，教师通过充分发挥自己的创造性思维，赋予地理课程更深更新的教育功能和情趣。

三、如何实践

1. 学习现有的成功经验与模式

（1）江苏泰兴市洋思初中“先学后教、当堂训练”模式。教学理念：教师的责任不在于教，而在于教学生学；先学后教，以教导学，以学促教。

(2)山东茌平县杜郎口中学自主创新“三三六”教学模式。①教育理念：以人为本，关注生命；②教学宗旨：快乐学习，幸福成长；③课堂主题：人人参与，个个展示，体验成功，享受快乐；④教学意图：激活思维，释放潜能，自主学习，个性发展。

(3)山东昌乐二中的“271”高效课堂模式。基本理念：让每一个孩子的一生成为一个精彩的故事；教育是对人的成全，全人教育，目中有人，在民主和自由的环境中成长心灵；素质教育的重心应该并且只有落脚在课堂上才是持久的素质教育、真正的素质教育；遵循心理学和社会学规律，打造“271”高效课堂；高效课堂是教育本质的回归。

(4)山东即墨二十八中“和谐互助”课堂教学模式。①“和谐互助”课堂具体表现为课前“师徒结对”，课中“师徒合作、捆绑式评价”，课后“动态管理”；②基本理念：和而共谐，助而互进。

2. 基于微课的翻转课堂

微课是指以视频为主要载体，记录教师在课堂内外教育教学过程中围绕某个知识点(重点、难点、疑点)或教学环节而开展的精彩教与学活动的全过程。

微课既有别于传统单一资源类型的教学课例、教学课件、教学设计、教学反思等教学资源，又是在其基础上继承和发展起来的一种新型教学资源。

微课有其适用的范围、优势和弱点：第一，如果让学生把教师呈现的材料全部接受并内化到自己已有的认知结构之中，实质上还是接受式教学方式；第二，基于讲授式的微课学习在概念与原理的理解和问题解决学习中是有局限性的；第三，微课在线学习仅仅是课堂教学的补充，是作为一种课程资源嵌入课堂教学活动中。

微课教学设计应注意：第一，微课的目标是本节课教学目标的一部分，是为实现本微课的学习目标侧重解决的最重要目标；第二，微课教学设计重在考虑学生通过学习能达成的目标(学习目标)；第三，微课教学内容应是教学过程中的重点或难点内容，又或是学生可能遇到的学习障碍点。

(1)翻转课堂的概念。翻转课堂是指重新调整课堂内外时间，将学习的决定权从教师转移给学生。在这种教学模式下，在课堂内的宝贵时间里，学生能够更专注于主动的基于项目的学习，共同研究解决本地化或全球化的挑战以及其他现实世界面临的问题，从而获得更深层次的理解。在课后，学生自主规划学习内容、学习节奏和呈现知识的方式，教师则采用讲授法和协作法来满足学生的需要和促成他们的个性化学习，其目标是为了让学生通过实践获得更真实的学习。

(2)翻转课堂的特点。①教学视频短小精悍；②教学信息清晰明确；③重新构建学习流程；④复习检测方便快捷。

(3)翻转课堂的实质。①增加学生和教师互动与个性化沟通；②营造学生自主学习的环境；③教师不再是讲台上的圣人，而是身边的导师；④属于直接指导和建议式学习的混合学习模式；⑤让那些因病或参加活动的学生不会落下功课；⑥教学内容被永久保存，可供查阅和修正；⑦所有的学生都参与到学习中；⑧所有的学生都能获得个性化教育。

翻转课堂赋予学生学习更多的自主性和选择性，在课堂内则强化了师生之间的沟通和交流。

(4)几点疑虑。①技术和教学"两张皮"现象，课外看视频学习能否达到预期效果？②"学生只需坐在家里，通过网络就能及时解决学习问题"是否符合学习的基本规律；③翻转后的课堂中心任务是解疑，可实际上许多老师依然"照单全收"，甚至忽略了交流互动中的生成性问题；④所有学科、所有内容的学习方式应该都一样吗？整齐划一的教学模式，无数次的机械重复是否让学生心生厌倦？⑤怎样与我国国情和初中学情接轨？七、八年级学生课外学习时间从哪儿来？学习负担有多重？⑥"高效课堂"能否真正实现课堂的高效？⑦"铺天盖地"的导学案、微课会不会"倒学"？⑧分数的提高能不能代表能力和素养的提升？⑨"高效"的课堂能不能真正带来教育的高效？

因此，如果你不是一个好教师，翻转课堂不会真正确保有更好的学习成效。如果你不做一些补救措施，它不会给你带来任何好处。

英国教育家威廉·亚瑟说过，平庸的教师只是叙述，较好的教师是讲解，优秀的教师是示范，伟大的教师是启发。

传统的课堂教学，教师是主角，是整堂课话语权的绝对主要拥有者，而和谐教育明确要求教师"把课堂教学的权力送给学生"。

教育应该是一个缓慢而优雅的过程，受教育的过程就是积累感悟、熏陶渐染的过程。十年树木、百年树人，是自然之道，也是育人之道。

3. 结合本校实际情况和教师个人特色，因地制宜，因材施教

每个生命个体(教师、学生)都是有特色的，我们敬畏生命，尊重生命，争取让每个生命都鲜活。

4. 自己的一些做法

(1)理念。尊重教学方式方法的多样化,承认其合理性和必要性。客观宣传,但不必要刻意模仿,应理解其核心理念,取其精华为我所用,在此基础上创新,创造出适合自己风格、适合自己学情的方式方法。

个人感悟:初中地理课堂教学更应注重三个方面——兴趣、情感、技能;技能培养是核心,情感升华是灵魂,兴趣激发是关键。

(2)努力方向。快乐学习,理性思考;提升素养,学会生存;师生互动,教学相长;在教学实践中,打造与自己风格相协调、适合自己学生、充满活力的地理课堂。

(3)遵循的原则。根据课程标准、教学内容和学生情况开展学习设计,制定明确的学习目标,选择相应的学习方式。

①实现三维目标:知识与技能、过程与方法、情感态度与价值观。

②“我的课堂我做主”,学习形式不拘一格。聆听接受式、自主探究式、互动交流式、小组合作展示式、游戏竞赛式、师生角色互换式等(请学生“代课”),结合学情、教学内容、自身的状态,适时调整、选择,机动灵活,每一天、每一节课都让学生感受到有新鲜的事情发生。

③实现目标。“化知为识,转识成智”,善于推理与表达,透过现象看本质,突出地理学科特色,运用科学的语言表述;学会倾听、接纳、拓展,在互相尊重的基础上沟通交流;听、说、读、写、画,展示个性才能;在联系中探究推理,构建思维线索,在合作中培养协作精神,在应用中获取实践能力……牢记学生是课堂的主人,我和他们一起学习,共同快乐成长。

④成立兴趣小组,开展课外活动,开阔视野,放飞心情。肖家芸老师在《教师的专业发展与成长之路》报告中说,带着梦想前行,充实而快乐;不断有梦,不断地想,不断地做,不断地改。

立自己的教育教学梦,在圆梦的征途中不断地想,不断地做,不断地改,享受充实,享受快乐,坚信“寂寞山谷里的野百合也有春天”。

拓展与延伸篇

“给学生一杯水，教师应有一桶水。”老师的这“一桶水”不仅要“保量”，更要“保质”“保鲜”。社会的发展变化，地理科学的新进展，现代教育理论的发展等，都促使中学地理教师要及时、不断地更新自己已有的知识(包括但不限于地理知识)。

《义务教育地理课程标准(2011年版)》提出的三大课程基本理念之一“构建开放的地理课程”，明确要求初中地理老师要在课程标准允许的范围内，充分重视校内外课程资源的开发利用，以拓展学生的学习空间。

地理科学是一门兼具自然科学和社会科学特点的综合性学科，在初中地理实际教学过程中，知识边界如何确定是一个值得关注的话题。课程标准是确定知识边界最重要的标准，但不应该是唯一的标准。有时候老师在教学时不限于课程标准地适当多讲一些内容，不仅有助于学生理解现有课本知识，知道来龙去脉，还可防止学生疑问重重，万般不得其解。

本篇辑录的六篇讲稿，体现了地理科学部分最新研究进展，彰显了人地关系这一地理科学研究核心，契合了初中地理课程标准“学习对生活有用的地理”“学习对终身发展有用的地理”的课程理念，有助于“构建开放的地理课程”。

探寻生活中的地理学

白如山
（阜阳师范学院）

摘　要：以“学习对生活有用的地理”“学习对终身发展有用的地理”为基本理念，从地理学的角度探究服装与地理、饮食与地理、民居与地理及出行与地理等与生活联系密切的典型实例，旨在揭示衣食住行背后的地理分布特征和成因，进而为中学地理教师课堂教学践行“学习对生活有用的地理”增加一点新思考。

关键词：生活；地理学；衣食住行；就地取材

一、问题缘起

《义务教育地理课程标准(2011年版)》提倡“学习对生活有用的地理”“学习对终身发展有用的地理”等课程基本理念。地理学是一门旨在解释地区特征以及人类和事物在地球上出现、发展和分布情况的科学。地理学所关注的是人与环境在特定位置的相互作用。地理学者的研究主要围绕诸如“它在哪里、它是什么样子的、它是什么时候发生的、它为什么在哪里、它产生了什么作用、怎样使它有利于人类和自然环境”等问题展开的。在寻求这些问题的答案时，人们逐渐形成了地理事物在地球上的位置、相互作用、空间分布和差异等的合理观念和推断法则。地理教学的核心任务之一就是给学生装上“地理的头脑”，也就是会运用所学的地理思想和方法认识和欣赏我们所生存的这个世界，更科学地选择、安排生活和生产。如何将抽象的地理知识有效“移植”到衣食住行等与学生联系密切的地理现象中呢？如何运用所学的地理知识解释衣食住行等现象的分布特征、分异规律、地理成因及机制呢？基于此，本文着重从衣食住行等与学生生活联系密切的几个典型实例，说明自己对上述困惑的理解，以期为“学习对生活有用的地理”等增加一点新认识。

二、生活中的地理

(一)服装与地理

衣食住行是人们生活的四大要素。“衣”位于四大生活要素之首，足见服装对人类生存和生活的重大意义。服装不仅具有保护人体的功能，而且在不同的场合表现人的不同心情，有着很强的社会性。

1. 实例

(1)赫哲族。赫哲族分布在黑龙江省的三江流域，那里江河纵横，野生动植物资源丰富。渔猎生活给赫哲族人服装打上了特别的印记，他们早年服装的主要原料是兽皮和鱼皮，形成了以兽皮、鱼皮制作服装的传统。

(2)鄂伦春族。鄂伦春族主要居住于气候寒冷的大兴安岭地区，游猎生活，创造了兽皮服饰文化，其原料主要是狍子皮、鹿皮等，尤以狍子皮居多。狍子皮既能御寒又能防雨，而且还经久耐磨，非常适合狩猎时穿用。

(3)蒙古族。蒙古族生活于蒙古高原，气候寒冷，加之以游牧为主，马上活动的时间比较长，其服装必须有较强的防寒功能而且又要便于骑乘，长袍、坎肩、皮帽、皮靴自然就成了他们的首选衣着。

(4)维吾尔族。维吾尔族男装以“袷袢”式服装为主要款式。“袷袢”常用彩色条状绸作面料，这是一种深受欢迎的传统衣料，名为“切克曼”。其次是“拜合散”，织造细密，衣质轻软，是缝制“袢”的好面料。冬季穿着皮制“袷袢”，十分保暖。维吾尔族妇女爱穿裙装，喜爱选择鲜艳的丝绸或毛料缝制，常见的有大红、大绿、金黄等色的裙装，内穿淡色衬裙。她们偏爱本民族独创的艾德莱斯绸缝制连衣裙。

(5)藏族。藏北草原海拔高，气候酷寒，服装首先以挡风御寒为目的，藏北草原盛产的羊皮是藏族同胞制作服装的主要原料。

2. 地理背景

从上述列举的传统民族服装的描述中可以看出，服装适应自然环境以维持人体生存的基本条件。在自然环境中，直接对服装有影响的是气候条件。根据日本小川安郎先生的研究，世界各地气候类型不同，服装形式也存在很大差异。海洋气候型地区，由于海水热容量大，气温变化幅度小，特别是在低纬度地区，蒸发强烈，月平均气温较高，因而服装设计成便于散发体表热量的开放宽敞型。内陆气候型地区,由于受陆地易热易冷的影响,气温变化大,湿度低,雨量偏少,尤其是大陆内部沙漠地区,为了避免烈日曝晒,多穿全身包裹的白色衣服,如西亚地区阿拉伯人的服装。又因为湿度低,蒸发强烈,无蒸热感,夜间温度不高,这种服装还起到保暖作用。介于上述气候之间的中间气候型地区,主要受季风影响,夏季高温高湿,以致夏季衣服多开敞样式,冬季气温低,以致冬季衣服多呈密闭包裹样式,春秋季节,因气候变化显著,服装种类很多,变化较大。因此,在典型季风气候区域,服装形式复杂,一年四季变化大。小川安郎先生基于自身研究三种气候类型视角解释服装的空间分布差异特征问题,为我们认识服装与地理环境的空间关系提供了新思考,但必须看到其中存在某些薄弱环节,比如小川安郎仅把世界气候类型粗略地划分为三种类型稍显宏观,尤其是难以突显气候分布的地带性规律与服装空间分布的关系及其背后的地理成因机制。

就世界范围而言,由于气候带的影响和作用,人类传统民族服装具有明显的地带性空间分布规律(表1)。

表1 世界着衣方式的地带性[1]

着衣带	气 候	月平均气温及其他	衣着特点
极低冬季型着衣带	极地冬季型		单靠衣服不能御寒保暖
四层着衣带	寒温带	-20℃~-10℃	
三层着衣带	温带	-10℃~0℃	
两层着衣带	暖温带	0℃~10℃,辐射不强	两层衣服间气层厚6毫米
单层着衣带	亚热带	10℃~20℃	毛衣加轻棉衬衣
干热宽松着衣带	炎热沙漠	辐射强,昼夜温差大	飘垂白色长衣
极少着衣带	潮湿热带	20℃~30℃	轻棉织物

必须指出,在一些山区,受气候垂直变化影响,服装还可能出现垂直地带性规律;由于受气候的非地带因素以及风俗习惯、民族传统、审美观念等社会文化因素的叠加,导致服装空间分布格局更为复杂。

(二)饮食与地理

1. 南米北面

“南米北面”是指我国南、北方的饮食习惯不同。南方人爱米饭,北方人喜面食,其实这与南、北方的农作物品种结构不同有关。大体以秦岭-淮河一线为

[1] 朱瑞兆.应用气候手册[M].北京:气象出版社,1991:341.

界,我国南方地区高温多雨、耕地多以水田为主,所以当地的农民因地制宜种植喜温喜湿的水稻,因而南方历史上一直以大米及其制品为主食,例如米饭、米糕、米团等。而秦岭-淮河一线以北地区降水较少,气温较低,耕地多为旱地,适合耐干耐寒的小麦生长,人们主要以面制品如面条、馒头、饺子、大饼等为主食。由此可见,"种啥吃啥",长此以往,便养成了"南米北面"的饮食习惯。在降水更少的内蒙古、西北地区和低温的青藏高原上,或因干旱,或因寒冷,那里已不能生长庄稼、树木,只能长草,当地人主要以放牧牛羊为业,因而便以牛羊肉和奶制品为主食。

但是,凡事皆有例外,东北地区虽属北方,但水分和热量充足的地方适合一季水稻生长,当地主食侧重米饭;同时,东北人大多是山东、河北移民后裔,故对面食也不排斥。京津地区由于明清时期由南方漕运而来的粮食为稻米的缘故,饮食习惯上对米饭接受度大于华北其他地区。一般以米饭为主食的东北和南方大部分地区将米饭简称为"饭",河南、山东、山西、陕西、甘肃等以面食为主的地区一般会把米饭简称为"米","炒饭"即称"炒米",而在南方,"炒米"是另外一种小吃。

2. 南细北粗

从整体上说,南方饮食比较细腻,北方饮食比较粗犷。这主要源于生物多样性具有地带性变化特征。北方温度低,生物种类少;南方温度高,生物种类多。一般来说,生物种类丰富的地方,食物种类也比较多样。我国北方冬季漫长,旧时主要靠储存的大白菜、萝卜作为冬季蔬菜,东北十大怪之"大缸小缸腌酸菜"就是明证,腌酸菜是东北储存白菜的好方法。南方四季常青,没有"死冬",丰富的食材是精工细作的基础。南、北方经济生活、文化生活等方面的差异,对饮食"南细北粗"也有一定的影响。

陕西农民常用的海碗,形如半个篮球,容量多达两升。潮州人饮功夫茶用的茶杯,形如半个乒乓球,薄如纸,白如玉、响如磬,容量小得可怜。可以说,南方饮食在精细上下工夫,肉切得薄薄的、细细的,码得整整齐齐的。东南沿海一带的点心玲珑剔透,街头小吃花色繁多。在江苏,一种鳝鱼可做上百道菜肴,一种刀鱼可制作刀鱼全席。

(三)民居与地理

1. 实例

生活在北极地区的因纽特人传统民居较为独特——雪屋,从外表看很像扣在地上的一口大锅,或者像一个小小的蒙古包。最大的雪屋地面直径有七八米,小的雪屋直径仅有两三米,雪屋的平均寿命在五十天左右。因此,因纽特人每年盖新房和搬家次数之多均为世界之最。

我国西北地区的传统民居多为屋顶平、墙体厚、窗户小,冬季保温、夏季防暑的“平顶土房”;南方地区则形成了屋顶陡斜、四壁透风、房体高架、上下分层的干栏式“竹楼”“木楼”等民居类型;北方地区的传统民居内都有火炕、火墙等取暖设施,并设双层窗户。

广西、湖南、贵州一带的壮族、布依族、侗族、水族等民族的传统民居建筑为“吊脚楼”。

窑洞至今仍为我国陕西、山西一带农村常见的民居。

青藏高原上的传统民居多为石质碉房。

2. 地理背景

因纽特人地处的北极地区,是一片冰天雪地的世界,那里常年大风不断,气温极低,帐篷无法御寒。可以说,酷寒莽原中难寻木材、草泥,适宜就地取材的“建造材料”只有雪块。因此,在这一地区的因纽特人选择建造圆顶雪屋,地下居住,御寒保暖。圆形的雪屋,不但可以阻挡刺骨的寒风,还能保护屋顶,使它不易融化。雪屋采取深挖洞、浅筑顶的做法,使得因纽特人冬天居于地下要比居于地上相对暖和一些。

我国西北地区传统民居建筑形态的形成与光照强烈、降水稀少、温差大、风沙多、不用担心降水的经常性侵蚀有关,屋顶常常是“一”字形,而且覆土较厚,四壁墙体厚实,窗户比较少,这样屋内就具有冬暖夏凉的效果。

南方地区民居建筑形态的形成与气温高、降水多、风力弱、湿度大有关,因此屋顶形态呈两面坡状。它既有效地使屋内热量集聚在室内上部,又有利于屋内中下部凉爽和屋顶迅速排水。

北方地区的传统民居类型则与冬季严寒而漫长的气候密切相关。

广西、湖南、贵州一带的壮族、布依族、侗族、水族等主要分布在山区,因平地较少,地势较陡,坡度大,在修建住宅时,为了扩大住宅面积,往往在房屋一侧临空发展,在下面用数根柱子支撑,使延伸部分好似吊在主屋后侧或一侧,给人以一种腾飞而起的崇敬感。

在甘肃、陕西、山西等省的黄土高原地区,这里降雨量较少,树木生长稀疏,生活于此的人们因地制宜,充分利用黄土缺乏层理、有明显的垂直节理、透水性能差、保温效果好的土质特性,开凿窑洞居住。窑洞具有节省木材的特点,不需要梁架等木构材料，但缺点是怕雨水浸泡。不过，对雨量稀少的黄土高原而言，这并不构成威胁，窑洞是非常适合当地环境的一种传统住宅形式，冬天可以御寒，夏天可以抵挡高温的侵袭。

草原上的牧民为适应游牧的需要，装卸方便的毡房是首选。

青藏高原是世界上形成时代较新的高原，由于那里风化作用强烈，成土时间短，且地高天寒，成土环境严寒，因而土层浅薄，质地粗疏，岩石广布，树木稀少，当地人们在建造房屋时往往就地取材，主要以石料为墙体建筑材料。

3. 地理成因

传统民居不能脱离地理环境而存在。越是在远古时代，物质与技术力量越差，人们受自然环境的制约越大。因此，早期的民居建筑设计中有许多典型的实例，使我们了解古人如何在最大程度上取自然之利，避自然之害，造自己的安居乐土。他们在日照、通风、驱寒、保暖、防灾等问题上，都是基于当时的科学技术水平力求给予最细致的考量，并且首先保证安全、卫生等基本要求，这在建筑材料选用、建筑选址、布局形式上反映得最为具体。

我国960万平方千米的辽阔陆地国土自南至北约跨越50个纬度，从酷热的华南到严寒的东北、西北，从东南海域到青藏高原，气候条件极为悬殊(图1)。

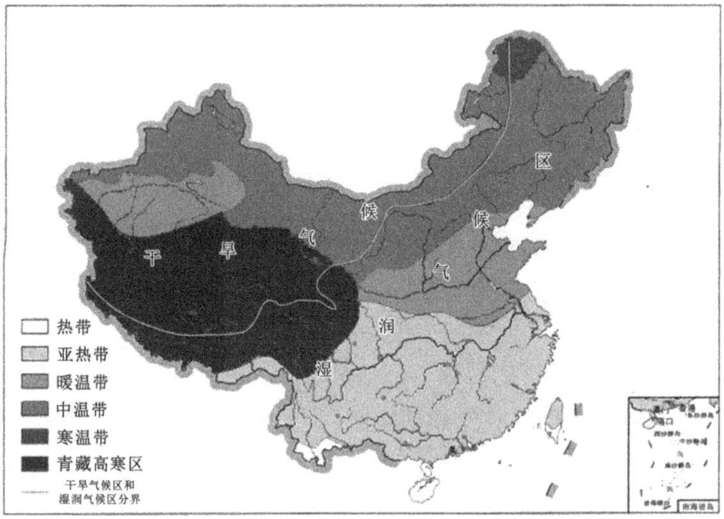

图1 中国气候干湿带分布图[1]

地处高纬度的东北、华北地区，冬季气温极低，严寒成为生活中最主要的威

[1] 王静爱. 中国地理教程[M]. 北京：高等教育出版社，2007：46.

胁，为了御寒，常以火炕取暖，这种取暖方式不可避免地要制约建筑物的平面布局形式。广泛流行于东北、华北地区的三开间四合院平面布局，不能说与火炕取暖方式没有联系。由于冬季气温低，人们不得不借日照的热能来提高室内气温，所以对日照需求十分强烈，加之纬度越高，冬季太阳的入射角度越低，为争取更长的日照时间，并避免建筑物相互遮挡，因而建筑物之间必须保持较大的距离，这反映在总体布局上，与气温较高的华南地区相比，其建筑密度则大大降低。此外，为了防止寒风侵袭，建筑物多在院内向阳一侧开窗，其余三面则非常封闭，因而就整体风格看，具有极其厚重、封闭的特征。

与上述情况不同，地处纬度较低的广东、福建、海南等地区，气温高、雨水多、湿度大，日温差与四季温差变化均不显著，且经常处于静风状态。如果说东北、华北地区民居建筑的主要矛盾是御寒，那么南部地区则表现为必须具备遮阳、避雨、散热、通风和防潮功能。这里与东北、华北地区不同，为了遮阳，建筑物须力求相互靠拢，以此借助彼此的遮阳作用而获得尽可能大的阴影区。例如同是四合院，东北的四合院院子最大，华北次之，华中又次之，到了华南地区则仅为狭小的天井院（图2）。狭小的天井院可以免于烈日的曝晒。

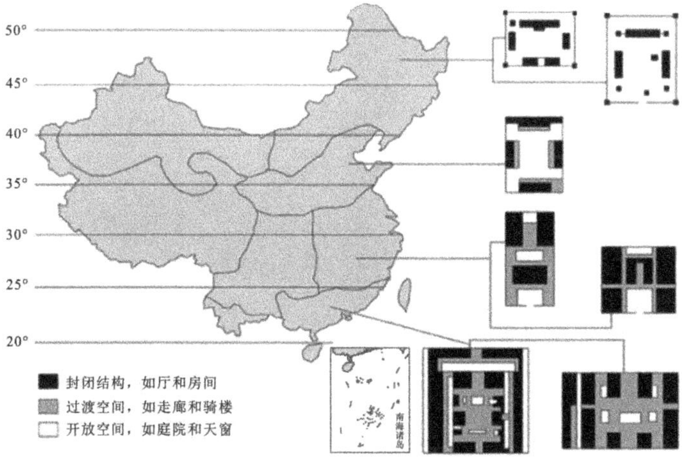

图2　不同纬度四合院的空间结构[1]

避雨的要求也明显地反映在建筑物的形态上。一般来说，多雨地区的建筑物不仅屋顶坡度大，而且出檐深（当然，这也兼有防止烈日曝晒的功能）。

通风是散热、防潮最有效的方法，这对于湿热、静风的地区，必须给予足够的

[1] 彭一刚．传统村镇聚落景观分析[M]．北京：中国建筑工业出版社，1992：7.

重视。例如滇西南的干栏式建筑与桂北一带的民居，建筑物尽量敞开，并用未经油漆的木板作墙面和围护结构，甚至连地板也特意留出缝隙，遮阳、四面透风的建筑可以获得最好的通风效果。此外，挑廊、披檐、平台、敞间等有顶无墙的开敞式空间形态也被广泛采用，既可避雨、遮阳，又不妨碍通风，还可增强景观效果(图3)。

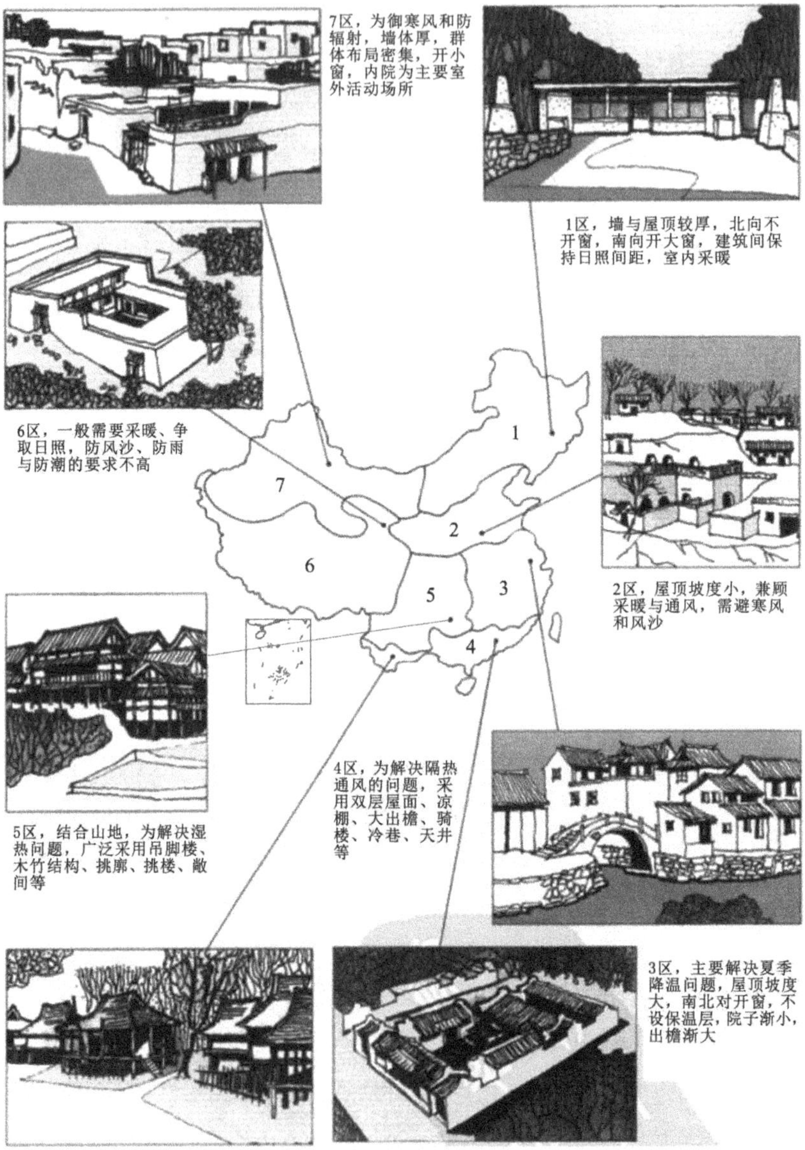

图3 我国不同气候区民居建筑示意[1]

[1] 段进. 城市空间发展论[M]. 南京：江苏科学技术出版社，2006：79.

地处内陆地区的新疆,属于典型的大陆性气候,不仅异常干燥,而且昼夜温差变化极其悬殊,人们常用“早穿棉袄午穿纱,围着火炉吃西瓜”来形容其日温差之大。在此气候条件下,当地居民采用土坯、泥墙等高蓄热量的建筑材料作围护结构,以便白天有良好的隔热效果且吸收大量的热量,夜间再慢慢释放出来,以此减弱日温差对室内的影响。此外,由于夏季酷热,所以平面布局力求紧凑,从而以最小的表面积围合最大的体量。另外,窗户也开得既少又小,并且多采用高窗的形式以减弱地面辐射热的影响,建筑物均采用反射性能较好的浅色调(参见图3)。在群体空间组合时尽量靠拢以缩小建筑物之间的间距,由此产生大面积的阴影区,以此减弱烈日曝晒的影响。不仅如此,在建筑物周围还大量种植树木,特别是借葡萄藤蔓攀缘覆盖于屋顶墙面之上,以削弱由直射光所产生的辐射热。

再如陕甘宁地区,其气候与新疆接近,但这里往往以窑洞的形式以适应气候的特点。窑洞本身具有冬暖夏凉、夜暖昼凉的特征,可以调节由于温差过大而带来的问题。以高寒为主要气候特征的青藏地区,比较典型的是藏族的平顶式民居。高寒地区的保温原则和干热地区的隔热原则相似,不同的是一个热源在室内,一个热源在室外。为了保持室内温度,青藏地区必须采用蓄热量高的材料如泥土、土坯、石块等砌筑厚墙,采用紧凑封闭的平面布局形式以利于保温。但与干热地区不同点在于需要太阳的辐射热,所以群体组合时要保持足够的间距,朝阳的一面尽量敞开以获得更大的日照面积和更长的日照时间。藏族民居多背山向阳布局,并采用平顶屋形式。处于同一气候条件下的民居建筑及村镇聚落形态由于受相同气候的影响,往往在形态和风格上都带有某种共性特征,呈现类似于纬度地带性或经度地带性的空间分布特征(图4、图5)。

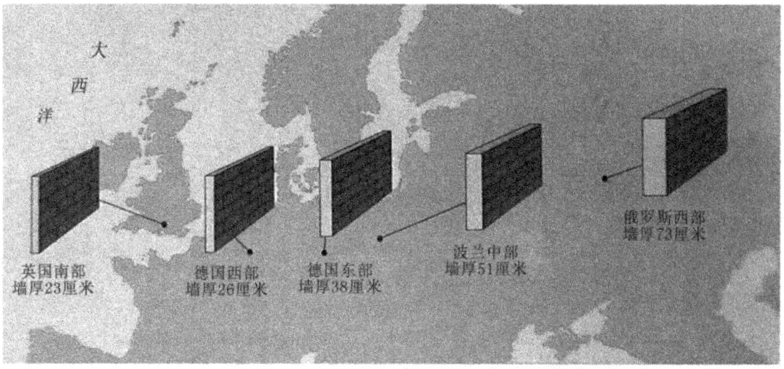

图4 欧洲不同地区传统民居墙体厚度的变化[1]

[1] 王民. 义务教育课程标准实验教科书·地理(八年级上册)[M]. 北京:中国地图出版社,2004:60.

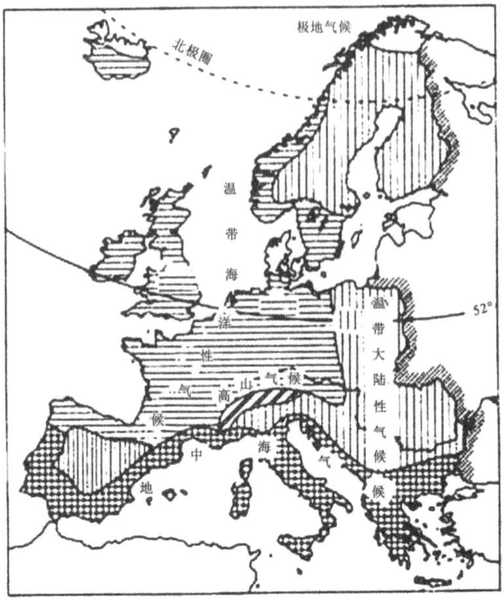

图5 欧洲气候分布图[1]

但是这并不意味着每个地带内的民居风格和聚落形态必然相互雷同或千篇一律,这是因为气候只是影响其形态和风格的因素之一,除此之外,还受诸如地形地貌、建筑材料等因素的影响。再说同一地区尽管气候特征相似,但这只是大体相同而已,且不说大的尺度空间,即使在省域尺度范围内气候也必然有很多差异。例如福建,虽然气候空间差异并不显著,但因地形复杂,历史上长期交通不便,各地区之间很少交往,加之历史上中原人多次南迁带来不同的文化影响,因此,八闽大地民居建筑多因地制宜,自成体系,各有其独特的形式与风格。可见,即使气候条件相似,但民居形态却可以有多样化特征。

(四)出行与地理

人们的出行与地理环境密切相关。面对高山峡谷溪流,人们往往乘皮筏漂流;在冰天雪地的高原地区,人们有时坐雪橇出行;在茫茫沙海中,骆驼成为"沙漠之舟"。无论是旅游还是出差,都要根据天气与目的地自然环境情况,决定出发的时间或交通方式。如雷雨天一般不宜乘坐飞机,可选择乘坐火车;适逢雨季,就不能到易发生泥石流的地方去旅游。外出要会阅读地图,通过读图迅速了解与熟悉新的环境,从而形成正确的空间概念。

---

[1] 人民教育出版社地理社会室.九年制义务教育三年制初级中学教科书·地理(第2册)[M].北京:人民教育出版社,2001:45.

民族、地域的差别及自然地理条件的差异等导致交通运输的地区差异,显示出不同的特色。东北冬季寒冷,地面积雪厚,雪橇、滑雪板等雪地交通工具得以采用。江南河道纵横交错、湖泽棋布,为船舶的航行创造了条件。西南峰峦层叠,谷深崖陡,难以砌筑桥墩,因而多用藤、竹、木等材料架设索桥或伸臂桥。

同样,草地上的勒勒车,沙漠中的骆驼,青藏高原上的牦牛,这些独具特色的交通运输形式,无一不与自然条件密切相关。

不可不知道的地理“关键词”

白如山
（阜阳师范学院）

摘　要：围绕地理学家对地理学基本问题的系列思考，如这种现象是什么？位于何处？它是如何形成并出现在那里？它同其他自然或人文现象属于何种关系？它的位置怎样影响人们的生活？回答这些问题所涉及的核心概念，如人地关系、地方和区域、空间、尺度、距离等。

关键词：地理学；地理学基本问题；关键词

一、问题缘起

在许多场合，作为表达主题内容核心要义的关键词，都能见到它活跃的身影。比如，媒体揭晓的“十大关键词描绘‘十五’中国”，“盘点2010年度十大关键词”，“盘点2014年度十大关键词”，甚至有些作者直接把“关键词”作为书名，如《关键词》《中国经济关键词》和*Key Concepts in Geography*等，就是明证。

回想上学时代，在回答问题时，老师总提醒我们要抓住“关键词”。如今阅读期刊文献时，每篇都标注关键词，也许这是学术规范的需求，其作用既有利于读者直观了解论文内容，更有利于检索。这在当前网络时代尤为如此。

最近，重读汪丁丁发表在《读书》上的《经济学的关键词》[1]，赖德胜发表在《经济学家茶座》上的《经济学家的关键词》[2]，觉得甚为过瘾。他们不仅通俗易懂地阐述了经济学的关键词，使读者比较轻松地理解经济学精要，而且让人们认识到经济学文章也可以这样一种诙谐幽默的方式表述。赖德胜认为，关键词不仅是表征经济学的有效方式，掌握经济学的某些关键词也是现代公民应具备

[1] 汪丁丁．经济学的关键词[J]．读书，1995(7)：71-76．

[2] 赖德胜．经济学家的关键词[J]．经济学家茶座，2008，26(34)：31-33．

的基本素质。

由此,启发我们进行了一系列的思考:何为"关键词"?"关键词"有哪些类型?何为地理学的"关键词"?地理学有哪些"关键词"?基于此,本文采用文献调研法、综合分析法,围绕地理学者在寻求诸多问题(这种现象是什么?位于何处?它是如何形成并出现在那里?它同其他自然或人文现象属于何种关系?它的位置怎样影响人们的生活)的答案时,所涉及的核心概念,如人地关系、地方和区域、空间、尺度、距离等。其实,这些核心概念都是地理学家表述他们研究的地球空间的一些基本观察结果,并将其置于一个共同的参照框架之中的手段,每个概念都值得深入讨论,因为它们并不完全像看起来的那样简单。

二、地理学的关键词

(一)关键词之一:人地关系

人地关系的"人",不只是"在一定地域空间上,从事生产活动或社会活动的社会群体的人",而且是具有丰富内涵、存在于一系列对立统一关系之中、具有层次结构和组织功能的"系统的人"。首先,人是自然存在物,本身具有自然属性。人是迄今为止地球上存在的唯一有理智、有思维,并能从事创造性实践活动的存在物。人的这种自然属性使其必须依赖自然界、遵循自然发展才能生存。其次,人是社会、经济、文化活动的载体,其本身具有社会属性。一方面人的社会属性形成了人类社会的基本结构,另一方面也形成了人地之间实质性的物质、能量、信息交流。"人类"主要通过土地利用、工业生产、生活消费等活动形式对"地"产生直接作用。再者,人是具有层次结构和功能的系统人,主要包括如下几个部分:一是知识价值系统,包括文化观念、科学技术、思维方式;二是社会组织系统,包括政策、法律、制度、体制、社会组织、政治组织等不同层次的社会组织体系;三是人类行为系统,包括人群、社会、国家、全球不同行为主体的生产、消费、娱乐、宗教等行为活动以及人口自身的生产、迁移、流动模式;四是人类活动与自然的相互作用形成的并对自然环境产生强大作用的人工物质系统,如机器、交通、通信系统等。

人地关系的"地"就是地理环境,主要包括两部分:一是指自然地理环境,二是指人文地理环境。自然地理环境是指人类赖以生存和发展的自然界,主要由地质、地貌、水文、气候、植被、土壤等自然要素组成。但这里的自然地理环境并不是纯粹的自然概念,而是在人类活动影响下已经人文化了的自然环境。人文地理环境是指人类在自然环境的基础上，叠加了一系列社会活动形成的，由社会化了的人口、经济、政治、文化、民俗、聚落、宗教等人文要素组成。人文地理环境虽然是由人类创造的，但同时人类也受到这种环境的影响和制约。

人地关系的“关系”，简单地说，就是人口与土地的关系，但它绝非简单的人口数量与土地面积的关系。从人口概念上说，它既意味着一定的人口数量，又意味着一定的人口质量；既意味着一定时期内的人口增长，又意味着一定时期内的人口结构和人口迁移。因此，关键词“人地关系”具有不同层次的含义：在基本层次上，它是一般的人口与土地的关系，是人口数量与土地面积的关系；在中间层次上，它是人力资源与土地资源的关系（人口与资源的关系），同时也是人口与食物供应的关系（人口与生产资料的关系）；在综合层次上，它是人口与经济发展的关系，是人口、环境与可持续发展的关系。

（二）关键词之二：地方和区域

我们提到的第二个关键词是“地方”（place）。这是经济地理学经常使用的核心概念，也是最复杂的地理学概念之一。Place在英文中有很多含义，如地点、地区、地位、住所等意思。“地点”与location、site、position等同义，“地区”与area、region、district等一致。可见，“地方”这个关键词所指空间范围可大可小，可以小到一个街区，大到一个国家（实际上这里隐含了下面要讨论的尺度概念），可以说，它是一个具有地理空间弹性的核心概念。目前，地理学家在使用“地方”这个概念时通常包含三重含义：①地点或区位，即地球表面的一个地点；②地方意识，即人们对某个地点的主观感受；③场所，即人们日常交往和活动的场所。理解这个概念如下两点非常重要。首先，“地方”虽然具有地理空间弹性，但主要是指观察者日常所熟悉的空间范围，既可以相对另一个地方来讨论，也可以在更大背景区域（如大洲或国家）下来讨论。其次，“地方”表达了地理学最根本的“假设”，即现实世界不是均一的，且每个地方都具有其自身的独特性。这是将地理学（尤其是经济地理学）与经济学（包括区域科学）区分开来的主要标志。这个层面的“地方”就是哈特向的“马赛克”世界观的另一种表述，与“区域”所要表达的潜在意思无异。或许，“地方”这个关键词在地理学中的地位就像“分子”之于物理学和化学的地位，是地理学家研究世界的基本单元。

地理学对空间联系的关注源于世界不同地方的差异性。传统地理学以区域为核心概念，是这种关注的集中表现。地方是资源管理、环境管理、经济发展、社会管理、文化发展和可持续发展的具体载体。每一个地方都是唯一的和特殊的(正如每一个人都有独特的外表和个性),但又具有和与之联系的其他地方相同的共性特征(正如所有人都有共同的生物学属性)。地方差异既是地方之间联系的原因,也是地方之间联系的结果。地方有其客观属性,也存在主观属性(例如乡情、地方认同),了解两者对于认识地方和管理地方都很重要。传统地理学把地方看成组成世界的"马赛克",当代地理学则更多地把地方看成是空间联系的"切换点"或"节点"(图1)。

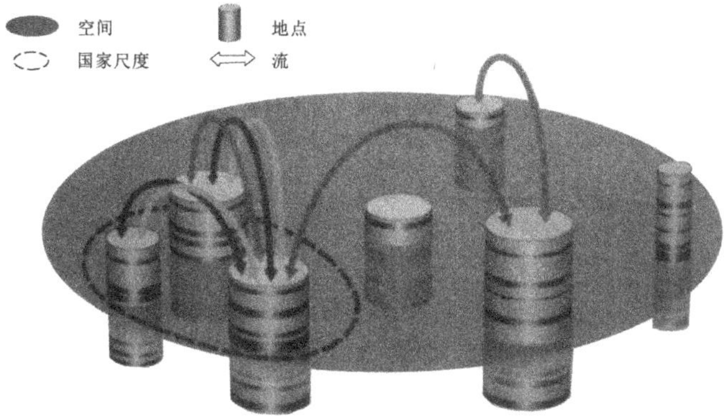

图1 空间、地点与尺度[1]

在全球化背景下,跨越空间所需要的时间缩短了,这使地方之间的联系更为密切,但地理距离依然存在,地方差异(尤其社会关系和文化上的差异)依然存在,各地卷入全球化的程度不同,对全球化的响应也不同。地理学注重地方特性、地方差异和地方联系,这具有实实在在的认识意义和实践价值。

案例1:地理学的区域性

地球表面自然现象和人文现象空间分布不均一的特点决定了地理学研究的区域性特点。由于不同的地区存在不同的自然现象和人文现象,一个要素在一个地区呈现出的变化规律性在另一个地区不可能完全相同,因此,研究地理区域就是剖析不同区域内部的结构(各种成分之间,各部分之间的关系),包括不同要素之间的关系及其在区域整体中的作用,区域之间的联系,以及它们之间发展变化的关系。地理学区域性研究内容包括区域内部结构和区际关系两个方面,这两个方面相统一的研究任务是其他学科难以担当的,所以很多地理

[1] [英]尼尔·寇,[加]菲列普·凯列,[新加坡]杨伟聪. 当代经济地理学导论[M]. 刘卫东,马丽,张晓平,等译. 北京:商务印书馆,2012:14.

学者认为，区域研究是"地理学研究的核心"。

根据研究对象的空间范围，地理学的区域研究分为三个尺度：大尺度区域研究着重探讨全球或全大陆范围内的分异规律和内部结构特征，从而揭示全球或全大陆的总体特征；中尺度区域研究是分析国家或大地区范围内区域总体特征和地域分异规律，以及该地区对大尺度区域分异的作用；小尺度区域研究是揭示局部地区区域特征和分异规律，以及该地区对中尺度区域分异的作用。[1]

（三）关键词之三：空间

空间成为地理学的核心概念或一大传统，并在地理学研究中占据绝对核心地位，归功于一大批学者的思想及其开创性工作。

李特尔以整体性和人地相关性看待空间，其在《地表空间的配置及其在发展过程中的机能》中认为，对土地空间的研究必须对该个体的现象以及和其周围的关系加以探讨，这样就可以认知每个个体的机能确证源自整体的组织，提出了著名的"空间组织原理"。拉采尔以进化论的观点看空间，提出"生存空间（居住空间、营养空间）"的观念。哈特向提出地理学的任务是对地球表面空间的变化特征进行描述和解释。哈格特认为，地理学是一门研究地球表面人类生活空间的学科。德国古典地理学以实证主义哲学为基础，从人类活动与地理事物的存在角度来界定空间关系，强调区位效益及其合理安排，基于规范性假设和演绎法创建了地租理论与区位理论。这两大理论体系均包括了自然与人文的空间关系，其贡献不仅在经济学，而且成为地理学特别是经济地理学和城市地理学的核心理论之一，进而加强了空间研究在地理学领域的筹码。芝加哥学派把区位论和生态学引入城市内部空间结构和城市化过程的研究中，创立了城市空间理论。阿尔弗雷德·赫特纳1983年曾强调，地球表面没有通过它本身可以认识的现象，只有通过对地球其他地区与它有关的位置的了解才能认识这种现象的本身。乌尔曼在其《从空间的相互影响看地理学》一文中同样认为，地点、位置（区位）的概念和它们的内涵——人与环境的关系及其空间相互影响以多种多样的方式为地理学理论提供了主要基础。陆玉麒2011年在《人文地理学科学化的总体目标与实现路径》中认为，基于地理学的研究对象和研究属性的界定，不难得出结论，即地理学的理论都应该是空间结构理论。这包含两层

[1] 袁孝亭．地理课程与教学论[M]．长春：东北师范大学出版社，2006：24.

含义:其一是没有空间概念、不能用地图表达的理论都不是地理学理论;二是地理学的理论可以由非地理学者提出,古典区位论中的农业区位论、工业区位论的提出者都不是地理学者。换言之,空间是地理学科的基本特质,探寻自然与人文要素的空间分布、特征与演变规律是地理学研究的第一要务。

作为人文地理学的核心概念,空间究竟是什么?人文地理学该怎么理解和认识空间,以及怎样对空间进行研究?为此,本文从如下几个方面进行简单梳理。

从最基本的含义来说,空间指的是物理距离和区域。任何经济过程都必然存在于某一特定的地面上,且与其他活动有着一定距离。在图1中,水平的平面代表空间,平面上分布着各种地点。所有的人类和环境过程都是以这种方式在一定空间上发生的,这似乎是一个共识。然而在对抽象的过程进行讨论的时候,往往意识不到相对距离和区位可能起的作用。这里我们可以对"空间"的四个相互联系的要素进行定义,从而构建空间观念。第一个要素是地域特性(territoriality)及其形式(form)。合肥经济圈是一个在地图上有边界、在地域上有一定管辖范围的城市经济区(图2),空间范围被清晰地限定在一定区位内,包括合肥市、淮南市、六安市、滁州市、桐城市,总面积4.68万平方千米。在这片广阔的土地上,基础设施、资源、人口、经济水平,甚至政府效力的空间分布都是不均衡的。空间的第二个要素是空间内的区位(location)。在问"合肥经济圈在什么地方"之前,我们大多数人可能会问"合肥在哪里?""空间"这一概念关乎一个区位相对于其他区位的

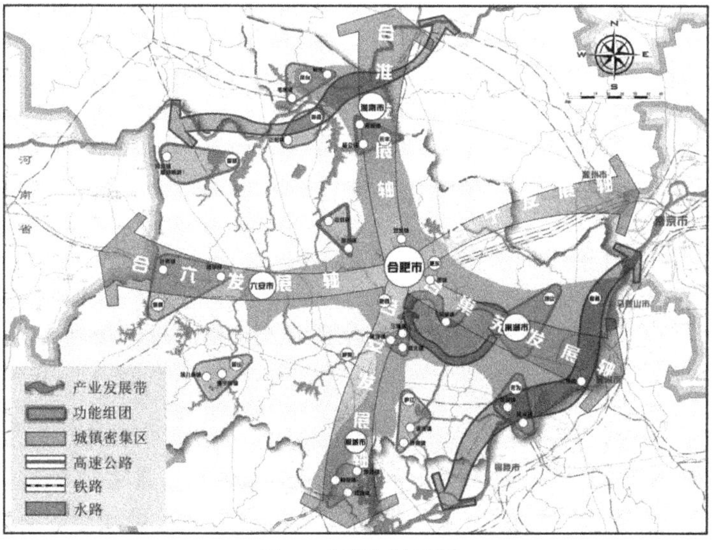

图2 合肥经济圈[1]

[1] 安徽省住房与城乡建设厅. 合肥经济圈城镇体系规划(2008-2020)[R]. 合肥:安徽省住房与城乡建设厅,2009:13.

坐标。与地理区位相伴而来的是环境特征,如合肥市地处中纬度地带,位于江淮地区,全年气温冬寒夏热,春秋温和,属于暖温带向亚热带的过渡带气候类型,为亚热带湿润性季风气候等。空间的第三个要素是外部关系,它有助于我们解释合肥经济圈在空间流中的地位。合肥经济圈地处江淮地区,是长三角产业向中部地区转移的门户,具有承东启西、贯通南北的重要区位优势。空间的第四个要素是空间不均衡。空间内存在的财富分布和发展状态的不均衡性不是在经济过程中能最终消除的异常现象——就像经济学一般均衡模型中假定的那样,即空间不均衡是当前全球经济体系的必要构成部分。

(四)关键词之四:尺度

尺度观念在地理学研究中的地位日益突显出来。比如,我们要选择一个对国家工业具有支柱意义的钢铁企业区位时,假设它的铁矿石来自国外,从全球角度看,它的位置应放在沿海经济发达地区,特别是工业比重大、技术条件先进的重点城市。从区域角度看,选择这个企业的位置,应考虑区域内产业带的分布,这个企业与其他企业的产业链关联,运输条件及与之有关的航道、港口条件等,因此,应把这个企业的位置选择在对中心城市有一定偏离并靠近深水航道的附近。在最后确定企业的具体位置时,特别是企业各单元,如码头、生产区、生活区的位置时,就要进一步考虑航道的滩槽变化规律,局部的工程地质条件,污染的扩散方向与距离衰减情况。在企业选址中,我们经历了三级尺度观念:全球尺度的地缘观念、区域尺度的区位观念和局地尺度的规划观念。

案例2:从不同空间尺度认识上海的地理位置

从不同空间尺度考查上海市的地理位置,可以得出概括性不同的结论。若从大位置角度分析,可以得出以下结论:上海位于我国南北海岸线的中点及长江的出口处,对内它是广阔富饶的长江流域以至更大地域的门户,对外它是我国大陆向东最接近太平洋世界贸易要道的城市。若从中位置角度分析,可以得出这样的认识:上海位于长江三角洲的东南端和太湖流域的下游,整个长江三角洲平原,特别是太湖流域都是上海的腹地。若从小位置角度考察,上海位于黄浦江和吴淞江的交汇处。[1]

[1] 周一星.城市地理学[M].北京:商务印书馆,1995:152-153.

大量研究表明，地理学研究对象格局与过程的发生、时空分布、相互耦合等特性都具有尺度关联特征，也就是说，这些对象表现出来的特质具有时间和空间抑或时空尺度特征。

地理学中的尺度，可以从多方面来理解。从研究对象所涉及的空间范围而论，可有大小尺度之分；从研究对象之间的关系而论，又可有总体与局部、高低层次之分；从研究视角考虑，又可有宏观、中观和微观研究之分。而就某一侧面而论，不同尺度之间又有多重关系。为此，以经济地理学研究中常用的全球、国家、区域、地方等四个地理尺度为例来阐述之(图3)。

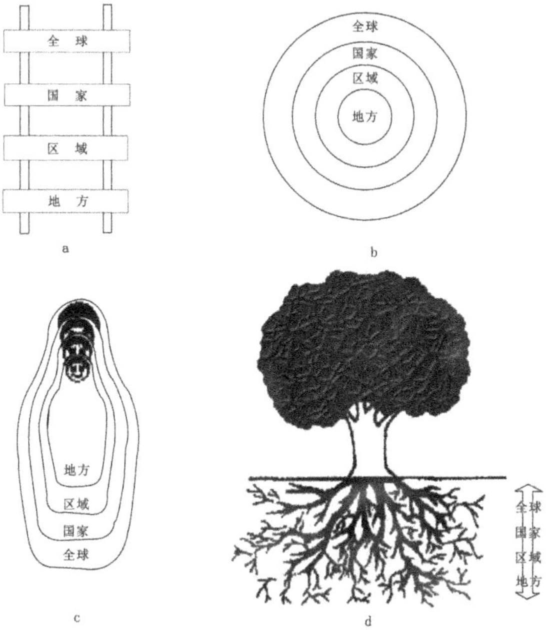

图3　经济地理学中尺度的多样理解[1]

(1)梯状等级关系。不同地理尺度之间的关系就像一个有层序的梯子，自下而上"攀登"具有进程之别，从上到下依次是从全球性到国家性、区域性和地方性。这样一种表征方式，各个不同尺度被看成梯子上的一档，各档之间有严格的梯级(图3-a)。依此观点，全球高于国家，国家高于区域，区域高于地方，且每个尺度都被看成与其他任何一个尺度完全不同。这就是地方之间的梯状等

[1] [英]萨拉·L. 霍洛韦，[英]斯蒂芬·P. 赖斯，[英]吉尔·瓦伦丁. 当代地理学要义——概念、思维与方法[M]. 北京：商务印书馆，2011:189，191.

级关系的概念。

(2)包含等级关系。不同地理尺度之间呈现包含与被包含关系，即地方被看成是较小的圆，区域则是环绕在它外面的大圆，而国家和全球尺度则是环绕在地方和区域外面更大的圆，进而全球环绕在国家、区域和地方尺度之外(图3-b)，呈现出地理尺度间的包含等级关系。

(3)嵌套等级关系。不同地理尺度间的嵌套式结构形式类似于俄罗斯套娃，每个套娃(也就是每个尺度)都是各自分开、独立于其他，每一个不同尺度间严格依次相关，形成密切联系的整体(图3-c)。与前两类情况不同的是，套娃状等级关系比梯状和同心圆状更能够象征尺度的嵌套式结构，每一个尺度都嵌套在一起从而形成一个连贯的整体。

(4)复杂等级关系。与上述三种尺度概念相比，有的学者追随法国社会理论家拉图尔，强调世界的复杂性不能通过"水平、层次、领域和圈层这样的概念"来把握，也不应该被认为是由一层层的(即尺度)有界限的空间嵌套在一起组成的，尺度更类似于树根那样的东西，将不同土壤层相互关联(图3-d)。在该类型中，全球与国家、区域和地方之间相互关联，难以严格区分。

案例3：我国"台湾"一节的教学对空间尺度的体现

教师在讲我国台湾的位置、气候时，选择一幅较大尺度的地图效果更好；在讲我国台湾的范围、地形等内容时，选择一幅较小尺度的地图效果更好。而在一些课堂上，教师如果自始至终只用一幅我国台湾地图来讲台湾，虽然教学内容完成了，但是却缺少大尺度空间下认识我国台湾及其与其他区域的空间联系和比较，而这恰恰是学生的地理思维、地理视角、地理素养培养的关键途径。[1]

(五)关键词之五：距离

距离是指两个物体在空间或时间上相隔的长度。20世纪中期以来，在以空间为核心的人文地理学研究领域，距离成为空间组成部分，曾经是研究的重要内容，甚至学者Watson将地理学称作"一门距离学科"。在经济区位论中，都以减少距离为基本隐含假设。如杜能的农业区位论、克里斯特勒的中心地理论等，都是基于均质平原上距离最小原则。实际上，在经济地理学的研究中，距离是理解经济活动空间格局的关键变量，距离可以是实体空间上的距离，也可以

[1] 李家清，雷鸣. 初中地理有效教学模式[M]. 北京：北京师范大学出版社，2014:39.

是抽象空间上的距离,如决策距离、交易空间以及战略空间等。经济主体克服实体空间距离或者抽象空间距离都需要付出努力,花费时间,支付成本。距离越远,经济主体支付成本越多,经济发生概率越低,从而经济活动区位呈现出显著的距离衰减律。

在古典区位论中,企业是理性人,追求费用最小化或者利润最大化目标,距离简化为交通成本,距离衰减律表现为企业追求尽量接近市场或者投入要素或者竞争者。在行为区位论中,企业是信息处理者,距离依据收集信息成本体现出来,企业决策主体需要克服文化-心理距离和信息差距,距离衰减律表现为企业偏好文化-心理距离较近,信息成本较低的区位,即就近空间扩张。在战略区位论中,企业是战略决策者,距离体现为企业与利益攸关者的目标和动机的差距,距离衰减律表现为企业倾向于接近目标和动机接近的利益攸关者,接近对企业具有战略重要性的投入要素。在结构区位论中,企业是交易者和协调者,企业区位决策需要支付交易成本和协调成本,距离衰减律表现为企业倾向于接近具有技术经济联系或者属于同一价值链功能的企业以降低交易成本和协作成本。而在新经济地理中,企业是垄断竞争者,抽象区域间的距离引入了贸易成本,企业需要集中在市场潜力大的区位,以充分挖掘规模经济,并节约贸易成本(表1)。

表1　各流派区位论中的距离视角[1]

流　派	距　离	成　本	距离衰减律	代表性人物
古典区位论	实体空间的距离	交通成本	接近市场,接近原材料或者市场与原材料的均衡点	杜能,韦伯,克里斯特勒,廖什
行为区位论	决策空间上的信息差距,文化-心理距离	信息成本	接近文化-心理距离较近的区位或者信息源地	普雷德等
战略区位论	战略空间上目标和动机的差异性,投入要素的战略重要性差异	谈判成本	接近目标和动机差异较小的利益攸关者,接近对于决策具有战略重要性的要素或市场	克拉克等
结构区位论	交易空间上的距离	交易成本	接近与区位主体具有经济技术联系或者知识信息联系的企业	斯科特等
新经济地理	抽象空间上两个点状区域的距离	贸易成本	接近市场潜力较大的区域	克鲁格曼等

在经济地理学研究中,采用距离来透视经济活动和空间关系。作为实体空

[1] 刘卫东,等. 经济地理学思维[M]. 北京:科学出版社,2013:53.

间上的距离将随着技术进步而缩短，呈现时空压缩趋势。随着交通成本和贸易成本的降低，企业运行空间将显著扩大，距离衰减效应对企业的影响可能呈现减弱趋势。然而，相对传统生产活动，知识和信息成为经济活动更重要的投入要素，节约学习成本和信息成本在企业竞争力中的地位日益重要，企业将更倾向于学习成本和信息成本低的区位。因此，随着技术进步和经济发展，抽象空间上的距离衰减律对于企业区位的影响可能呈现增强趋势，经济活动在空间上可能会更为集聚。

成语中的科学思维和科学方法

曾　承

（阜阳师范学院）

摘　要：以“盲人摸象”“狐假虎威”和“曹冲称象”三个成语为例，解读了蕴含其中的科学思维和科学方法等。

关键词：成语；盲人摸象；狐假虎威；曹冲称象；科学思维；科学方法

“盲人摸象”部分分析了盲人摸象的困境和原因，提出了解决盲人摸象困境之道——交流、重复。在进行古环境演变研究时，科研人员往往选择多种信息载体、多个研究区域、多种样品，并且采用多种技术方法和多指标分析，即通过“重复”的方式在最大程度上避免犯盲人摸象式的错误。

“狐假虎威”部分揭示了“相关性良好未必有成因联系”，以地震前兆和湖泊自生碳酸盐氧碳稳定同位素值协变性的古环境意义及存在的问题为例进行了详细阐述，并且结合两道高考地理试题的“另类解析”进一步分析了相关性与成因之间的关系。

“曹冲称象”部分揭示了“时空转换”和“化整为零”两种科学思维和方法。以南水北调、北煤南运、西气东输、水库修建为例，说明可以通过时空转换来解决资源分布不均的问题；以“台风诱发慢地震”为例，详细阐述了“化整为零”这一科学思维和方法。

一、盲人摸象：困境和对策

（一）盲人摸象：出处、示例及含义

成语“盲人摸象”出自《大般涅槃经》卷三二。相传几个盲人摸大象的身躯，各人都以为自己摸到的是大象的全部。“尔时大王，即唤众盲各各问言：‘汝见象耶？’众盲各言：‘我已得见。’王言：‘象为何类？’其触牙者即言象形如芦菔根，其

触耳者言象如箕,其触头者言象如石,其触鼻者言象如杵,其触脚者言象如木臼,其触脊者言象如床,其触腹者言象如瓮,其触尾者言象如绳。"[1]大意是说,摸到长牙的说像萝卜,摸到耳朵的说像簸箕,摸到头的说像石头,摸到鼻子的说像木头,摸到腿的说像木制舂米器具,摸到脊背的说像床,摸到肚子的说像水瓮,摸到尾巴的说像绳子。

宋·释道原《景德传灯录》卷二四:"有僧问:'众盲摸象,各说异端,忽遇明眼人,又作幺生?'师曰:'汝但举以诸方。'师经行次,众僧随从。"[2]

元·黄溍《书表通甫诗后》:"正如盲人说象,知其鼻者谓象如杵,知其牙者谓象形如芦菔根。"[3]

明·张岱《大易用·序》:"盲人摸象,得耳者谓象如簸箕,得牙者谓象如槊,得鼻者谓象如杵。随摸所名,都非真象。"[4]

后以"盲人摸象"或"瞎子摸象"比喻看问题(或观察事物)以偏概全、以点代面,在不了解全局的情况下,根据自己所掌握的信息或只凭自己的经验妄加揣测,做出自己认为正确的判断。亦作"盲人说象"。

故事告诉我们,看问题不能仅凭自己主观的片面了解就做出判断,应了解事物的全貌。

(二)盲人摸象:问题及原因

每个盲人根据自己对大象的把握和了解描述出大象的形状,结果犯了以偏概全、以点代面的错误,闹了笑话。但在笑过之后,我们还应该思考(且不限于)以下几个问题:

问题一:每个盲人是否认为只有自己的判断是正确的,而其他盲人的判断是错误的,或可能是错误的?

问题二:如果摸象的盲人中有一人,或至少有一人在眼盲之前见过大象,其他盲人会不会相信这(几)位盲人对大象形状的正确描述?

问题三:盲人为什么会犯以偏概全的错误?

问题四:如果我们也不知道大象长什么样,我们如何根据盲人的不同描述("众盲摸象,各说异端")判断谁对谁错?

---

[1] 刘万国,侯文富. 中华成语大词典[M]. 修订版. 北京:北大青鸟电子出版社,2004:1992.
[2] 刘万国,侯文富. 中华成语大词典[M]. 修订版. 北京:北大青鸟电子出版社,2004:1992.
[3] 刘万国,侯文富. 中华成语大词典[M]. 修订版. 北京:北大青鸟电子出版社,2004:1992.
[4] 刘万国,侯文富. 中华成语大词典[M]. 修订版. 北京:北大青鸟电子出版社,2004:1992.

问题五:现实生活中,包括科学研究中是否存在盲人摸象的现象?

问题六:如何有效避免盲人摸象可能产生的问题?

针对上述六个问题,不同的人给出的答案恐怕也不会完全相同(这可能也算"盲人摸象")。

对于问题一,恐怕每个盲人都认为只有自己的判断是正确的,而其他盲人的判断都是错误的,或可能是错误的。当然,产生这种情况的原因之一就在于几位盲人都没见过大象。

对于问题二,如果其他盲人知道某(几)位盲人见过大象,可能会相信其正确描述;如果不知道某(几)位盲人见过大象的话,相信其正确描述的可能性一定较低。

对于问题三,犯错误的盲人一则未见过大象,二则都根据自己的了解做出自己认为正确的判断。但这里面有两个问题值得思考:一是为什么每个盲人都只摸了大象的局部,而不是在摸到大象局部之后再摸其他地方?是他们主动停止摸其他部位,还是他们只被允许摸大象某一局部?如果盲人摸的不只是大象某一局部,其对大象形状的描述可能就会发生变化,哪怕这种变化后的描述也是错误的,但却是在一定程度上可以接受的错误。二是诸位盲人在听到其他盲人对大象形状的描述后,是否会思考诸如"为什么我的描述和他们的描述差异如此之大"之类的问题。

对于问题四,如果我们也不知道大象长什么样,至少我们可以根据不同盲人对大象形状描述不同,怀疑可能有人出错,甚至所有人都出错。即即使我们不知道大象长什么样,但我们也可以判断肯定有盲人出错了。

对于问题五,因为种种原因,现实生活中,包括科学研究中类似盲人摸象的现象一定存在,并且可能还不少。很多事物都是立体的、多维的,孤立地看问题只能是盲人摸象,得不到事物的真相。某些科学研究,在一定程度上类似于盲人摸象,学者根据自己掌握的信息做出自认为符合逻辑且正确无误(也有的学者可能自己都不知道该不该相信自己正确)但可能并不正确的判断。尤其是在古环境研究领域,对于同一地区同一时段的气候和(或)环境变化,不同学者根据各自掌握的信息得出不同结论,这很正常。

对于问题六,如何有效避免盲人摸象可能产生的问题,将在后面详细阐述。

(三)问题的解决之道——交流与重复

根据上述分析,我们知道盲人摸象产生问题的原因包括:大家都没见过大象;每个人都只摸了局部,而未摸其他部位;每个人都相信自己的判断是正确的;没有交流,即使交流了也没有思考为何自己和他人的判断不同;等等。

那么,如何有效避免盲人摸象可能产生的问题呢? 有两点非常重要,一是信息共享、交流合作,二是重复检验、统筹考虑。

这里仅以地学研究领域的古环境研究为例,来说明重复检验对于避免产生盲人摸象问题的重要性。在进行古环境演变研究时,科研人员往往选择多种信息载体、多个研究区域、多种样品,并且采用多种技术方法和多指标分析,即通过重复的方式在最大程度上避免犯盲人摸象式的错误(至少从形式或程序上来讲是这样的)。对于未知的事物,不同人有不同理解很正常,我们都在各自局部重复或整体重复的状态下不断地接近事物真相。

1. 多载体对照

古环境、古气候在演变过程中,会在地球表层的不同圈层系统中留下痕迹,人们可以从诸多地质沉积物、树轮、历史文献中提取并解读其演变信息。地质沉积物包括海洋沉积物和陆地沉积物,其中陆地沉积物又包括湖沼沉积物、洞穴沉积物(如石笋)、风力沉积物(如黄土、红黏土)、河流沉积物和冰芯等。

黄土沉积、深海沉积、极地冰芯已成为全球环境变化的三大国际对比标准。2002年度"泰勒环境成就奖"(国际环境科学最高奖)评审委员会成员科恩评价说:"自然界沧海桑田的环境变化在地球上刻下了三本完整的历史大书:一本是完整保存古环境变化信息的深海沉积,一本是系统反映气候变化的极地冰川,而第三本书则是中国的黄土沉积。这三本书是我们认识地球上自然历史、气候、生物变迁的最佳文献档案。"[1]

研究地球环境演变,需要选择不同的信息载体分别开展研究,并在适当的时候开展集成研究,方可一步步地逼近或还原真相。

(1)两次南中国海大洋钻探。

人类对海底的大规模钻探已经经历了深海钻探计划(1968—1983,Deep Sea Drilling Program,DSDP)阶段、大洋钻探计划(1983—2003,Ocean Drilling Program,ODP)阶段和综合大洋钻探计划(2003—2013,Integrated Ocean Drilling Program,IODP)阶段,目前已进入国际海洋发现计划(2013—2023,International Ocean Discovery Plan,IODP)阶段,其中大洋钻探计划(ODP)在全球各大洋钻了

[1] 周维海.国家最高科技奖得主刘东生:天书无垠行者无疆[EB/OL].(2000-03-10)[2015-02-28]. http://www.chinanews.com/n/2004-02-24/26/405412.html.

数以百计的钻孔。

中国于1999年2—4月参与了ODP184航次（首次南海大洋钻探），并于2014年1—3月主导了IODP349航次（第二次南海大洋钻探）。IODP349航次为“国际大洋发现计划”（2013—2023）的首个航次。

作为在中国海域的首次大洋钻探，ODP184航次是根据中国学者的建议和计划“东亚季风历史在南海的记录及其全球气候影响”而开展的航次，由中国科学院院士、同济大学汪品先教授和海洋古季风研究的国际权威、美国布朗大学W. Prell教授担任首席科学家。ODP184航次在南海南北6个深水站位钻孔17口（详见表1），从水深2 000~3 300米的海底钻入地层，最深一口深入海底以下850米，取得高质量的连续岩芯共计5 500米，取芯率达95%，取得了南海3 000多万年来的沉积记录，首次为东亚季风的历史取得了深海记录。后继研究表明，南海深水记录中的季风变迁与我国内地的黄土剖面对比良好，为我国气候历史研究的海陆对比提供了新的依据。这种海陆对比，从逻辑上讲，就是通过不同信息载体的对比，以期避免犯盲人摸象式的错误。ODP184航次发现大洋碳循环具有40万年长周期，为探索气候变化的热带驱动效应提供了新途径[1]。

表1　南海大洋钻探计划184航次钻孔资料

海区	站号	位置	水深/m	最大井深/m	钻孔数/口	井底年龄/万年距今	岩芯总长度/m
南沙	1143	9°22′N，113°17′E	2 272	500	3	1 100	1 100
	1144	20°03′N，117°25′E	2 037	450	3	~100	1 110
	1145	19°35′N，117°38′E	3 175	200	3	~300	555
东沙	1146	19°27′N，116°16′E	2 092	600	3	~1 900	1 450
	1147	18°50′N，116°33′E	3 246	80	3	140	240
	1148	18°50′N，116°34′E	3 294	850	2	3 200	1 000

IODP349航次重点解决中国南海的扩张历史和形成机制，以及对东亚和西太平洋构造和古环境演化影响的科学问题。该航次在水深3 300~4 400米的4个不同区域钻探取芯，并穿透沉积物至大洋玄武岩，确定中生代晚期以来南海的解体和盆地形成的历史；在不同的磁场区及周边主要构造事件的不同年龄段的基底进行岩石地球化学采样，揭示地壳和地幔如何演变，为各阶段的盆地演

[1] 苏新．南海大洋钻探计划184航次简介[J]．现代地质——中国地质大学研究生院学报，1999(2)：175-176.

化提供重要信息。此航次由美国伍兹霍尔海洋研究所资深研究员林间与同济大学李春峰教授担任首席科学家[1]。

IODP349航次首次在南海东部次海盆和西南次海盆开展了钻探工作,实际完成了5个站位(U1431—U1435)的钻探,以研究南海的构造演化和深海盆洋壳为重点,力图解决"两个次海盆开始扩张和结束扩张的年龄"以及"构造演化对深水沉积和古海洋的影响"等问题,创造了多个科学的首次发现,并且从中可以读取南海4 000万年来的风云变幻、沧海桑田。本航次的钻探总深度为4 317米,其中沉积岩取芯1 503米,基底玄武岩取芯近100米,获得的最大井深 1 008米。借此,科学家们获取了具有极高科学价值的岩芯,同时还完成了2个站位的地球物理测井工作[2]。

该大洋钻探航次圆满完成了取芯、测量工作,全面的科学研究还需要好几年时间。仅根据对所取得沉积物的初步分析看,已经获得了多方面重大发现:一是首次获得了南海形成年龄的直接证据,初步标定了不同站位处的南海东西两大海盆的年龄(南海停止扩张的年代范围被缩小到约1 600万~1 700万年前);二是发现南海形成过程中有多期次的大规模火山喷发,此项发现为研究海山的形成原因以及海底扩张如何停止的历史过程提供了全新的线索;三是发现南海深海盆反复变化的沉积历史,为研究南海乃至西太平洋演变历史提供了宝贵资料。

(2)中国历史文献记载的气候环境变化研究。

在历史文献记载中,有关气候的证据,内容十分广泛,既包括直接的气候证据,如水灾、旱灾、霜冻、降雪、冰雹、风沙、逐日天气记载等,也包括许多间接的气候证据,如湖泊和河流封冻及水位变化、沙漠变迁、雪线升降、冰川进退、物候现象、各种指示生物(包括动物和植物)的分布、某些农作物界限的变迁、耕作措施的变化等[3]。

特别是竺可桢,集多年研究之大成,于20世纪70年代初发表了《中国近五千年来气候变迁的初步研究》一文,初步建立了我国近5 000年来的温度变化序列(图1),成功地描绘出我国历史时期气候变化的轮廓。该文献至今仍然是历史文献气候研究的经典文献。

[1] 海洋地质与第四纪地质编辑部. IODP349航次——南海构造演化[J]. 海洋地质与第四纪地质,2013(3):14.

[2] 李春峰,宋晓晓. 南海沧桑问岩心[J]. 科学世界,2014(6):54-55.

[3] 龚高发,张丕远,吴祥定,等. 历史时期气候变化研究方法[M]. 北京:科学出版社,1983:20-31.

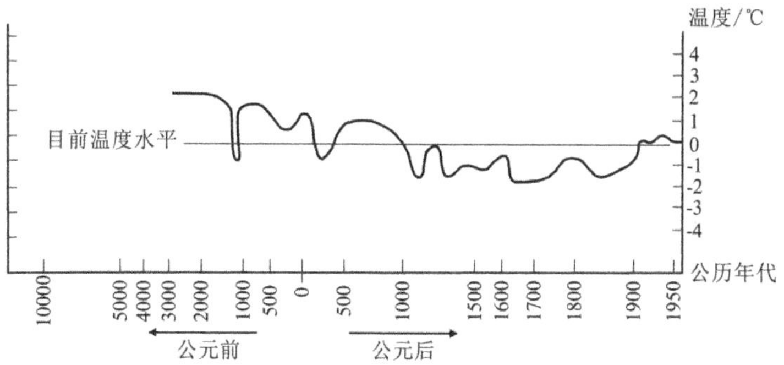

图1　中国近五千年来的温度变化[1]

（横线时间的缩尺是虚数的，越至左边缩尺越小）

尽管后来有学者[2]指出该文在史料引用和理解方面存在某些错误，但对作者确立的理论体系和研究方法毫无异议。此后的许多研究成果证明：该序列所勾画出的中国历史时期温度变化的基本框架，从总体上看是基本正确的，特别是对主要冷期的识别是较为准确的[3]。

20世纪80年代以来，随着地球系统科学的诞生与全球变化研究的不断深入，以及研究手段和技术的不断发展，对过去数百年、数千年乃至上万年的气候重建及变化规律研究，也朝着高分辨率、定量化、综合集成研究的方向发展。中国学者在这些方面做了大量工作，手段也从原来单一的文献分析迅速发展为文献资料与考古及自然证据（如孢粉、树轮、湖泊沉积、冰芯等）并举分析与集成。多种信息载体的对比分析，类似于在盲人摸象过程中增加了相互交流校正的过程。

而后，中央气象局气象科学研究院组织专家对中国历史典籍中记载的气候信息进行了详细搜寻、订正、研究，以五级旱涝指数分类来描述中国120个站点1470—1979年的干湿状况，并和器测记录连接起来，于1981年出版了世界上时间跨度最长的历史气候图集《中国近五百年旱涝分布图集》[4]。经过两次续补，

[1] 竺可桢. 中国近五千年来气候变迁的初步研究[J]. 考古学报，1972(1)：15-38.

[2] 牟重行. 中国五千年气候变迁的再考证[M]. 北京：气象出版社，1996：6-80.

[3] 葛全胜，方修琦，郑景云. 中国历史时期温度变化特征的新认识——纪念竺可桢《中国过去五千年温度变化初步研究》发表30周年[J]. 地理科学进展，2002，21(4)：311-317.

[4] 中央气象局气象科学研究院. 中国近五百年旱涝分布图集[M]. 北京：地图出版社，1981.

已将这一旱涝指数数据延伸到2 000 AD[1-2]。该旱涝等级序列作为反映我国过去500年旱涝气候变化的基本代用资料被广泛引用。

他们还系统收集、整理了我国公元前13世纪至公元1911年3 000多年间的各种天气、气候、大气物理现象(涝、旱、雨、雪、冷、暖、冰、冻、霜、雹、风、尘霾、风暴潮、雷电、大气声光等)出现的时间和情景，各种气象灾害的范围、危害程度和灾后赈济、蠲免情形，与气象条件有关的物候、农业丰歉、病虫害、疫病、饥荒等现象，按公历年序编排(明代以后，即1368—1911年的记录在年序之下又将同一年的记录按省份编排)，并为各条记载标明其现代地名，出版了《中国三千年气象记录总集》[3]，为利用历史文献研究过去气候变化提供了宝贵资料。全书近900万字，主要覆盖我国东部100°E以东地区，共分四册：第一册为远古至元代的气象记录，第二册为明代的记录，第三、四册为清代(上、下)的记录。

鉴于竺可桢《中国近五千年来气候变迁的初步研究》一文在历史文献气候研究领域的经典地位，文中“五千年来中国温度变迁图”被选作2006年高考上海历史卷试题的素材：

37.气候的冷暖会在一定程度上影响人类的活动和历史的进程，以下这幅“中国近五千年来气温变化曲线示意图”(图2，改绘)，直观地再现了公元前3000年至公元1950年间中国气温的变化过程。观察下图，阅读材料，回答问题。(8分)

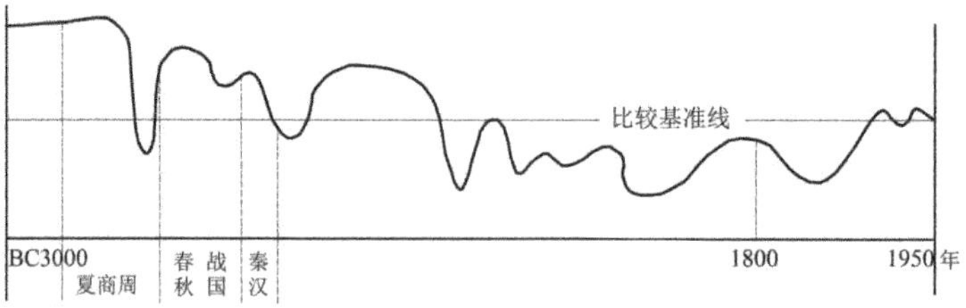

图2 中国近五千年来气温变化曲线示意图

[1] 张德二，刘传志.《中国近五百年旱涝分布图集》的续补(1980—1992年)[J]. 气象，1993，19(11)：41-46.

[2] 张德二，李小泉，梁有叶.《中国近五百年旱涝分布图集》的再续补(1993—2000年)[J]. 应用气象学报，2003，14(3)：379-388.

[3] 张德二. 中国三千年气象记录总集[M]. 南京：江苏教育出版社，2004.

(1)上图的"比较基准线"为中国现代年平均气温，历史上年平均气温连成的曲线位于基准线上方时，称为"暖期"；位于基准线下方时，称"冷期"。试问公元前3000年至公元1800年间，中国气候的变化经历了几个暖期？(1分)

(2)如图所示，秦汉时期虽然处于气候史上的暖期，但与此前相比，气温变化已呈缓慢下降的趋势。随着这一趋势的不断加强，北方游牧区的生态开始恶化，自然灾害连年发生，游牧民族开始南下。试问，这一时期有哪个游牧民族南下？他们的南下产生了哪些影响？(4分)

(3)从长时段看，气候变化影响人的活动，而人的生产与生活也影响了气候和环境。试举出近代以来工业文明对气候与环境造成影响的史实。(3分)

2. 多区域结合

此处仅以4.2 ka B. P.(距今4 200年；B. P.: Before Present，以1950年为基准向前推算)气候事件为例，简要说明在古环境演变研究中的多区域结合。

4.2 ka B. P.事件大约是全新世中期，即大约5 ka B. P.以来最强的一次气候突变，或快速气候变化。其特点是中纬度(45°N)以南到热带(15°N)包括北美洲、北非、地中海到中亚及东亚在内的中、低纬干旱，干旱期可能持续100~200年，降水量可能减少20%~30%[1]。4.2 ka B. P.事件的空间尺度究竟多大，众多科学家在全球范围对此进行了研究。有学者[2]利用之前几年公开发表的有确切年代控制的全新世高分辨率古气候记录等来研究4.2 ka B. P.气候事件在中国不同地区的降雨表现，发现4.2 ka B. P.左右中国南北方降水普遍减少，所涉及的研究地点见图3。

[1] 王绍武. 4.2 Ka BP事件[J]. 气候变化研究进展，2010，6(1)：75-76.

[2] 谭亮成，安芷生，蔡演军，等. 4.2 ka BP气候事件在中国的降雨表现及其全球联系[J]. 地质论评，2008，54(1)：94-104.

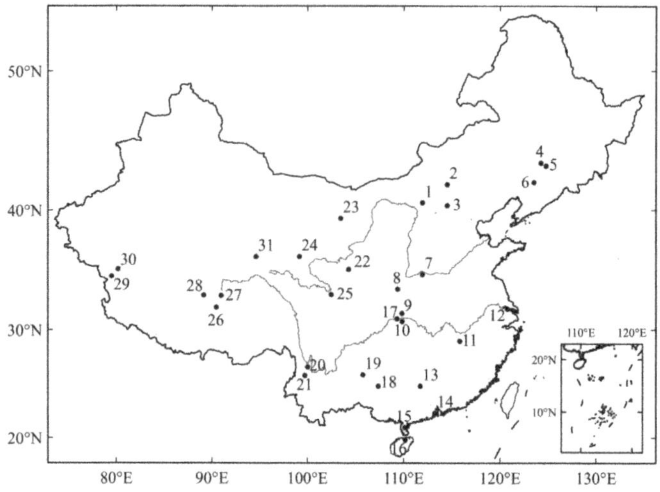

图3　中国4.2 ka B. P.气候事件研究地点示意

（图中数字所代表的信息：1. 内蒙古岱海湖泊沉积物；2. 内蒙古太仆寺全新世剖面；3. 华北太师庄泥炭；4. 吉林金川泥炭；5. 吉林四海龙湾玛珥湖纹泥；6. 辽宁本溪水洞石笋；7. 河南洛阳寺河南剖面；8. 陕南佛爷洞石笋；9. 湖北神农架石笋；10. 湖北清江榨洞石笋；11. 鄱阳湖沉积物；12. 长江三角洲沉积物；13. 桂林响水洞石笋；14. 珠江三角洲沉积物；15. 湛江湖光岩玛珥湖纹泥；16. 海南岛双池玛珥湖沉积物；17. 重庆新崖洞石笋；18. 贵州董歌洞石笋；19. 贵州白骨洞石笋；20. 云南宁蒗仙人洞石笋；21. 洱海沉积物；22. 定西苏家湾剖面；23. 甘肃野麻湖沉积物；24. 青海湖沉积物；25. 红原泥炭；26. 西藏纳木错沉积物；27. 西藏错鄂沉积物；28. 西藏色林错沉积物；29. 西藏班公错沉积物；30. 西藏松西错沉积物；31. 青海察尔汗盐湖。）

只有通过多区域的集成研究，方可证实或证伪4.2 ka B. P.气候事件在中国的降雨表现，以防止发生类似盲人摸象式的以偏概全、以点代面的错误。

3. 多样品分析

此处仅以青海湖为例，简要分析在古环境演变研究中多样品分析的重要性。

青海湖是我国最大的内陆咸水湖，东邻黄土高原，西北连接荒漠和沙漠，处于东亚季风湿润区和内陆干旱区的过渡带上；既受亚洲季风的影响，又受西风急流的影响，对气候和环境变化反应灵敏；同时，青海湖地区环境变化与青藏高原新近纪隆升和区域构造的环境效应密切相关(图4)。独特的区域地理位置使青海湖沉积物的研究具有十分重要的科学意义[1]。

[1] 曾承. 青海湖及邻近地区碳酸盐同位素环境记录与季风–干旱环境变迁[D]. 北京：中国科学院地球环境研究所，2008.

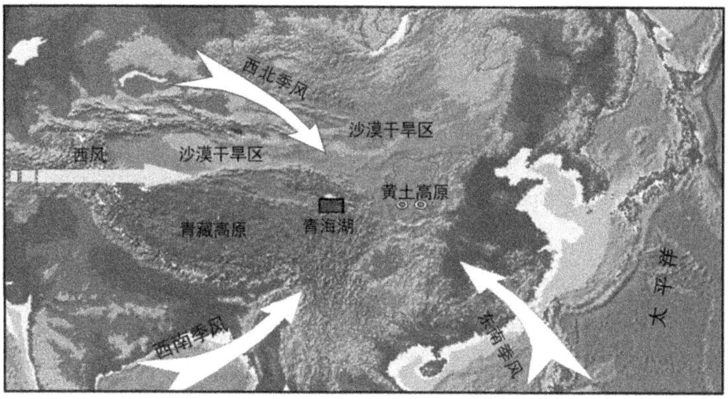

图4　青海湖位置示意

为推动“青海湖环境钻探”大型国际合作计划，中国科学院地球环境研究所联合中国科学院南京地理与湖泊研究所和中国科学院南海海洋研究所，于2001—2003年连续三年分四期对青海湖湖底沉积进行了地球物理勘探，完成电火花测线约1 000千米，高分辨率的浅地层剖面测量约130千米，测线范围覆盖了整个青海湖湖盆（图5）[1]。

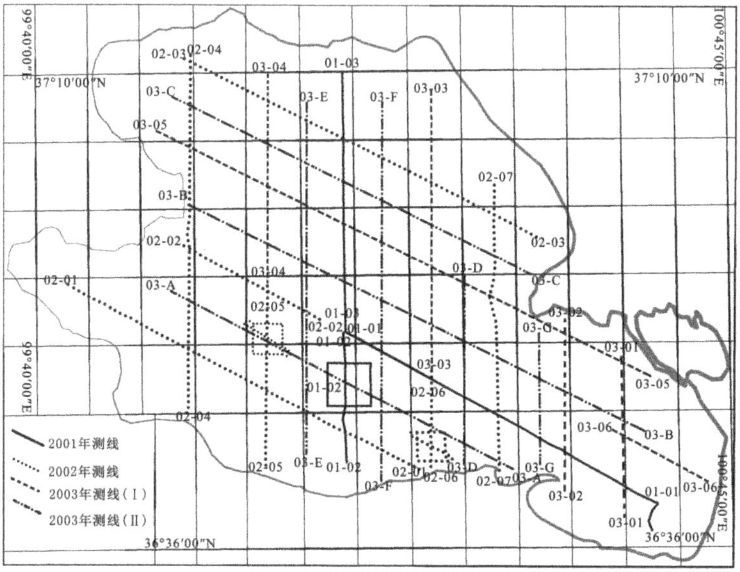

图5　青海湖地球物理测线分布

[1] AN Z S, WANG P, SHEN J, et al. Geophysical survey on the tectonic and sediment distribution of Qinghai Lake basin[J]. Science in China Series D. 2006, 49(8): 851-861.

在对青海湖进行地球物理测线的基础上，中国科学院地球环境研究所联合多家单位，于2005年4—11月开展了青海湖环境钻探工程，共在湖心五个地点获取13根、单根最长达76.8米的沉积物柱芯，并在二郎剑和一郎剑两个地方获取两根分别长达1 108.9米和626.39米的湖岸沉积物柱芯。这些平行钻孔的钻取，在最大程度上避免了盲人摸象“一掌之见”式的“一孔之见”。

4. 多指标研究

在野外采集到样品后，就进入指标测试环节。在古环境演变研究领域，可测试的指标多种多样，对于同一样品，在条件（如样品量、科研经费、实验条件等）允许的情况下，有必要进行多指标测试（当然还取决于科研目标）。测试指标包括物理指标（如磁化率、粒度、密度、宽度等）、化学指标（如同位素值、元素比值等）、生物指标（如孢粉、硅藻、摇蚊、介形虫、有孔虫等）。由于测试指标分类标准的不统一，上述物理、化学、生物指标有重叠，如生物指标中的介形虫就经常被用来进行同位素值测定。同时，不同地质载体，因为种种原因，适宜或能够测试的指标也不一样，比如在湖泊沉积物中便无在黄土中能见到的蜗牛残体以供测试。

下面以湖泊沉积物中总碳酸盐含量（Total Carbonate Content，TCC）为例，说明在进行古环境演变研究时只考虑TCC这单一指标可能带来的问题。

（1）TCC测量。

可利用滴定法[1]，测量过程如下：

①溶液配制。a. 1%酚酞指示液：称取1 g酚酞，溶于无水乙醇溶液，用蒸馏水稀释至100 mL；b. 0.1 mol/L氢氧化钠（NaOH）：称取4 g NaOH，注入1 000 mL无CO_2水中，摇匀，密封至玻璃瓶中保存；c. 0.2 mol/L盐酸溶液（HCl）：量取18 mL分析纯盐酸，注入1 000 mL水中，摇匀，放入玻璃瓶中备用。

②氢氧化钠溶液标定。称取0.3 g于105℃~110℃烘干至恒重的基准邻苯二甲酸氢钾，注入50 mL容量瓶中，加无CO_2水至50 mL，制成基准邻苯二甲酸氢钾溶液。将溶液倒入滴定瓶中，加入两滴酚酞指示剂，用约0.1 mol/L NaOH溶液滴定至溶液呈粉红色，同时做空白试验。NaOH的浓度（mol/L）按照如下公式计算：

$$C=\frac{G}{0.20422\times(V_1-V_2)}$$

[1] HESSE P R. A text book of soil chemical analysis[M]. New York：Chemical Publishing C.，Inc.，1972.

式中:G为基准邻苯二甲酸氢钾质量(g),V_1为NaOH溶液的用量(mL),V_2为空白试验NaOH溶液的用量(mL),0.20422为每毫摩尔基准邻苯二甲酸氢钾质量(g)。

③HCl浓度的标定。量取25 mL HCl溶液,置入容量瓶中,加入2滴酚酞指示剂,利用标定后的NaOH溶液滴定至溶液呈粉红色,同时做空白试验。HCl的浓度(mol/L)按照如下公式计算:

$$D=\frac{(V_1-V_2)\times C}{25}$$

式中:V_1为NaOH溶液的用量(mL),V_2为空白试验NaOH溶液的用量(mL),C为标定好的NaOH的浓度(mol/L)。

④TCC测定。称取0.3 g烘干至恒重的沉积物样品,置入离心瓶中,加入30 mL标定好的约0.2 mol/L的HCl溶液,摇匀,并静置24小时,使其充分反应。离心反应结束的样品,抽取上层清液10 mL于滴定瓶中,加入2滴酚酞指示剂。用标定好的约为0.1 mol/L的NaOH溶液滴定至溶液呈粉红色,记下消耗的NaOH体积为V_1,同时作空白实验,消耗的NaOH体积为V_2,样品的碳酸盐含量按照如下公式计算:

$$X\%=5D-0.5(V_1-V_2)*C$$

式中:$X\%$为样品中的碳酸盐含量(折算为$CaCO_3$含量),C为标定后的NaOH浓度,D为标定后的HCl摩尔浓度(mol/L),V为消耗的NaOH体积(mL)。

(2)湖泊沉积物次生无机碳酸盐含量(TCC)可能揭示的气候环境信息。

碳酸盐沉积可形成于湿润至干旱区包括淡水湖、咸水湖及盐湖在内的不同地区不同类型湖泊中。湖积物中次生碳酸盐矿物包括化学沉积碳酸盐和生物碳酸盐,化学沉积碳酸盐矿物以方解石、白云石及文石为主,而生物碳酸盐则包括以方解石为基本成分的介形类、以文石为基本成分的腹足类及双壳类等。

①湖积物中次生无机碳酸盐沉淀的影响因素。湖泊沉积物中次生无机碳酸盐往往形成于湖水表层,然后下沉到湖底再沉积。自然水体中产生碳酸盐沉淀的必然条件是碳酸盐在水体中过饱和(活度积超过平衡常数时)。这里以$CaCO_3$在水体中的形成为例,详细讨论无机碳酸盐矿物在水体中的形成及影响因素。水体表层中的$CaCO_3$和水体之间存在下面的化学反应:

$$CaCO_3+CO_2+H_2O=Ca^{2+}+2HCO_3^-+Q$$

式中:Q代表能量。

当上式达到平衡时，如果对平衡体系施加外力，平衡将沿着减少此外力的方向移动。由此可知，影响$CaCO_3$沉淀的因素如下：

a. CO_2量的变化。从上述反应可知，若CO_2量减少，则平衡向左移动，$CaCO_3$增多；若CO_2量增加，则平衡向右移动，$CaCO_3$减少。湖水中CO_2含量变化大致源于几个方面：去气作用（如由于温度升高使CO_2溶解度降低，CO_2逸出水面，从而使湖水表层CO_2减少），光合作用（减少CO_2），呼吸作用（水生植物吸收CO_2，水生动物产生CO_2），腐解作用（产生CO_2）等。

b. H_2O量的变化。从上述反应可知，若H_2O量减少，则平衡向左移动，$CaCO_3$增多；若H_2O量增加，则平衡向右移动，$CaCO_3$减少。据湖水量平衡方程可知，湖水量变化受控于湖区降水（P）、蒸发（E）及径流（包括地表径流和地下径流）；对于内陆封闭湖泊而言，主要取决于P、E之差。

c. Ca^{2+}量的变化。从上述反应可知，若Ca^{2+}量减少，则平衡向右移动，$CaCO_3$减少；若Ca^{2+}量增加，则平衡向左移动，$CaCO_3$增加。如湖水硬度增加，在其他条件相同的情况下，$CaCO_3$沉积增加。

d. HCO_3^-量的变化。从上述反应可知，若HCO_3^-量减少，则平衡向右移动，$CaCO_3$减少；若HCO_3^-量增加，则平衡向左移动，$CaCO_3$增加。

只要湖水中有足够的Ca^{2+}和HCO_3^-，在条件适合时就可形成$CaCO_3$，而Ca^{2+}和HCO_3^-几乎是所有类型的岩石化学风化产生的最常见离子[1]，故当湖泊汇水区域风化情况发生变化导致进入湖泊Ca^{2+}和HCO_3^-量的变化，会影响$CaCO_3$的沉积。

e. pH的变化。若湖水表层水体pH升高，平衡向左移动，$CaCO_3$增加；若湖水表层水体pH降低，平衡向右移动，$CaCO_3$减少。

f. 温度的变化。从上述反应可知，若气温升高，则湖水表层水温也升高，平衡向左移动，$CaCO_3$增加；若气温降低，则湖水表层水温也降低，平衡向右移动，$CaCO_3$减少。温度变化起最重要的作用，主要表现在如下几个方面：温度升高，$CaCO_3$溶解度与溶解平衡常数减小，湖水过饱和度系数增大，易于沉淀；水温升高，CO_2易于逸出；高温期湖水蒸发增强，水量减小，且Ca^{2+}和HCO_3^-浓度增大；温暖年份，湖水中藻类通过光合作用从湖泊表层吸收的CO_2量增多[2]。

---

[1] 刘传联. 稳定同位素地球化学方法在古湖泊学研究中的应用[C]//汪品先，刘传联. 含油盆地古湖泊学研究方法. 北京：海洋出版社，1993：96-123.

[2] 陈敬安，万国江，汪福顺，等. 湖泊现代沉积物碳环境记录研究[J]. 中国科学（D辑），2002，32（1）：73-80.

简而言之,去气作用、光合作用、水生植物呼吸作用、水量的减少、Ca^{2+}和HCO_3^-量的增多、pH及水温的升高通常会导致$CaCO_3$增多,而水生动物呼吸作用及腐解作用会导致$CaCO_3$减少;反之亦反。

需注意的是:在湖水表层水体中沉淀的$CaCO_3$在下沉过程中经过静水层时,可能由于水温的降低而再次溶解。

②TCC可能反映的气候环境信息。

a. TCC高值反映暖干。这种模型适用于当温度升高且水分减少时。温度升高对碳酸盐沉淀的影响主要表现为:温度升高,$CaCO_3$溶解度与溶解平衡常数减小,湖水过饱和度系数增大,易于沉淀;水温升高,CO_2易于逸出水面;高温期湖水蒸发增强,水量减小,且Ca^{2+}和HCO_3^-浓度和pH均增大;温暖年份,湖水中藻类通过光合作用从湖泊表层吸收的CO_2量增多。水量减少对碳酸盐沉淀的影响主要表现为:导致更多的碳酸盐沉淀;Ca^{2+}和HCO_3^-浓度和pH均增加,从而使碳酸盐沉淀。

从上面的分析可知,当湖泊水分减少且温度升高时,非常有利于碳酸盐的沉淀,即TCC高值和低值分别代表暖干和冷湿。一般而言,对于淡水湖及咸水湖而言,盐类物质沉淀尚处于碳酸盐沉淀阶段,沉积物中碳酸盐含量的高低分别代表湖水的咸化和淡化,间接地反映湖区气候的干湿变化:即沉积物中碳酸盐含量增多往往出现在湖水水位降低时,反映干旱程度的增加。有不少学者据此利用TCC的变化重建不同湖泊古环境,如沈吉等[1]根据青海湖沉积岩芯QH00A的TCC,结合其他指标重建了青海湖地区近千年来的气候变化过程;沈吉等[2]重建了大布苏湖15 ka B.P.以来的气候变化;李世杰等[3]恢复了西昆仑山甜水海24万年来的气候环境变化;舒强[4]认为,苏北兴化孔350~254.5米TCC高低值分别对应暖干和冷湿;众多研究认为,青海湖碳酸盐含量的变化和湖水盐度呈正相关的关系[5-6];同时,TCC高低值对应干旱和湿润亦被应用于其他湖泊

[1] 沈吉,张恩楼,夏威岚. 青海湖近千年来气候环境变化的湖泊沉积记录[J]. 第四纪研究,2001,21(6): 508-513.

[2] 沈吉,吴瑞金,羊向东,等. 大布苏湖沉积剖面碳酸盐含量、氧同位素特征的古气候意义[J]. 湖泊科学,1997,9(3):217-221.

[3] 李世杰,区荣康,朱照宇,等. 24万年来西昆仑山甜水海湖岩芯碳酸盐含量变化与气候环境演化[J]. 湖泊科学,1998,10(2):58-65.

[4] 舒强. 苏北盆地兴化钻孔近3Ma环境变化记录研究[D]. 南京:南京师范大学,2004.

[5]王苏民,李建仁. 湖泊沉积——研究历史气候的有效手段——以青海湖、岱海为例[J]. 科学通报,1991, 46(1):54-56.

[6]王云飞. 青海湖、岱海的湖泊碳酸盐化学沉积与气候环境变化[J]. 海洋与湖沼,1993,24(1):31-35.

古环境研究[1-3]。

b. TCC高值反映冷干。这种模型适用于当温度降低而水分减少时。根据前面的分析，当温度降低时，碳酸盐沉淀减少，但水量减少则有利于碳酸盐沉淀。当水分减少对碳酸盐沉淀增加的影响程度超过温度降低对碳酸盐沉淀减少的影响程度时，温度降低而水分减少对碳酸盐的总体影响是使TCC增加。如岱海晚更新世以来碳酸盐沉积增强段即与冰期的干冷气候吻合[4]。

c. TCC高值反映暖湿。这种模型适用于当温度升高而水分增加时。根据前面的分析，当温度升高时，碳酸盐沉淀增加，但水量增加则会减少碳酸盐沉淀。当温度升高对碳酸盐沉淀增加的影响程度超过水量增加对碳酸盐沉淀减少的程度时，温度升高而水分增加对碳酸盐的总体影响是使TCC增加。

如研究表明，大布苏盐湖一万年以来TCC越高湖水越深[5]，此研究结论与前人结论截然相反[6]；青海湖16 ka B. P.以来沉积碳酸盐以文石为主，而文石的高含量时段同暖湿气候相对应，低含量时段则同冷干气候相对应[7]，且与据介形虫体长恢复的盐度呈良好的反相关关系[8]；舒强[9]认为，苏北兴化孔230~0米TCC高低值分别对应暖湿和冷干；TCC低值对应冷干的情况也出现在岱海[10]、青海湖[11]、青藏高原北部部分湖泊(如可鲁克湖、托素湖及尕海)、河南泌阳[12]以及滇东、黔、桂

[1] 王云飞. 青海湖、岱海的湖泊碳酸盐化学沉积与气候环境变化[J]. 海洋与湖沼，1993，24(1)：31-35.

[2] 曹建廷，徐爱霞，王苏民，等. 内蒙岱海湖岩芯碳酸盐含量变化与气候环境演化[J]. 海洋湖沼通报，1999(4)：21-26.

[3] 王云飞. 青海湖、岱海的湖泊碳酸盐化学沉积与气候环境变化[J]. 海洋与湖沼，1993，24(1)：31-35.

[4] 王云飞. 青海湖、岱海的湖泊碳酸盐化学沉积与气候环境变化[J]. 海洋与湖沼，1993，24(1)：31-35.

[5] 介冬梅，吕金福，李志民，等. 大布苏湖全新世沉积岩芯的碳酸盐含量与湖面波动[J]. 海洋地质与第四纪地质，2001，21(2)：77-82.

[6] 沈吉，吴瑞金，羊向东，等. 大布苏湖沉积剖面碳酸盐含量、氧同位素特征的古气候意义[J]. 湖泊科学，1997，9(3)：217-221.

[7] 刘兴起，沈吉，王苏民，等. 16 ka以来青海湖湖相自生碳酸盐沉积记录的古气候[J]. 高校地质学报，2003，9(1)：38-46.

[8] 张恩楼，沈吉，王苏民，等. 青海湖近900年来气候环境演化的湖泊沉积记录[J]. 湖泊科学，2002，14(1)：32-38.

[9] 舒强. 苏北盆地兴化钻孔近3Ma环境变化记录研究[D]. 南京：南京师范大学，2004.

[10] 曹建廷，徐爱霞，王苏民，等. 内蒙岱海湖岩芯碳酸盐含量变化与气候环境演化[J]. 海洋湖沼通报，1999(4)：21-26.

[11] 符超峰. 青海湖一郎剑钻孔岩芯的磁性地层学与古环境记录[D]. 北京：中国科学院地球环境研究所，2007.

[12] 黄杏珍，邵宏舜，闫存凤，等. 泌阳凹陷下第三系湖相白云岩形成条件[J]. 沉积学报，2001，19(2)：207-213.

等地[1]。

对于盐湖而言,碳酸盐沉积已为其他盐类或干盐湖沉积取代,碳酸盐沉淀增多往往反映干旱程度的降低,或有淡水注入[2]。如大布苏湖即属于这种情况,其盐度为62.34~347.34 g/L[3],为东北地区极为罕见的盐湖。柴达木盆地晚更新世盐湖演化研究表明,25ka B. P.左右,该区已进入盐湖演化阶段。在干旱气候占统治地位的背景下,碳酸盐矿物主要与碎屑沉积共生,反映了古气候相对偏湿的波动[4]。

由此可见,TCC高值可能反映暖干、冷干、暖湿三种气候(环境)情形。具体到某一实际案例,TCC高值究竟代表何意,单靠这一指标(类似盲人独立摸象)恐怕不能解决问题,这时多指标综合对比分析就极为重要了。

(四)类似成语

坐井观天,井底之蛙,管中窥豹,管窥所及,以管窥天,一叶障目,闭门造车。

二、狐假虎威:相关性良好未必有成因联系

(一)狐假虎威:出处、示例及含义

成语"狐假虎威"出自《战国策·楚策一》:"虎求百兽而食之,得狐。狐曰:'子无敢食我也。天帝使我长百兽,今子食我,是逆天帝命也。子以我为不信,吾为子先行,子随我后,观百兽之见我而敢不走乎!'虎以为然,故遂与之行,兽见之皆走。虎不知兽畏己而走也,以为畏狐也。"[5]即狐狸借着老虎的威势来吓唬百兽。

北周·庾信《哀江南赋》:"或以隼翼鷃披,虎威狐假。"[6]

南朝·梁·沈约《宋书·恩幸传序》:"曾不知鼠凭社贵,狐藉虎威,外无逼主之嫌,内有专用之功。"[7]

---

[1] 杨汉奎,黄仁海,朱文孝.陆相$CaCO_3$的环境相模式讨论[J].海洋地质与第四纪地质,1991,11(2):105-114.

[2] 王云飞.青海湖、岱海的湖泊碳酸盐化学沉积与气候环境变化[J].海洋与湖沼,1993,24(1):31-35.

[3] 吴德云,张国防,刘崇禧.从大布苏湖近代地球化学特征探讨我国含盐湖的沉积模式与油气关系[J].石油实验地质,1988,10(3):268-276.

[4] 陈克造,鲍勒.柴达木盆地晚更新世盐湖演化[C]//中国-澳大利亚第四纪学术讨论会论文集.北京:科学出版社,1987:83-91.

[5] 刘万国,侯文富.中华成语大词典M].修订版.北京:北大青鸟电子出版社,2004:1219-1220.

[6] 刘万国,侯文富.中华成语大词典M].修订版.北京:北大青鸟电子出版社,2004:1219-1220.

[7] 刘万国,侯文富.中华成语大词典M].修订版.北京:北大青鸟电子出版社,2004:1219-1220.

元·方回《桐江续集·梅雨大水》:“狐假虎威饶此辈,鼠穿牛角念吾民。”[1]

清·筱波山人《爱国魂·骂奴》:“更可恨几辈虎威狐假,出宗邦便托足他的腐败生涯。”[2]

后以“狐假虎威”比喻倚仗别人的势力来欺压人。亦作“虎威狐假”“狐藉虎威”。

(二)狐假虎威:问题、原因及对策

狐狸成功地让老虎以为百兽怕的不是老虎而是狐狸,进而全身而退。我们在感叹狐狸的狡猾(或聪明)和老虎的愚笨之余,还应思考如下问题:

问题一:老虎为什么会认为百兽怕的是狐狸而不是自己呢?

问题二:之前和之后老虎单独“求百兽而食”时,没有发现百兽怕的其实是自己吗?

问题三:老虎如何推理出百兽怕的究竟是谁?

问题四:现实生活以及科学研究中有无类似现象?

对于问题一,因为老虎看到了“狐狸出现”(实际上是“狐狸和老虎同时出现”)之后,即有“百兽躲避”这个现象,即“狐狸出现”和“百兽躲避”之间有良好的相关性,便认为二者有成因上的联系,即“百兽躲避”乃“狐狸出现”所致。老虎据此认为百兽怕的是狐狸而不是自己,所以与其说老虎被狐狸骗了,不如说是老虎被自己的愚笨骗了。

对于问题二,老虎在单独“求百兽而食”时,肯定发现百兽怕自己。将问题二的答案和问题一的答案相对照,就很难理解老虎为什么还会犯如此低级的错误!

问题三是非常关键的问题,即老虎如何推理出百兽怕的究竟是谁?可以从两个方面进行推理。

一方面通过对照实验确定“狐狸出现”和“百兽躲避”之间是否真有良好的相关性,至少有两套方案:

第一套方案为更换同行伙伴法:比如让老虎和兔子同行,看百兽是否会躲避:如果百兽不躲避,证明百兽怕的确是狐狸;如果百兽躲避,证明百兽怕的可能是狐狸,也可能是老虎或是兔子。再让狐狸和兔子同行,看百兽是否会躲避:如果百兽不躲避,证明百兽怕的是老虎;如果百兽躲避,证明百兽怕的或是狐

[1] 刘万国,侯文富.中华成语大词典M].修订版.北京:北大青鸟电子出版社,2004:1219-1220.

[2] 刘万国,侯文富.中华成语大词典M].修订版.北京:北大青鸟电子出版社,2004:1219-1220.

狸,或是兔子,或是老虎。

第二套方案为单独“面兽”法:老虎让狐狸单独“面兽”,但随时处在老虎的监视范围内,即百兽见不到老虎,只见到狐狸,然后看“狐狸出现”是否致“百兽躲避”;老虎自己单独“面兽”,即百兽只见到老虎,而见不到狐狸,然后看“老虎出现”是否致“百兽躲避”。

另一方面是成因分析,如果通过对照实验确定了“狐狸出现”和“百兽躲避”之间确实有良好的相关性之后,还要从机理上分析为什么百兽怕狐狸,即寻求二者成因上的联系。

对于问题四,在现实生活及科学研究中,这种现象比比皆是,尤其是在现实生活中:有根据良好相关性即推导出成因联系;有类似老虎一样只是误以为两者间相关性良好(实际上并不良好),进而认为二者有成因联系,甚至还有故意诱导别人犯前两种错误的,不一而足。

(三)相关性简介

1. 相关关系的概念

当一个或若干个变量取一定数值时,与之相对应的另一变量的值虽然不确定,但却按某种规律在一定的范围内变化。变量间的这种相互关系,称为具有不确定性的相关关系。

2. 相关关系的分类

按照不同的标准可以将相关关系分为若干类型。

(1)按变量数量。①单相关。两个变量间的相关,即一个变量(因变量)和另一个变量(自变量)的相关关系。②复相关。多个变量间的相关,即一个因变量同多个(两个及以上)自变量的相关关系。③偏相关。当自变量为多个,且只研究因变量与其中一个自变量之间的相关关系时,并把其余的自变量当作常量,即为偏相关。

(2)按相关关系变化的方向。①正相关。因变量和自变量在数量上同方向变化,同增同减。②负相关。因变量和自变量在数量上反方向变化,一增一减。

(3)按相关程度。①完全相关。一个变量的数量变化由另一变量的数量变化确定,且只由其确定,即两个变量具有函数关系。②不相关。两个变量的数量变化各自独立,彼此互不影响。③不完全相关。两个变量之间的关系介于完全相关和不完全相关之间。

(4)按相关关系的表现形式。①线性相关。两个变量的数量变化大致均等,又称直线相关。②非线性相关。两个变量的数量变化不均等，又称曲线相关。

(5)按相关性质。①真相关。两个变量之间有相关性，且有成因上的联系。②伪相关。两个变量之间有相关性，但无成因上的联系。

伪相关的一个经典案例是[1]：美国印第安纳州的地区教会想要筹款兴建新教堂，提出“教堂能洁净人们的心灵，减少犯罪，降低监狱服刑人数”的口号。为了增进民众参与的热诚和信心，神父收集了近15年教堂数与在监狱服刑人数并进行统计分析，结果却令教会大吃一惊：最近15年教堂数与监狱服刑人数呈显著的正相关。显然不能由此得出，教堂建得越多，就可能带来更多的犯罪。

3. 相关关系的描述

(1)散点图。用(x_i,y_i)代表两个变量组成的多组数据($i=1,2,\cdots,n$)，用坐标的横轴和纵轴分别代表变量 x 、y ，每组数据(x_i,y_i)在坐标系中用一个点表示，n 组数据在坐标系中形成 n 个点(称为散点)，由坐标及其散点形成的二维数据图称为散点图。

散点图描述了两个变量之间的大致关系，从中可以直观看出变量之间的关系形态及关系强度，但不能准确反映变量之间的关系密切程度，由此引入相关系数。

(2)相关系数。简单相关系数计算公式如下：

$$r=\frac{\sum(x-\bar{x})(y-\bar{y})}{\sqrt{\sum(x-\bar{x})^2\sum(y-\bar{y})^2}}$$

式中：$|r|\leq 1$ 。

若$r>0$，说明变量之间正相关；

若$r<0$，说明变量之间负相关。

相关系数$|r|$越接近1，说明两个变量之间线性相关程度越密切；

相关系数$|r|$越接近0，说明两个变量之间线性相关程度越不密切。

当$|r|=1$，两变量之间完全线性相关，二者之间呈函数关系；

当$|r|=0$，两变量之间不存在线性相关关系。

(四)相关案例分析

1. 现实生活案例

(1)案例一：“你不开唱，便是晴天”——“雨神”萧敬腾。

[1] 吴柏林. 现代统计学[M]. 台北：五南图书出版股份有限公司，1999.

先看一组与萧敬腾演唱会相关的天气实况记录：

2012年7月21日，萧敬腾在北京开演唱会，结果北京遭遇61年来最大暴雨；

2012年8月8日，萧敬腾上海演唱会开票，上海遭遇50年来最大台风海葵袭击；

2012年10月31日，萧敬腾新专辑母带留在纽约，飓风桑迪携狂风暴雨肆虐纽约；

2012年11月5日，萧敬腾原定在天津体育中心举行世界巡回演唱会，因暴雨延期；

2012年11月23日，萧敬腾在伦敦馆举行个人演唱会，英国普降暴雨，多个地区遭受洪水侵袭；

2013年5月18—19日，萧敬腾参加杭州氧气音乐节，杭州下了半周的雨；

2013年6月7日，萧敬腾刚抵达北京首都机场，北京天空顿时一片黑暗，下起了暴雨。

整理2012年萧敬腾所有场次演唱会，加之2013年萧敬腾所有透露其行踪的微博，汇总出萧敬腾2012年1月至2013年7月共出行43天。根据行程，查看当地当日的天气实况记录，发现“雨神”在43天出行中共有26天遇到了降雨，占总数的60.46%[1]。

(2)其他案例。

有的家庭在孩子出生时种一棵树苗，寓意孩子和小树苗一起茁壮成长。如果统计几年之内孩子身高和小树高度之间的相关性，可能高度正相关。

现实生活中还有很多类似案例，如很多老爷爷喜欢牵着自己孙子的手过马路，是否就可以据此推断，马路上牵着小孩手的老爷爷就是小孩的亲爷爷？

上面提及的现实生活中看似良好相关的几则现象，实际上没有任何因果联系，抑或是纯属巧合，抑或是惯性思维使然。

2. 科学研究案例

(1)地震前兆。

①地震常见前兆。地震是地球内能的一种释放形式。看过电影《唐山大地震》的观众可能对片头地震发生前一天蜻蜓满天飞的情形还有印象，电影似乎

[1] 商然. 用八卦数字揭开“雨神”萧敬腾的真面目[EB/OL].(2013-08-17)[2015-01-28]. http://www.guancha.cn/Celebrity/2013_08_17_166296.shtml.

从片头就以这样一种“地震前兆”的形式预示地震即将来临。

所谓地震前兆，是指地震前在自然界发生的与其有关的异常现象，包括微观前兆和宏观前兆两大类。常见的地震前兆类型和现象成百上千，包括地下水异常、生物异常、气象异常、地声异常、地光异常、地气异常、地动异常、地鼓异常和电磁异常等[1]。

地下水异常包括地下水中氡气含量或其他化学成分的变化；发浑，冒泡，翻花，升温，变色，变味，突升，突降，井孔变形，泉水突然枯竭或涌出等。

动物异常表现，如牛、马、驴、骡惊慌不安，不进厩，不进食，乱闹乱叫，打群架，挣断缰绳逃跑，蹬地，刨地，行走中突然惊跑等。除此之外，有些植物在地震前也有异常反应，如不适季节的发芽、开花、结果或大面积枯萎与异常繁茂等。

气象异常主要有震前闷热，人焦灼烦躁，久旱不雨或霪雨成灾，黄雾四塞，日光晦暗，怪风狂起，六月冰雹等。

地声异常指地震前来自地下的声音。其声有如炮响雷鸣、重车行驶、大风鼓荡等。

地光异常指地震前来自地下的光亮，其颜色多种多样，可见到日常生活中罕见的混合色，如银蓝色、白紫色等，但以红色与白色为主；其形态也各异，有带状、球状、柱状等。一般地，光出现的范围较大，多在地震前几小时到几分钟内出现，持续几秒钟。

地气异常指地震前来自地下的雾气，又称地气雾或地雾。这种雾气，具有白、黑、黄等多种颜色，有时无色，常在地震前几天至几分钟内出现，常伴随怪味，有时伴有声响或带有高温。

地动异常指地震前地面出现的晃动。地震时地面剧烈振动，是众所周知的现象。不发生地震地面也可能晃动，这种晃动与地震时不同，晃动得十分缓慢，地震仪常记录不到，但很多人可以感觉到。

地鼓异常指地震前地面上出现鼓包。

电磁异常指地震前家用电器如收音机、电视机、日光灯等出现的异常。最为常见的电磁异常是收音机失灵，北方地区日光灯在地震前自明也较为常见。

为方便大家记忆，还有关于地震前兆的歌谣：

震前动物有前兆，发现异常要报告；

---

[1] 百度百科. 地震前兆 [EB/OL]. [2015-01-18]. http://baike.baidu.com/view/249374.htm?fr=Aladdin.

牛马骡羊不进圈，猪不吃食狗乱咬；
鸭不下水岸上闹，鸡飞上树高声叫；
冰天雪地蛇出洞，大量蟾蜍搬家逃；
兔子竖耳蹦又撞，鱼儿惊慌水面跳；
蜜蜂群迁闹哄哄，鸽子惊飞不回巢。

②地震前兆与地震之间的关系。如同前文对成语“狐假虎威”所分析的那样，有关地震前兆与地震之间的关系，首先要确定二者之间的相关性，其次要探讨二者之间的成因联系。具体而言，有三个至关重要的问题需要解决。

a. 地震前兆是否只在地震发生之前出现。仅以发生于2008年5月12日的汶川地震为例，在地震发生以后，网上即有人贴出“2008年5月9日，江苏省泰州市市区东风大桥上数万只小蟾蜍集体迁移”！

经不完全调查，在汶川地震之前，涉及大规模蟾蜍迁移的现象有很多次：

2005年7月，吉林省长春市上万只蟾蜍集体大迁移；

2006年5月，四川省绵竹市上万只蟾蜍集体大迁移；

2007年5月，四川省绵竹市上万只蟾蜍集体大迁移；

2007年5月23日，河北省唐山市成千上万只蟾蜍大迁移；

2007年9月19日，山东省临沂市成千上万只蟾蜍大迁移。

在汶川地震发生前几天的大规模蟾蜍迁移现象有：

2008年5月4日，江苏省江都市武坚镇新楼村数百万只蟾蜍在该村刘垛闸附近“集会”；

2008年5月5日，四川省绵竹市西南镇檀木村大规模蟾蜍迁徙，数十万只蟾蜍走上马路；

2008年5月9日，江苏省泰州市市区东风大桥上数万只小蟾蜍集体迁徙；

2008年5月11日，江苏省常熟市古里镇珠泾苑数万只小蟾蜍集体迁徙。

汶川地震之后，涉及大规模蟾蜍迁移的现象也有很多：

2009年2月，四川省雅安市某村连续三天20:00之后出现了大量蟾蜍集体上岸、上坎、上路、进家院现象；

2009年5月5日，四川省绵阳市安县桑枣镇香溪村第四村民组上百万只蟾蜍“游行”。

由此可见，大规模蟾蜍迁移的现象在汶川地震发生之前有，在汶川地震发生之后也有，“前兆”一说从何而来？如果地震前的大规模蟾蜍迁移现象是地震的前兆,那么我们如何根据这些前兆来判定地震发生的时间?

b. 地震前兆是否只在震中附近出现。有关汶川地震的所谓前兆还有很多:

2008年4月26日7时,湖北省恩施市白果乡下村坝村直径约百米、水深数十米、常年不干的观音塘约8万立方米的蓄水5小时内全部消失,水面突然出现漩涡,并伴有轰鸣声;

2008年5月12日13点56分,甘肃省天水市秦州区南廓寺出现百年罕见的佛光;

汶川地震前,深圳野生动物园出现“鸵鸟成群狂奔、大雁集体拒食、亚洲象不断长鸣、长角羚羊焦躁不安等现象”;

2008年5月9日,山东临沂出现大片地震云。

由此可见,这些“前兆”发生的地方离汶川地震发生地点,有的相对较近,如甘肃天水、湖北恩施,有的相对很远,如广东深圳、山东临沂。

从上述大规模蟾蜍迁移现象也可以看出,所谓的“前兆”可以在离汶川很远的地方出现(如江苏泰州、吉林长春、河北唐山、山东临沂、江苏江都、江苏泰州、江苏常熟),也可以在离汶川很近的地方出现(如四川绵竹),我们又如何根据这些“前兆”判断地震发生的地点?

c. 地震前兆可否由非地震现象引起。对电影《唐山大地震》片头地震发生前一天蜻蜓满天飞的情形还有印象的观众,估计还记得片中蜻蜓满天飞时父子之间的一段对话:

儿子:爸爸,怎么那么多蜻蜓呢?

父亲:这是要憋着一场大雨呢。

从逻辑上讲,这段对话其实在一定程度上揭示了所谓的地震前兆可能由非地震现象引起。

上文所提及的诸多常见地震前兆现象往往并不一定是由地震引起的,要注意与非地震干扰因素加以区别。例如地下水位的升降就与气候(降雨、蒸发、气温、气压、干旱等)、人为因素(包括灌溉、开采、注水、排水等)、水文、地质、土壤、生物等有关。再如动物异常往往与天气变化、饲养条件的改变、生存条件的变化(如水体污染、害敌侵扰)以及动物本身的生理状态变化(如动物生病、发情)等有关。植物异常的因素则可能包括植物生长发育中遭遇病虫害或气象异变、地表形变等。因此,我们必须在识别出这些变化原因的基础上,再来考虑是否与地震有关。

从成语“狐假虎威”的角度分析,即地震前兆即使与地震有良好相关性,也并不代表二者之间有必然的成因联系。

综上所述,所谓的地震前兆可能在地震前发生,也可能在地震后发生;可能离震中很近,也可能离震中很远;可能由地震所引起,也可能由非地震现象所引起。

由此可见,这些地震前兆完全可以由诸多非地震因素引发,即使是由地震所引起,我们也根本无法据此判断地震可能发生的时间、地点。

(2)湖泊自生碳酸盐氧碳稳定同位素值协变性的古环境意义及存在的问题。

湖泊碳酸盐氧同位素值$\delta^{18}O$与碳同位素值$\delta^{13}C$之间的协方差Cov($\delta^{18}O$,$\delta^{13}C$)为正表示$\delta^{18}O$和$\delta^{13}C$同方向变化,协方差为负表示$\delta^{18}O$和$\delta^{13}C$反方向变化;绝对值越大表示$\delta^{18}O$和$\delta^{13}C$关系越密切,绝对值越小表示$\delta^{18}O$和$\delta^{13}C$关系越疏远。湖泊碳酸盐$\delta^{18}O$和$\delta^{13}C$之间的协方差可由下式计算获得:

$$\mathrm{Cov}(\delta^{18}O,\ \delta^{13}C)=[\Sigma(\delta^{18}O-\overline{\delta^{18}O})(\delta^{13}C-\overline{\delta^{13}C})] \qquad (1)$$

式中:$\overline{\delta^{18}O}$ 、$\overline{\delta^{13}C}$ 分别代表$\delta^{18}O$和$\delta^{13}C$在沉积物柱芯某时段序列的均值。

①影响$\delta^{18}O$和$\delta^{13}C$协变性的因素。

a. 水平衡。只要湖水$\delta^{18}O$、$\delta^{13}C$与入湖水的$\delta^{18}O$、$\delta^{13}C$存在差异,封闭湖泊水位一旦因入湖水量变化而发生变化,则湖水$\delta^{18}O$、$\delta^{13}C$也会发生变化,以响应水位变化。

(a)湖水$\delta^{18}O$的变化。湖水$\delta^{18}O$与入湖水$\delta^{18}O$存在差异,则二者混合后的混合水体$\delta^{18}O$可由下式计算获得[1]:

$$\delta^{18}O_{mw}=\delta^{18}O_{lw}\times f_{lw}+\delta^{18}O_{fw}\times f_{fw} \qquad (2)$$

式中:*mw*代表混合水体,*lw*代表混合前的湖水体,*fw*代表入湖水体,*f*代表混合前湖水与入湖水分别占总水体的相对百分比。

公式表明,水位变化对$\delta^{18}O$值的影响是线性的。

此公式可用以计算不考虑蒸发影响情况下因入湖水量变化而导致水位变化的湖水$\delta^{18}O$值。

对于封闭湖盆而言,如果考虑入湖水量及蒸发导致水位发生变化后的水体

[1] LI H C, KU T L. $\delta^{13}C$–$\delta^{18}O$ Covariance as a paleohydrological indicator for closed-basin lakes[J]. Palaeogeography, Palaeoclimatology, Palaeoecology, 1997, 133: 69–80.

$\delta^{18}O$组成，则可由(3)式[1]计算获得：

$$\delta=\left(\delta_0-\frac{\delta_1+Ax}{1+Bx}\right)f^{-\frac{1+Bx}{1-x}}+\frac{\delta_1+Ax}{1+Bx} \tag{3}$$

式中，A和B分别为：

$$A=\frac{h\delta\alpha+\Delta\varepsilon+\frac{\varepsilon}{\alpha}}{1-h+\Delta\varepsilon} \tag{4}$$

$$B=\frac{h-\Delta\varepsilon-\frac{\varepsilon}{\alpha}}{1-h+\Delta\varepsilon} \tag{5}$$

式中：δ_0为湖水初始δ值；式中 δ_1 为入湖水体平均同位素组成；x为蒸发水量与入湖水量的比值；$f=V/V_0$，为湖水滞留系数，即湖泊水体在演化过程中从某一时刻t_0到t时刻的湖水变量；h为接近湖面的薄层大气的相对湿度；$\delta\alpha$为接近湖面的薄层大气中所包含水汽的平均δ值；$\Delta\varepsilon$为湖水在蒸发时的水汽动力富集系数；ε为湖水在蒸发时的水汽平衡富集系数；α为湖水在蒸发时的水汽平衡分馏系数。

假设某一内陆封闭湖泊的$\delta^{18}O_w$已达到其稳定状态δ_S，此时入流量I因汇水面积的变化而突然改变，湖水位则由V_0下降到V_1或上升到V_2；与此同时，湖水$\delta^{18}O$也会有所变化，由δ_S变到δ_1或δ_2。

这种短时间湖水位涨落所引发湖水δ值的波动幅度，当水位下降时，可由下式来估算[2]：

$$\delta_1=(\delta_S-A/B)f^B+A/B \tag{6}$$

当水位上升时，可根据简单的同位素平衡方程求得[3]：

$$\delta_2=\delta_1+(\delta_S-\delta_1)/(V_2/V_0) \tag{7}$$

由式(6)可知：当湖泊水位在短期内突然下降时，湖水$\delta^{18}O$值会迅速上升。

由式(7)可知：当湖泊水位在短期内突然上涨时，湖水$\delta^{18}O$值会迅速下降。

即湖水$\delta^{18}O$值的短期变化与湖泊水位短期变化关系密切且明显，水位的高低分别对应湖水$\delta^{18}O$值的低值与高值。

---

[1] GONFIANTINI R. Environmental isotopes in lake studies[C]. In：Fritz P，Fontes J C，Eds. Handbook of environmental isotope geochemistry，Vol. 2，The terrestrial environment. Amsterdam：Elsevier，1986：113–168.

[2] 卫克勤，林瑞芬. 内陆封闭湖泊自生碳酸盐氧同位素剖面的古气候意义[J]. 地球化学，1995，24(3)：215–224.

[3] 卫克勤，林瑞芬. 内陆封闭湖泊自生碳酸盐氧同位素剖面的古气候意义[J]. 地球化学，1995，24(3)：215–224.

当气候环境条件改变而引起水位发生长期变化,进而影响湖水氧同位素组成变化的情况,比湖水位短期变化对湖水氧同位素组成变化的影响要复杂得多。当湖泊水位极浅时,湖水$\delta^{18}O$值的变化可能与水位变化无关,因为水位极低,气温对湖水$\delta^{18}O$值的影响可能远远强于湖水位变化对$\delta^{18}O$值的影响。

当f降低时,δ增加,即由于蒸发导致湖泊水位长期缓慢下降,会造成$\delta^{18}O_c$值随$\delta^{18}O_w$同步上升。当$h>0.5$时,$\delta^{18}O_c$值随水位下降而上升得极其缓慢,即上升幅度极小,但很快达到同位素稳定阶段,随后几近恒定。而当$h<0.5$时,$\delta^{18}O_c$值随水位下降而上升得极其迅速,即上升幅度极大,但不能达到同位素稳定阶段。当湖泊水位升高时,此公式不再适用[1]。

(b)湖水$\delta^{13}C$的变化。影响$\delta^{13}C$值的因素除了水位变化外,还包括CO_2浓度或碳酸盐碱度(二者线性相关[2])。入湖水与湖水混合后,其$\delta^{13}C$可由下式计算获得[3]:

$$\delta^{13}C_{mw}=\delta^{13}C_{lw}\times f_{lw}\times\frac{\sum CO_{2-lw}}{\sum CO_{2-mw}}+\delta^{13}C_{fw}\times f_{fw}\times\frac{\sum CO_{2-fw}}{\sum CO_{2-mw}}\tag{8}$$

式中:$\sum CO_{2-lw}$和$\sum CO_{2-fw}$分别为混合前湖水和入湖水体中CO_2含量,$\sum CO_{2-mw}$为混合后湖水CO_2总量,其余参数含义同式(2)。

由于湖水$\sum CO_2$远高于入湖水体$\sum CO_2$,水位变化对$\delta^{13}C$值的影响是非线性的,且其影响远小于对$\delta^{18}O$值的影响;二者协变性很差,尤其对于高碱性湖而言,更是如此。

b. 蒸发—生产力。蒸发导致湖水位降低,$\delta^{18}O$会增大;蒸发及入湖水减少会导致$\delta^{13}C$增大。因此,湖水位快速降低,$\delta^{18}O$和$\delta^{13}C$会同时增大,呈现良好的协变性。

$\delta^{13}C$增大有三种方式:一是蒸发超过降水时,光合作用移走有机碳会导致$\delta^{13}C$增大,即便湖泊生产力保持不变;二是强烈的蒸发会使湖水CO_2浓度上升,与大气CO_2交换使湖水CO_2减少,而CO_2的$\delta^{13}C$则低于湖水$\delta^{13}C$;三是入湖水减少或蒸发增强导致的湖水位降低会促进湖水在垂直方向上的混合,湖泊深层水的营养会通过温跃层传到有光合作用的透光层,湖水表层生产力增加,湖表DIC(溶解无机

[1] GONFIANTINI R. Environmental isotopes in lake studies[C]. In: Fritz P, Fontes J C, Eds. Handbook of environmental isotope geochemistry, Vol. 2, The terrestrial environment. Amsterdam: Elsevier, 1986: 113-168.

[2] OXBURGH, R, BROECKER, W S, WANNINKHOL, R H. The carbon budget of Mono Lake[J]. Global Biogeochem. Cycles, 1991. 5: 359-372.

[3] LI H C, KU T L. $\delta^{13}C-\delta^{18}O$ Covariance as a paleohydrological indicator for closed-basin lakes[J]. Palaeogeography, Palaeoclimatology, Palaeoecology, 1997, 133: 69-80.

碳)的$\delta^{13}C$增大[1]。

c. 水汽交换。当湖水位变化很小或不变化时，随着时间的推移，湖泊水体$\delta^{18}O$会趋向于某一稳定值δ_S[2]：

$$\delta_S = \frac{\delta_I + Ax}{1 + Bx} \tag{9}$$

式中参数含义同前。

公式表明：对于$\delta^{18}O$而言，其稳定值取决于入湖水$\delta^{18}O$、大气降水$\delta^{18}O$、相对湿度和气温；显然，δ_S是容积不变的湖泊水体由于蒸发损耗所能达到的水体氧同位素的最大值。

湖水与大气之间的气体交换，会使$\delta^{13}C$值都趋向于某一稳定值。溶解碳酸盐(HCO_3^-、CO_3^{2-})和CO_2之间的碳同位素分馏系数在25℃时为8‰~10‰。

可见，当湖水位变化很小或不变化，且湖泊生产力波动很小时，$\delta^{18}O$和$\delta^{13}C$都会保持相对稳定，其协变性很差。

当湖水位相对快速波动时，湖水与大气之间的水气交换与CO_2交换同时进行，CO_2交换对$\delta^{13}C$的影响可能是湖水位变化的函数。湖水位快速增加会减少湖水与大气之间CO_2的交换，将导致湖水$\delta^{13}C$达到稳定状态的速度趋缓，且该稳定值将低于湖水位不变时$\delta^{13}C$达到的稳定值。当湖水位快速降低时，湖水与大气之间CO_2的交换增多，湖水$\delta^{13}C$将以比湖水位不变时更快的速度达到一个相对更重的稳定值[3]。

三大效应中，水汽交换对湖水δ值变化的影响效应最弱。

②$\delta^{18}O$和$\delta^{13}C$协变性的环境意义。

a. 对湖泊封闭性的反映。对于封闭湖泊而言，E/P增大，湖泊水位降低，$\delta^{18}O_c$升高。Gonfiantini[4]研究表明：在淡水湖、咸水湖，$\delta^{18}O_w$与盐度正相关；干旱区封闭型湖泊水体的$\delta^{18}O$值随盐度增加而增大的现象较为普遍[5]。E/P增大，湖泊水位降

[1] LI H C, KU T L. $\delta^{13}C-\delta^{18}O$ Covariance as a paleohydrological indicator for closed-basin lakes[J]. Palaeogeography, Palaeoclimatology, Palaeoecology, 1997, 133: 69-80.

[2] GONFIANTINI R. Environmental isotopes in lake studies[C]. In: Fritz P, Fontes J C, Eds. Handbook of environmental isotope geochemistry, Vol. 2, The terrestrial environment. Amsterdam: Eelsevier, 1986: 113-168.

[3] LI H C, KU T L. $\delta^{13}C-\delta^{18}O$ Covariance as a paleohydrological indicator for closed-basin lakes[J]. PalaeogeograpHy, Palaeoclimatology, Palaeoecology, 1997, 133: 69-80.

[4] GONFIANTINI R. Environmental isotopes in lake studies[C]. In: Fritz P, Fontes J C, Eds. Handbook of environmental isotope geochemistry, Vol. 2, The terrestrial environment. Amsterdam: Elsevier, 1986: 113-168.

[5] BOWEN R. Isotopes and Climates[M]. London and New York: Elsevier Applied Science, 1990: 75-140.

低,可通过直接和间接的方式导致$\delta^{13}C$增大,蒸发会加速水体所含CO_2与大气中的CO_2交换,水位降低一般伴随着湖水硬度、盐度及矿化度的升高,都会导致湖水$\delta^{13}C$增大,进而也呈现较好的协变性。很多研究都揭示出这一点或利用此观点进行环境演变研究[4-9]。

对于开放湖泊而言,由于湖泊水位基本不变,湖水$\delta^{18}O$的改变与否一般认为主要取决于大气降水$\delta^{18}O$值,湖水$\delta^{18}O$值基本不变;由于水汽与大气的交换,湖水$\delta^{13}C$值却在发生变化,故其协变性较差。

b. 反映封闭湖泊水体碱性或CO_2浓度。在不考虑蒸发影响的情况下,封闭湖泊水位变化对$\delta^{18}O$值的影响是线性的;由于湖水CO_2浓度远高于入湖水体CO_2浓度,水位变化对$\delta^{13}C$值的影响是非线性的,且其影响远小于对$\delta^{18}O$值的影响。因此,稀释效应导致的协变性的强弱可以反映湖水与入湖水之间的CO_2浓度差异的大小:二者差异越小,协变性越强;二者差异越大,协变性越弱,即协变性的强弱与湖水碱性反向相关。因为高碱性可能抑制$\delta^{13}C$对入湖淡水和湖泊生产力的响应,进而影响协变性。

c. 反映封闭湖泊水位变化。蒸发导致湖水位降低,$\delta^{18}O$会增大;蒸发及入湖水减少会导致$\delta^{13}C$增大。因此,湖水位快速降低,$\delta^{18}O$和$\delta^{13}C$会同时增大,呈现良好的协变性。

当封闭湖泊水位变化很小或不变化,且湖泊生产力波动很小时,$\delta^{18}O$和$\delta^{13}C$都会保持相对稳定,其协变性很差。

d. 反映湖泊流域气候特征。很多入湖河水$\delta^{18}O$是流域降水$\delta^{18}O$的加权平均

---

[1] STUIVER M. Oxygen and carbon isotope ratios of fresh-water carbonates as climatic indicators[J]. J. Geophys. ReS, 1970, 75: 5 257-5 257.

[2] GASSE F, FONTES J C, PLAZIAT J C, et al. Biological remains, geochemistry and stable isotopes for the reconstruction of environmental and hydrological changes in the Holocene lakes from North Sahara[J]. Palaeogeogr. Palaeoclim. Palaeoecol, 1987, 60: 1-46.

[3] TALBOTM R. A review of the palaeohydrological interpretation of carbon and oxygen isotopic ratios in primary lacustrine carbonates[J]. Chemical Geology (Isotopes Geoscience Section), 1990, 80: 261-79.

[4] JOHNSON T C, HALFMAN J D, Showers W J. Paleoclimate of the past 4000 years at Lake Turkana, Kenya, based on the isotopic composition of authigenic calcite[J]. Palaeogeogr Palaeoclim Palaeoecol, 1991, 85: 189-198.

[5] LI H C, KU T L. $\delta^{13}C$-$\delta^{18}O$ Covariance as a paleohydrological indicator for closed-basin lakes[J]. Palaeogeography, Palaeoclimatology, Palaeoecology, 1997, 133: 69-80.

[6] XU H, AI L, TAN L C, et al. Stable isotopes in bulk carbonates and organic matter in recent sediments of Lake Qinghai and their climatic implications[J]. Chemical Geology, 2006, 235: 262-275.

值[1],而降水$\delta^{18}O$的温度效应和降水量效应使暖干气候利于高$\delta^{18}O$值。

暖干气候利于高$\delta^{13}C$值:气温升高使更多CO_2因溶解度降低而从水中逸出,导致湖水高$\delta^{13}C$值[2];在湖水温度范围内的升温,会导致$CaCO_3$与DIC之间的碳同位素分馏系数增大[3];水生植物光合作用吸收CO_2,使DIC的$\delta^{13}C$升高,而气温升高使湖水热层形成更早,持续时间更长,光合作用导致表水层更多CO_2逸出[4]。

因此,在暖干-冷湿气候模式地区,封闭湖泊与开放湖泊均可表现出良好的$\delta^{18}O$和$\delta^{13}C$协变性,如云贵高原程海[5-6]和洱海[7]。基于此,有学者[8]发出"$\delta^{13}C$-$\delta^{18}O$协变性:湖泊水文封闭性的有效指标?"的疑问。

综上所述,我们似乎可以得出如下结论:湖泊碳酸盐$\delta^{18}O$和$\delta^{13}C$较好的协变性存在于长时间尺度、弱碱性、水位快速变化的封闭湖;短时间尺度的湖泊碳酸盐$\delta^{18}O$和$\delta^{13}C$之间的协变性取决于湖泊流域气候模式,"暖干-冷湿"气候模式似乎有利于二者良好的协变性;高碱性封闭湖因CO_2的缓冲效应导致氧、碳同位素值协变性较差;水位无变化的封闭湖由于同位素值迅速趋于稳定值,其协变性均较差。

但仍然存在一些需要解决的问题:如良好协变性揭示封闭湖的一个重要前提是其水位变化大幅度波动,因此只适用于长时间尺度内的低分辨率(100—1 000年)同位素数据是否存在于高分辨率同位素数据中? 水位快速变化时二者才相应同时同方向变化,水位长期缓慢变化对协变性有何影响?"暖

[1] TALBOT, M R. A review of the palaeohydrological interpretation of carbon and oxygen isotopic ratios in primary lacustrine carbonates[J]. Chemical Geology (Isotopes Geoscience Section), 1990, 80: 261-79.

[2] DEUSER W G, Degens E T. Carbon isotope fractionation in the system CO_2(gas)-CO_2(aqueous)-HCO_3-(aqueous)[J]. Nature, 1967, 215: 1 033-1 035.

[3] TURNER J V, FRITZ I, KARROW P E, WARNER B G. Isotopic and geochemical composition of marl lake waters and implications for radiocarbon dating of marl lake sediments[J]. Can. J. Earth Sci, 1983, 20: 599-615.

[4] CHEN J A, WANG F S, WAN G J, et al. $\delta^{13}C$-$\delta^{18}O$ Covariance: An effective indicator of hydrological Closure for Lakes?[J]Acta Geologica Sinica, 2008, 82(5): 975-981.

[5] WANG F S, WAN G J, LIU C Q, et al. The correlation of inorganic C, O isotopic values for lake Chenghai sediments and its environmental implications[J]. Chinese Journal of Geochemistry, 2002, 21(2): 186-192.

[6] CHEN J A, WANG F S, WAN G J, et al. $\delta^{13}C$-$\delta^{18}O$ Covariance: An effective indicator of hydrological closure for lakes?[J]. Acta Geologica Sinica, 2008, 82(5): 975-981.

[7] CHEN J A, WANG F S, WAN G J, et al. $\delta^{13}C$-$\delta^{18}O$ Covariance: An effective indicator of hydrological closure for lakes?[J]. Acta Geologica Sinica, 2008, 82(5): 975-981.

[8] CHEN J A, WANG F S, WAN G J, et al. $\delta^{13}C$-$\delta^{18}O$ Covariance: An effective indicator of hydrological closure for lakes?[J]. Acta Ggeologica Sinica, 2008, 82(5): 975-981.

干-冷湿”气候模式对短时间尺度的封闭和开放湖泊都存在良好的协变性,那其他气候模式又有何影响?

3. 其他案例

这里以两道高考题为例来说明“相关性良好未必有成因联系”。

(1)2014年高考安徽文综卷第33题。

通过海面的热收支方式主要有辐射、蒸发和传导。图6示意世界大洋海面年平均热收支随纬度的变化。读图完成33题。

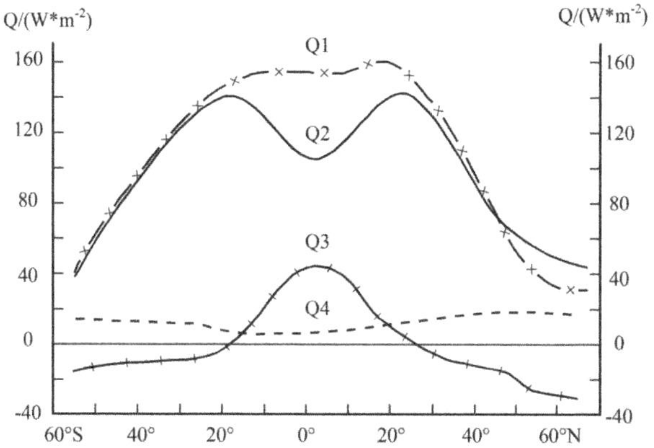

图6　世界大洋海面年平均热收支随纬度的变化

33. 图中表示海面热量总收支差额、辐射收支差额、蒸发耗热量、海-气热传导差额的曲线,依次是

A.Q4、Q1、Q3、Q2　　　　B.Q3、Q4、Q2、Q1

C.Q3、Q1、Q2、Q4　　　　D.Q2、Q3、Q1、Q4

【答案】C

①正确解析。本题组主题为自然地理,以全球海面热收支平衡为切入点,主要考查“大气受热过程”,“太阳对地球的影响”,“地理环境各要素的相互作用,理解地理环境的整体性”,“气压带、风带的分布、移动规律及其对气候的影响”,“世界洋流分布规律,说明洋流对地理环境的影响”,“世界主要气候类型特征与分布”,等等。解答本题需要考生具备“获取和解读地理信息”的能力,“调动和运用地理知识、基本技能”的能力,“描述和阐释地理事物、地理基本原理与规律”的能力,“论证和探讨地理问题”的能力。

海水表层热量收支包括海水表层与大气之间、海水表层与深海之间的热量输送。题中信息有“通过海面”四个字，界定了是海水表层与大气之间的热量传送。

解答本题对考生的能力要求较高。考生一方面应该从图中提取以下信息：曲线Q1、Q2、Q3在图示纬度表层海域均为正值，而曲线Q4大致在低纬度区为正值，在中高纬度区为负值；曲线Q1所代表的值在低纬度区相对较高，随纬度的增大而降低，基本对称；曲线Q2在赤道附近海域较低，向两侧(副热带)增大，然后再随纬度的增大而减小，呈“马鞍”形分布；曲线Q3最为特殊，有正有负，且正值区的面积同负值的面积大致相等；曲线Q4为正值，变化平缓且值偏低。

另一方面，考生需要调动以下知识和技能：

辐射收支差额等于海面获得辐射量与所失去辐射量之差，前者包括太阳辐射和大气逆辐射，后者包括海面辐射给大气的量。到达海面的太阳辐射基本上从赤道向两极递减(表层海水温度(sea surface temperature，SST)赤道最高，基本上从赤道向南北极对称递减)，海面通过海面热辐射向大气传递的热量类似于SST的南北对称性递减，二者之差基本上在赤道最高，然后从赤道向南北极基本对称递减。故曲线Q1为辐射收支差额。

蒸发是海水由液态变为气态的过程，海水蒸发要消耗表层海水热量，蒸发耗热量的大小主要取决于两个因素：一是SST，二者正相关；二是近海面大气相对湿度，二者负相关。就SST而言，大致赤道海域最高，向两侧递减。赤道海域降水量大于副热带海域，故赤道海域大气相对湿度大于副热带海域。两相结合，蒸发耗热量应该是副热带海域大于赤道海域，再从副热带海域向更高纬度海域减少，呈“马鞍”形分布(类似海水盐度分布)。故曲线Q2为蒸发耗热量。

热传导的概念在初中物理中学过，主要指在相同状态且直接接触的两种物质间热量传递。海-气热传导差额为海洋通过传导传递给大气的热量与大气通过传导传递给海洋的热量之差。其一，由于近洋面大气是由海洋表层加热的，故海洋通过传导传递给大气的热量大于大气通过传导传递给海洋的热量，即海-气热传导差额应为正值；其二，传导是指两种相态相同物质之间的一种热量输送方式，在不同相态物质之间的热量输送很少，海洋与大气是两种不同相态的物质，故不论是海洋通过传导传递给大气的热量还是大气通过传导传递给海洋的热量都应很少，二者之差值也应很小；其三，由于洋面对底层大气的加热作用，二者温度差值随纬度的变化很小。综上所述，海-气热传导差额应该为正值，低值，且变化较小，即曲线Q4。

海面热量总收支为海面获得总热量与海面失去总热量之差。海面获得的热量包括到达海面的太阳辐射、大气逆辐射、大气通过热传导传递给海面的热量，海面失去的热量则包括海面辐射给大气的热量、蒸发耗热量、海面通过热传导传递给大气的热量（见表2）。

表2　海面获得和失去的热量

	1	2	3
海面获得的热量A	到达海面的太阳辐射	大气逆辐射	大气通过热传导传递给海面的热量
海面失去的热量B	海面辐射给大气的热量	蒸发耗热量	海面通过热传导传递给大气的热量
小　计	Q1=A1+A2－B1	Q2=B2	Q4=B3－A3

故有：海面热量总收支=A1+A2+A3－B1－B2－B3=（A1+A2－B1）－B2－（B3－A3）=Q1－Q4－Q2。显然，海面热量总收支在纬度达到一定值（北纬在20多度，南纬在近20度）后即为负，即曲线Q3。

综上所述，正确答案为C。

②另类解析。观察四个选项，总收支差额对应有2个Q3（1个Q2，1个Q4），辐射收支差额对应有2个Q1（1个Q3，1个Q4），蒸发耗热量对应有2个Q2（1个Q1，1个Q3），传导差额对应有2个Q4（1个Q1，1个Q2）。综上，C选项的概率最大。

（2）2011年高考安徽文综卷第31题。

在地理研究中，可用重心移动反映地理事物和现象空间分布的变化，图7表示我国1978—2005年能源生产总量、能源消费总量与GDP重心变化轨迹。完成31题。

31. 能源生产总量、能源消费总量与GDP重心变化轨迹分别对应图中的

A.a、b、c　　B.c、b、a

C.c、a、b　　D.b、c、a

【答案】B

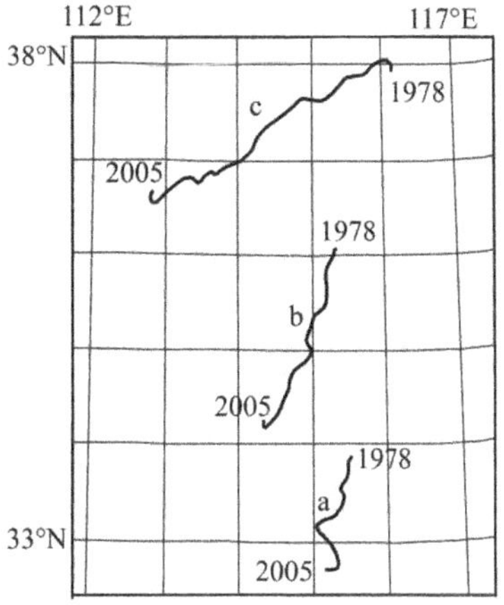

图7　我国1978—2005年能源生产总量、能源消费总量与GDP重心变化轨迹

①正确解析。我国能源生产基地一直主要分布在北方地区，能源生产总量重心位置偏北，对应曲线为c；改革开放后，东南地区经济发展快，能源消费多，能源消费中心向南移动较快，对应曲线为b；改革开放以来，东部、南部一直是我国经济相对发达区域，我国GDP重心位置偏南，对应曲线为a。

②另类解析。观察四个选项，其中能源生产总量对应有2个c(四个选项当中还有1个a，1个b，那么c选项出现概率最大，后面的以此类推)，能源消费总量对应有2个b，GDP重心变化对应有2个a。综上，B选项的概率最大。

(3)“另类解析”简析。

①即便答案正确，也并不代表解析是合理的。尽管通过另类解析，都能得出两道题正确答案，并不代表其解析是合理的。

②另类解析得不出正确答案的概率计算。对于“2014年高考安徽文综卷第33题”来讲，即图6中表示海面热量总收支差额、辐射收支差额、蒸发耗热量、海-气热传导差额的曲线，依次是……Q1、Q2、Q3、Q4有P_4^4=24种排列方式，详见表3。

表3 2014年高考安徽文综卷第33题答案选项排列可能

序	排 列	序	排 列	序	排 列	序	排 列
1	Q1、Q2、Q3、Q4	7	Q2、Q1、Q3、Q4	13	Q3、Q1、Q2、Q4	19	Q4、Q1、Q2、Q3
2	Q1、Q2、Q4、Q3	8	Q2、Q1、Q4、Q3	14	Q3、Q1、Q4、Q2	20	Q4、Q1、Q3、Q2
3	Q1、Q3、Q2、Q4	9	Q2、Q3、Q1、Q4	15	Q3、Q2、Q1、Q4	21	Q4、Q2、Q1、Q3
4	Q1、Q3、Q4、Q2	10	Q2、Q3、Q4、Q1	16	Q3、Q2、Q4、Q1	22	Q4、Q2、Q3、Q1
5	Q1、Q4、Q2、Q3	11	Q2、Q4、Q1、Q3	17	Q3、Q4、Q1、Q2	23	Q4、Q3、Q1、Q2
6	Q1、Q4、Q3、Q2	12	Q2、Q4、Q3、Q1	18	Q3、Q4、Q2、Q1	24	Q4、Q3、Q2、Q1

从四个选项设置角度，理论上可以出现的选项组合情况有：C_{24}^4=10 626种。当然，这种组合未考虑四个选项相对先后顺序。

原题正确答案为表3中组合13。从理论上讲，通过适当的选项组合，上述24种选择都可能在另类解析中成为正确答案。在此仅举几例(且限定为“海面热量总收支差额、辐射收支差额、蒸发耗热量、海-气热传导差额”都只在正确位置出现两次。在正确位置出现一次或三次的情况，限于篇幅不再讨论)，如表4。

表4 2014年高考安徽文综卷第33题几种可能的答案选项组合举例

选项	排列	排列	排列
A	Q1、Q2、Q3、Q4	Q1、Q3、Q4、Q2	Q2、Q3、Q1、Q4
B	Q1、Q4、Q3、Q2	Q2、Q4、Q3、Q1	Q2、Q4、Q3、Q1
C	Q3、Q2、Q1、Q4	Q4、Q1、Q2、Q3	Q3、Q4、Q2、Q1
D	Q4、Q3、Q2、Q1	Q4、Q3、Q2、Q1	Q4、Q1、Q3、Q2
另类解析答案	Q1、Q2、Q3、Q4(组合1)	Q4、Q3、Q2、Q1(组合24)	Q2、Q4、Q3、Q1(组合12)

上述分析只在于说明“另类解析”的不合理。如果再把正确答案置入的话，一样可以通过适当组合来说明另类解析的错误，如表5(同上，限于篇幅，只举三例)。

表5 2014年高考安徽文综卷第33题几种可能的答案选项组合举例(续)

选项	排列	排列	排列
A	Q3、Q1、Q2、Q4	Q3、Q1、Q2、Q4	Q3、Q1、Q2、Q4
B	Q1、Q2、Q4、Q3	Q2、Q3、Q4、Q1	Q1、Q3、Q4、Q2
C	Q4、Q2、Q1、Q3	Q4、Q2、Q1、Q3	Q4、Q2、Q1、Q3
D	Q1、Q3、Q4、Q2	Q4、Q3、Q2、Q1	Q4、Q3、Q1、Q2
另类解析答案	Q1、Q2、Q4、Q3(组合2)	Q4、Q3、Q2、Q1(组合24)	Q4、Q3、Q1、Q2(组合23)

从理论上分析，四个选项设置包括正确答案“Q3、Q1、Q2、Q4”在内，也可以通过适当组合，让“另类解析”得出的答案为表3中24种组合中的任一种。

对于“2011年高考安徽文综卷第31题”来讲，即能源生产总量、能源消费总量与GDP重心变化轨迹分别对应图7中的……a、b、c有$P_3^3=6$种排列，详见表6。

表6 2011年高考安徽文综卷第31题选项排列可能

序	排列	序	排列
1	a、b、c	4	a、c、b
2	b、a、c	5	b、c、a
3	c、a、b	6	c、b、a

从四个选项设置角度，理论上可以出现的选项组合情况有$C_6^4=15$种。当然，这种组合不考虑四个选项相对先后顺序。

原题正确答案为表6中的组合6。

通过实际排列组合发现，采用适当的选项组合(且包含正确答案在内)，上述6种组合中除表6中组合2、4不能实现外，其余四种组合都可以在上述“另类解析”中成为正确答案(详见表7)。

表7 2011年高考安徽文综卷第31题几种可能的答案选项组合举例

选 项	排 列	排 列	排 列
A	c、b、a	c、b、a	c、b、a
B	a、c、b	b、a、c	a、c、b
C	b、a、c	a、c、b	b、a、c
D	a、b、c	c、a、b	b、c、a
另类解析答案	a、b、c(组合1)	c、a、b(组合3)	b、c、a(组合5)

综上所述，所谓“另类解析”，其成功的概率其实和不作任何分析即任选一个的概率完全相等，即为25%。

这种“另类解析”，不管成功率多高，即不管这种解析方法同获得正确答案之间的相关性有多高，都不能成为解题方法。

不过，这种“另类解析”方法为命题人员提供了一种思路，即今后在设置类似选项时，要有意识地避免“另类解析即可得出正确答案”，要让这种解析付出代价——“另类解析”一定得出错误答案。当然，也不能让其根据“另类解析一定得出错误答案”来淘汰相关选项。

(五)类似成语

狗仗人势，为虎作伥。

三、曹冲称象：时空转换与化整为零

(一)曹冲称象：出处、示例及含义

成语“曹冲称象”出自《三国志·卷二十·魏志二十·武文世王公传第二十》：邓哀王冲字仓舒，少聪察歧嶷，生五六岁，智意所及，有若成人之智。时孙权曾致巨象，太祖欲知其斤重，访之群下，咸莫能出其理。冲曰：“置象大船之上，而刻其水痕所至，称物以载之，则校可知矣。”太祖大悦，即施行焉[1]。

后以曹冲称象来形容一个人聪明。

(二)曹冲称象的启示

1. 启示一：时空转换

如果放在今天再对大象进行称重，方法就多了。

其中一个经典办法是利用杠杆原理，即在同一时间，在不同空间(杠杆两端)分别放置大象和其他物体，进而利用质量守恒来获得大象的重量(实乃质量)。

[1] 许嘉璐. 二十四史全译·三国志·第1册[M]. 北京：世纪出版集团，2004：348.

曹冲(196—208)采用的称象方法,从原理上来讲与杠杆原理相同,都是基于质量守恒;区别在于现在的杠杆原理是在同一时间、不同空间实现质量守恒,曹冲称象的办法是在同一空间、不同时间实现质量守恒——时间杠杆原理。

某些问题可以通过时间或空间的转换来解决。这里仅以自然资源为例,来说明通过时间或空间的转换来解决问题

(1)通过空间转换来解决资源的不均衡分布。

①南水北调。我国水资源的空间分布南多北少,南水北调工程就是为了解决我国北方地区,尤其是黄淮海流域的水资源短缺问题,分东线、中线、西线三条调水线路(图8)。

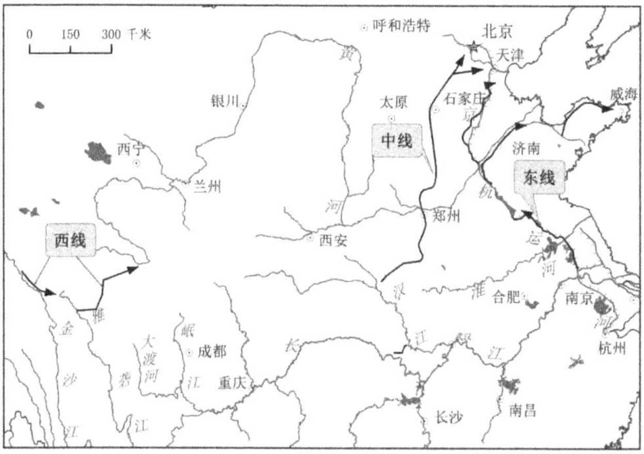

图8　南水北调线路示意

通过三条调水线路与长江、黄河、淮河和海河四大江河的联系,构成以“四横三纵”为主体的总体布局,实现中国水资源南北调配、东西互济的合理配置格局。

东线工程从长江下游扬州附近抽引长江水,利用和扩建京杭大运河及与其平行的河道逐级提水北送,经洪泽湖、骆马湖、南四湖和东平湖。出东平湖后分两路输水:一路向北,在位山附近经隧洞穿过黄河后可自流,经位临运河、南运到天津;另一路向东,通过胶东地区输水干线经济南输水到烟台、威海。东线工程开工最早,并且有现成输水道。

中线工程从汉江丹江口水库引水,输水总干渠自陶岔渠首闸起,沿伏牛山和太行山山前平原,京广铁路西侧,跨江、淮、黄、海四大流域,自流输水到北京、

天津。2014年12月12日,长1 432千米、历时11年建成的南水北调中线正式通水。

西线工程从长江上游干支流调水入黄河上游,引水工程拟定在通天河、雅砻江、大渡河上游筑坝建库,采用引水隧洞穿过长江与黄河的分水岭巴颜喀拉山入黄河。截至目前,还没有开工建设。

②北煤南运。我国煤炭资源分布不均匀,北方供给大于需求,而南方需求大于供给。尤其是陕西、山西、内蒙古西部地区(“三西”地区),煤炭资源十分丰富,为此,需要将“三西”地区的煤炭向南运输。

北煤南运主要采用铁路、公路、海运和内河水路运输,主要线路有三条(图9)。

一是通过铁路先将“三西”地区的煤炭东送至渤海沿岸的港口后转海运。西煤东送的铁路线路包括北通道的大秦、丰沙大、京原、集通、神朔黄铁路,中通道的石太转石德铁路,南通道的太焦、邯长、侯月、南同蒲、陇海、西康和宁西铁路。海运下水主要港口为秦皇岛、唐山、天津、黄骅、青岛、日照、连云港等港口,接卸港主要为华东、中南沿海各港口;长江、徐州—南京港(大运河—长江)也承担了相当数量的煤炭下水运输任务。

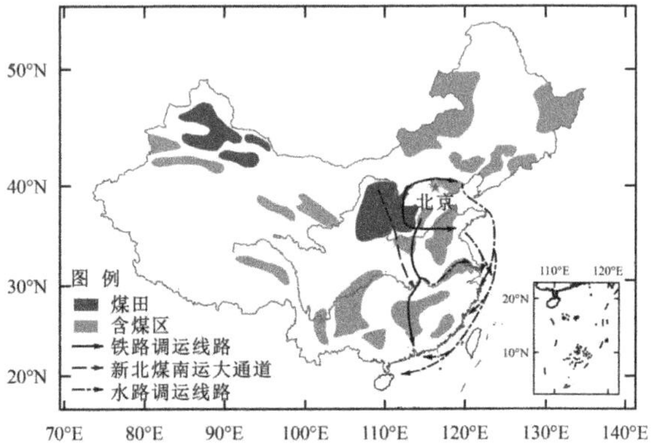

图9 中国主要煤矿分布及“北煤南运”线路示意

二是通过焦柳铁路线南下。

三是在建的“北煤南运大通道”,即蒙西至华中地区铁路煤运通道项目,起于内蒙古自治区浩勒报吉,经山西省运城市进入河南省三门峡等市,并经过湖北省襄阳市、湖南省岳阳市后止于江西省吉安市,全长约1 860千米,拟于2017年建成投入使用。

除了已经实施的煤电转换外,在原地将煤转化为其他形式的能源(“煤化气”“煤化油”),然后再向南输送,也是值得考虑的问题。

③西气东输。我国西部地区蕴藏着丰富的天然气资源,目前有三条线路将西部的天然气运往东部和南部。西气东输一线工程西起塔里木盆地的轮南,经甘肃、宁夏、陕西、山西、河南、安徽、江苏,东至上海;二线工程西起新疆霍尔果

斯，经甘肃、宁夏、陕西、河南、湖北、江西等，东达上海，南抵广州、香港；三线工程以中亚天然气为主供气源，经新疆、甘肃、宁夏、陕西、河南、湖北、湖南、江西，抵达福建、广东（图10）。

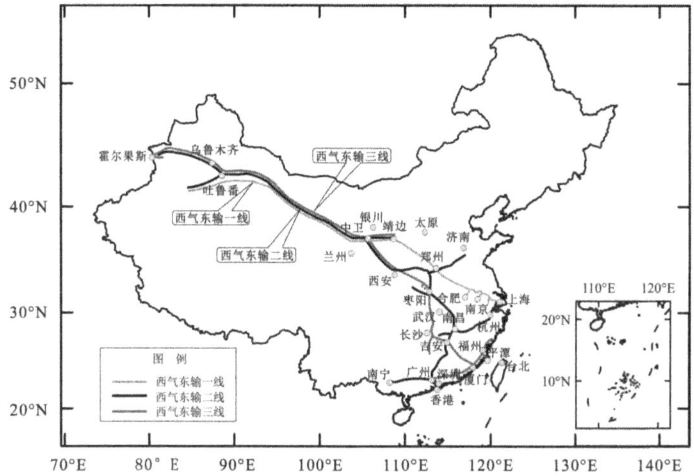

图10 西气东输一线、二线和三线走向示意

（2）通过时间转换来解决资源的不均衡分布——修建水库。

我国水资源季节分配不均匀，就东部季风区而言，夏季降水集中，汛期河水暴涨，大量宝贵的淡水资源白白流入大海，并且还容易造成洪涝灾害；冬春季则降水少，河流进入枯水期，北方的一些河流甚至干涸见底，严重干旱缺水。兴建水库，可以有效调控径流和水量的季节变化，解决水资源分布不均的问题。例如，三峡工程和小浪底水利枢纽，对长江和黄河的防洪及水资源调配发挥了重要作用。

2. 启示二：化整为零

曹冲称象能够顺利进行，还得益于“化整为零”这一科学思维。在自然界，类似于“化整为零”的地学现象时有发生。

20世纪70年代，地震学家发现了一种发生机制完全和正常地震相同的“慢地震”（又名“静地震”），包括低频地震、超低频地震、深部不连续颤动地震、缓移地震及静默地震等。慢地震也会释放原本断层上所累积的能量，只是断层破裂得比较慢，或是发生的时间比较长。一般而言，典型的地震大约用数秒到数十秒来释放其所储存的能量，慢地震却花费数十分钟、数小时，甚至数天到一星期来释放其所累积的能量[1]。

由GPS观测的速度场发现,台湾海岸山脉(菲律宾海板块)以每年6~8厘米的速度向西移动,而海岸山脉西边(纵谷,欧亚大陆板块)只以每年4厘米的速度向西移动。这速度的差异显示此地地壳受到来自菲律宾海板块的快速挤压,但这些能量跑到哪里去了呢?最一般的方式是由地震消耗大部分的能量,或是部分能量用来抬高海岸山脉,储存于位能之中。然而这里的实际情况并非如此。

如图11所示,图中黑色虚线框范围内虽然板块相对缩减率达每年8厘米,但自1900年以来没有发生过8级以上地震,7级以上地震只有六次。日本西南部的南开海槽也同样位于菲律宾海板块和欧亚板块聚合带,板块相对缩减率仅为每年4厘米,约是中国台湾板块聚合活动量的一半,同样的百年内却有两次8级以上地震,八次7级以上地震。理论上来说,因为滑动量较大,台湾东部应该比南开海槽更容易发生大地震,但是台湾东部的地震发生频率较低,能量跑到哪里去了呢?累积起来准备一次超级地震吗?

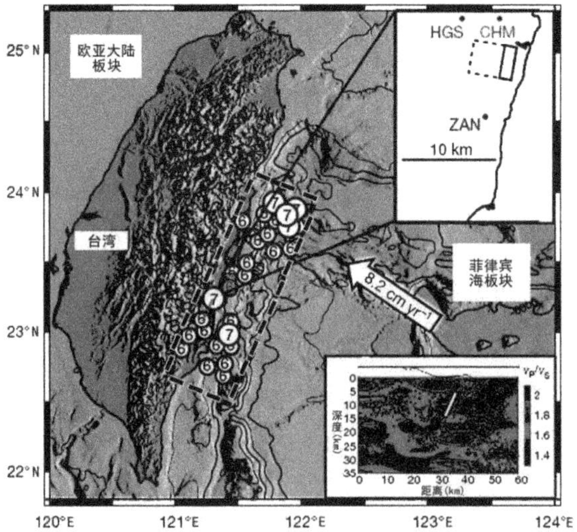

图11　中国台湾及周边地区示意[2]

为此,研究人员在菲律宾海板块和欧亚板块交界的台湾东部凿孔200~270

[1] 刘啟清. 台风引发慢地震[J]. 科学人,2009(10):110-115.

[2] LIU C C,LINDE A T,SACKS S. Slow earthquakes triggered by typhoons[J]. Nature,2009,459:833-836.

米深,摆放井下应变计——一种可钻入地下深处的高敏度测量仪器。应变计能探测到无法觉察的岩石移动和变形,以期观测菲律宾海板块与欧亚板块挤压情况,结果监测到慢地震信息:慢地震的断层能量以数小时、数天缓慢释放,而非突然的剧烈活动。研究进行的5年期间记录到20场这种慢地震,其中11场刚好碰到台风,而且比其他的慢地震还要强烈、地震波形更复杂,研究证实了台风与慢地震的相关性。“这些资料明确指出台风是这些慢地震的促发因子。它们出于偶然碰巧一起发生的可能性微乎其微。”[1]

如图12所示,当台湾东部的气压降低时(如台风来临),地底下各深度的压力都会降低,海水就会由台风范围之外的远处流往台湾海岸,直到海水面升高到能使每一深度的压力都等同于较远海域。于是在台风来临时,海域底下的地壳中压力维持不变,但此时陆地岩层所受的压力降低,却没有海水可以补充,断层若在海边向西倾斜,则断层上盘压力减小,而下盘不变,会使断层面上产生一个上下的张力。这对引发此处的逆断层活动有两大帮助:其一是在沿着断层面方向,上盘的地层会相对于下盘有往上的力量,即较易引发逆断层活动;其二是垂直断层面上的张力,会降低断层面上的正压力,也就是会降低断层面上的摩擦力,这也有助于引发此处的逆断层活动[2]。

图12 中国台湾东部气压与断层关系示意[3]

[1] 刘啟清. 台风引发慢地震[J]. 科学人,2009(10):110-115.

[2] LIU C C,LINDE A T,SACKS S. Slow earthquakes triggered by typhoons[J]. Nature,2009,459:833-836.

[3] 刘啟清. 台风引发慢地震[J]. 科学人,2009(10):110-115.

在地面上,我们“完全察觉不到”这种方式频繁引发的慢地震,它可能降低了级别更高、破坏性更大的地震发生频率。

由此可见,台风与慢地震具有相关性,每年侵袭台湾的台风在地震活动上扮演了压力阀的角色,会引发长时间而缓慢释放能量的慢地震,为地壳能量的累积与释放提供了一个重要的均衡管道。这或许让台湾免于受到可能造成摧毁性灾难的大地震的侵袭[1]。

(三)延伸阅读——2014年高考安徽文综卷第31题

鄱阳湖地区夏季的风向、降水等受西太平洋副热带高压脊位置变化的影响。鄱阳湖汛期水位上升,湖面辽阔;枯水期水位下降,水流归槽成为“赣江”(图13b)。图中的沙岭沙山(29.5°N附近)形成于2万年前,由松散沙粒组成。沙山临湖一侧发育了一系列垄(脊)槽(谷)相间的地形。读图13,完成31题。

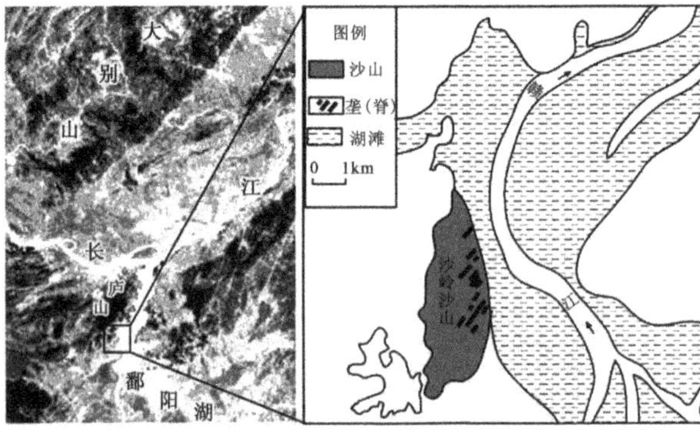

图13 鄱阳湖(沙岭沙山)及周边地区示意

31.受大气环流和地形分布(图13a)的影响,图13b所示地区

A.全年以偏北风为主,冬半年风速较大

B.夏半年以西南风为主,风速较大

C.全年以偏南风为主,夏半年风速较小

D.冬半年以东北风为主,风速较小

【答案】A

[1] LIU C C, LINDE A T, SACKS S. Slow earthquakes triggered by typhoons[J]. Nature, 2009, 459: 833-836.

31题中的图13b所示地区冬半年或夏半年风速大小问题,“较大”或“较小”都是一种相对比较,有两种理解:一种是时间维度上的图13b所示地区冬、夏半年风速比较;一种是空间维度上的图13b所示地区与周边地区某半年风速比较。

(1)如果是时间维度上的图13b所示地区冬、夏半年风速比较。我国东部季风区目前冬季风势力相对强劲(其影响范围南界可达南海中部),夏季风势力相对偏弱(其影响范围北界可达季风和非季风区分界线),故就冬、夏半年相比较,图示地区冬半年风速相对较大,夏半年风速相对较小。冬半年偏北风较大与地形有关,长江以北是几百千米的北东向郯庐断裂带形成的平原,偏北气流没有地形的阻挡,至鄱阳湖时,湖口段呈瓶颈状,走向北北东,产生狭管效应,风速加大,加之湖面摩擦系数小,风速在湖面上再次增大[1]。同时,“狭管效应”对冬季风和夏季风的共同加速作用,也不会改变无“狭管效应”时的冬季风强于夏季风的事实。

(2)如果是空间维度上的图13b所示地区与周边地区某半年风速比较。根据题意,周边地区也应位于图13a区域内。如果周边地区是狭管地形(图13b地区到长江湖口之间的湖口段)内图13b外区域,相比较的两个区域均在狭管地形内,均受“狭管效应”的影响。冬半年时,图13b地区位于狭管地形尾端;夏半年时,图13b地区多数时间位于狭管地形尾端(只有一个月左右位于首端)。而风通过狭管地形区时,出风口附近风速较入风口附近更大[2]。据此则有图13b地区全年风速较大。如果周边地区是图13a区域内狭管地形外地区,则图13b地区因“狭管效应”风速更大。

[1] 韩志勇,李徐生,张兆干,等. 鄱阳湖湖滨沙山垄状地形的成因[J]. 地理学报,2010,65(3):331-338.

[2] 陈启新. 风速的“狭管效应”增速初探[J]. 山西水利科技,2002(2):62-64.

地理循环论与我国丹霞地貌演化

黄　润

（皖西学院）

摘　要：地理循环论是美国学者戴维斯提出的在流水作用下的地貌的发展模式，又称为戴维斯侵蚀循环学说。丹霞地貌是世界上广布的一种地貌类型，很多已经列入世界遗产。文章通过阐述丹霞地貌的形成和演化规律，分析其发育条件及过程，探究我国丹霞地貌分布的空间特征和研究意义。

关键词：地理循环论；丹霞地貌；演化；发育；空间分布

一、地理（侵蚀）循环论简介

（一）地理（侵蚀）循环论提出的背景

19世纪60年代美国经过南北战争后，兴起了开发西部的运动，人口大量向西部迁移。由于西部开发建设的需要，1879年美国成立了地质调查所，戴维斯等一大批学者开始了地质地貌等方面的研究工作，极大地推动了美国地貌学乃至地理学的发展。

戴维斯1850年生于美国费城的富裕家庭，年轻时就能环球旅行，曾到过日本和中国，1879年成为哈佛大学地质学讲师，曾在阿根廷工作三年，1934年去世。

戴维斯于1899年同时发表了两篇著名的学术论文，即《地理循环》（*Geographical Journal* XIV，1899）和《准平原》（*American Geologist* XVIII，1899），他的理论很快征服了许多学者，风靡全球，他甚至被称为“美国地理学之父”。地理循环论是阐述一个在流水作用下的地貌发育模式：假设一个平原随地壳急速上升成为高地后，在地壳长期稳定状况下，地貌发育经过幼年期、壮年期、老年期三个阶段，最后成为准平原。地理循环论，又称戴维斯侵蚀循环学说。

(二)几个相关概念

地貌学是研究地球表面的形态特征、成因、分布及发育规律的科学。地貌学研究的对象为地貌(地形),即各种规模的地表起伏的总和。地形或地貌,即地球表面的形状,是指地壳表面由岩石构成的起伏形态(如平原、高原、山地、丘陵、盆地、河谷、悬崖等)。地球表面形态的尺度,小到一颗石英砂的表面形态甚至更小,大到海洋和陆地。

"地貌学"原来叫"地形学",1956年我国将原来"地形学"改为"地貌学",我国港澳台地区仍称"地形学"(Landforms)。那么如何把握地形、地貌以及地势的概念呢?地形的概念常常侧重于静止形态,如黄土高原、长江中下游平原;地貌的概念常常侧重于动态、成因,如流水地貌、风沙地貌;地势表示的是地表高低起伏的总体趋势,如我国地势西高东低。

(三)地理(侵蚀)循环理论的基本内容

1. 地理(侵蚀)循环论的基本思想

美国地貌学家戴维斯认为,地貌是构造、过程(各种外力作用过程)与阶段(发展阶段)的函数:

$$F = f(PM)\,dt$$

式中:P为外(营)力(太阳能、重力、流水、气候等),M为地质构造(岩性),t为地貌发育时间。

大地构造单元是地貌发育的基础。中国的大地貌单元,即山地、高原、盆地、平原等在平面上的排列组合形式,其形成主要受大地构造的控制。地质构造是地貌形态的骨架,在地质构造影响下,出现各类构造地貌,如褶皱山、断块山等。

外(营)力作用是指地球表面在太阳能和重力驱动下,通过空气、流水和生物等活动所起的作用,包括岩石的风化作用,块体运动,流水、冰川、风力、海洋的波浪、潮汐等的侵蚀、搬运和堆积作用,以及生物甚至人类活动的作用等。外力作用非常活跃,而且易被人们直接观察到。

在此过程中,内、外力作用的时间也是引起地貌差异的重要原因之一。作用时间长短不同,所形成的地貌形态也有区别,显示出地貌发育的阶段性。

该理论的基本思想是:首先,假设有一个因构造运动从海底抬升的陆地,由于抬升迅速,地面开始受到侵蚀,原来的低平地形逐渐变为高山、深谷、陡坡;然后,构造运动处于长时间的稳定状态,高地被蚀低,河谷渐变宽浅,缓坡又复盛行；最终整个地面变成仅有微小起伏的平原地形，戴维斯称之为准平原。这就是一个“地貌轮回”，或称“侵蚀轮回”“地理轮回”。

以后该区再一次经历构造抬升，继以稳定，其地貌演变又重复上述过程，即再经历一个轮回。戴维斯把上述过程不同的阶段形象地命名为幼年期、壮年期和老年期。

2. 侵蚀循环各个时期的地貌特征

(1)幼年期。抬升后的初期，地貌景观如同一些轻度河流作用的高原，只有很稀少、短小的河流，河谷不深，河流之间有开阔平坦的高地。抬升后期，随着河流深切，水系密度加大，地面被强烈分割，形成高山深谷景观。此时河流比降最大，横剖面呈V形，谷底狭窄，谷坡陡峭，无河漫滩，多急流瀑布，原先开阔高地被分割成起伏很大的山岭。

(2)壮年期。壮年期内，河流纵剖面先后达到平衡剖面，首先是干流趋于平衡状态，经侧蚀拓宽，谷底开始发育自由曲流和河漫滩，同时各级支流相继出现这些现象。在壮年期，抬升以前原始高地全被蚀去，块体运动与坡面冲刷使整个山脊高度降低，地形起伏趋于和缓，变为低丘宽谷，并广泛发育风化壳。

(3)老年期。这个时期，河谷进一步拓宽，河流蜿蜒曲折于宽广的河漫滩之上，分水岭因坡面冲刷和缓慢的风化碎屑物蠕动变得更加和缓，最后形成波状起伏的准平原。准平原是在湿润气候条件下，地表经长期风化和流水的作用形成的接近平原的地貌形态。

长期的风化、剥蚀、流水的作用，使丘陵的高度降低，大部分成为接近海平面高程的准平原，零星分布着未被侵蚀完的蚀余山。在准平原上仅有一些抗蚀性较强的坚硬岩石组成的孤立丘，称为蚀余山。准平原形成后，蚀余山在后期很难得到完整保存，大部分被侵蚀，在海拔高度不大的地方，尚可见到一些残迹，如安徽蚌埠张八岭一带。

(四)理论意义

在戴维斯提出这个理论之前，地貌学家、地理学家一般只是静止地描述地球表面的地形，似乎山地永远是山地，平原永远是平原。戴维斯却认为，地形是永远不断变化的，山地可以经河流等外力的长期作用变为丘陵最后成为平原，并且可以周而复始。地理循环论的提出具有以下三个方面的意义：

(1)在达尔文生物进化论的影响下，戴维斯将地貌的形成演化看作是一个生命有机体，也有出生、成长、成熟、衰落直至死亡的过程，具有开创性。

(2)将地貌发育分为三个阶段,具有地貌发展的相对年代含义,每个阶段具有各自独特的地貌特征,对于我们认识地表形态的差异具有重要的现实意义。

(3)戴维斯使用"地理(侵蚀)循环"一词,认为这一过程是周而复始的,地貌发展是旋回性的。当然,每一旋回有所不同。

二、丹霞地貌及其形态特征

丹霞地貌是分布较广的一种特殊地貌类型。世界丹霞地貌主要分布在美国西部的科罗拉多高原、南美洲的巴西高原和安第斯山脉、欧洲中南部和英国、非洲中北部和南部、澳大利亚、西亚等地约30个国家,其中以澳大利亚最多,不少已经被列入世界遗产名录。

(一)丹霞地貌名称的来历

1928年,获美国哥伦比亚大学地质学硕士学位的矿床学家冯景兰,在我国粤北仁化县(丹霞山)注意到了分布广泛的第三纪(约6 500万至165万年前)红色砂砾岩层。在丹霞山地区,厚达300~500米的岩层被流水、风力等风化侵蚀,形成了堡垒状的山峰和峰丛、千姿百态的奇石、石桥和石洞。冯景兰意识到这是一种独特的地貌景观,并把形成丹霞地貌的红色砂砾岩层命名为丹霞层。"丹霞"一词源自曹丕的《芙蓉池作诗》"丹霞夹明月,华星出云间",指天上的彩霞。

1938年,构造地质学家陈国达把这种红色岩层上发育的地貌称为"丹霞地形",并把这种地形作为判断丹霞地层的标志。

1977年,地貌学家曾昭璇第一次把"丹霞地貌"作为地貌学术语来使用。

1982年,素有"丹霞痴"之名的地理学家李见贤(黄进)发表了《丹霞地貌坡面发育的一种基本方式》。这是中国论述丹霞地貌的第一篇论文。

1983年《地质辞典》首先提出丹霞地貌定义,"指厚层、产状平缓、节理发育、铁钙质混合胶结不匀的红色砂砾岩,在差异风化、重力崩塌、侵蚀、溶蚀等综合作用下形成的城堡状、宝塔状、针状、柱状、棒状、方山状或峰林状的地形。"这是学术界对丹霞地貌所下的第一个定义。

彭华则将丹霞地貌定义为"以赤壁丹崖为特征的红色陆相碎屑岩地貌"。

(二)丹霞地貌的形态特征

黄进把近水平构造的丹霞地貌坡面,自上而下分为三种坡面类型:

(1)受近水平岩层面控制的层面顶坡。顶坡的坡度既与岩层面的控制有关,同时也与山顶风化物的内摩擦角有关。

(2)受垂直节理控制的陡崖坡。陡崖坡主要是较大面积的岩块沿垂直节理发生崩塌而形成的陡崖。它是三种坡面中最重要的一种坡面。

(3)受崩积岩块内摩擦角控制的崩积缓坡。崖麓崩积缓坡,受崩积岩块内摩擦角控制,坡度多在30度左右。当崩积物较大时,其坡度较陡,反之则较缓。

“顶平、身陡、麓缓”三种坡面,是丹霞地貌中最基本、最简单的坡面类型,也是丹霞地貌的基本形态特征。

三、丹霞地貌发育条件

(一)物质基础:红层的形成及特征

1. 红层

红层是一种红色陆相碎屑岩系,是丹霞地貌发育的物质基础。由于沉积环境的差异和后期地质作用的改造,红层的颜色可变化成棕黄、褐黄、紫红、褐红、灰紫等;“陆相”限定主要是区别相对均质、致密的海相沉积,“碎屑岩系”用以区别陆相化学沉积和生物沉积岩系。

2. 红层的形成时代

目前国内所发现的红层形成年代均不早于中生代,其中以白垩纪最多,约占80%。形成丹霞地貌的最老红层为三叠系。

3. 红层的组成与岩性

据目前研究,大部分丹霞地貌发育在砾岩、砂砾岩、砂岩地层组合上;相对软弱的粉砂质和泥质岩多发育红层丘陵,只有在河流凹岸或质地稍坚硬时才形成尺度不大的红色陡崖坡。

(二)构造基础:构造对丹霞地貌的控制

1. 区域构造对沉积盆地的控制

中生代以来,我国许多在海西运动后稳定的陆台发生活化,东部地区受太平洋板块影响,形成一系列北东、北向的隆起带与拗陷带;西部地区受印度板块挤压,从北向南渐次成陆并形成若干盆地;中部则形成一个北东向的压扭性地带。因此,我国中、新生代盆地基本以此格局展布,控制了红层盆地的分布规律。

2. 断层、节理对山块格局的控制

盆地内部的构造线格局是控制丹霞地貌山块格局乃至山块形态的基本因素。

3. 岩层产状对坡面形态的控制

岩层产状对丹霞地貌形态的影响主要是对山块顶面和构造坡面的控制,一般情况下,近水平岩层上发育的丹霞地貌具有"顶平、身陡、麓缓"的坡面特征。

4. 地壳升降对地貌发育进程的控制

地壳升降对丹霞地貌发育的影响体现在红层盆地必须是后期上升区,以便为侵蚀提供条件。上升到一定程度而长期相对稳定,利于丹霞地貌按连续过程从幼年期到老年期逐步演化;间歇性抬升则可能发育多层性丹霞地貌。

(三)外力条件

直接影响丹霞地貌发育的外力主要有流水、风化和重力等作用,其中流水是塑造地貌的主动力。

1. 流水作用

流水作用在丹霞地貌发育和演化中的主导性表现为流水是下切和侧蚀的主动力,同时流水又不断蚀去坡面上的风化物质,使风化得以继续进行。流水的侧蚀往往在坡脚掏出水平洞穴,使上覆岩块悬空,为重力崩塌提供了可能。此外,流水溶蚀红层中的可溶性成分,可促进水动力侵蚀的加强和风化作用的进程。

2. 风化作用

风化作用经常性地破坏暴露的红层坡面,尤其在陡崖坡上。流水作用减弱,在一些直立坡或反倾坡上基本无流水作用,各种风化作用(片状、块状、粉末状等)表现得十分清楚。

3. 重力作用

因为陡崖坡往往是崩塌面或经后期改造过的崩塌面是丹霞地貌最具特色的形态要素,所以重力作用在丹霞地貌发育过程中相当重要。

4. 其他外力

干旱区由于盐风化及风沙吹磨而在丹霞崖壁上形成大量风蚀窝穴,被称为蜂窝状丹霞地貌。另外,一些洞穴中因岩石中含有碳酸盐,在溶蚀风化作用和生物作用下,形成蜂窝状微地貌。

四、丹霞地貌发育过程和规律

丹霞地貌发育过程表明它是一种不同于其他地貌的特殊地貌发育过程。笔者根据近年来各家的研究,将丹霞地貌的发育过程和规律综述如下:

(1)内陆盆地形成,氧化环境,碎屑堆积(洪积、冲积、湖积)。

(2)盆地抬升,以断裂为主的块状构造发育,局部宽缓褶曲,地壳渐趋稳定。

(3)流水下切为主,巷谷、峡谷发育,上部保持较大面积的沉积顶面或弱侵蚀平台。

(4)主河谷接近区域侵蚀基面,近河谷地带形成红层峰林,远河谷地带发育红层峰丛,地表崎岖。

(5)主河谷与主要支谷发育达侵蚀基面,区内河谷平原、红层丘陵和红层孤峰相间分布,局部可保持峰林状。

(6)区域呈波状起伏的准平原化,个别地段保留孤峰或孤石,至此完成一个侵蚀旋回。

五、我国丹霞地貌空间分布及研究意义

(一)空间分布

到2008年,中国已发现丹霞地貌790处,分布在26个省级行政区。其中,位列前五位的是四川省(104处)、江西省(90处)、甘肃省(67处)、广东省(55处)和湖南省(43处)。

(二)丹霞地貌研究的地理意义

(1)丹霞地貌是地球演化特定阶段的产物和标志,其研究成果具有全球推广价值。丹霞地貌是大陆性地壳演化到足够成熟时期而出现的特殊地貌类型,其地层、岩性、沉积环境、构造、坡面发育、形态特征都表明它的特殊性。丹霞地貌及其相应的基础研究,尤其有助于揭示中生代以来的地壳演化特征,深化和丰富地貌学理论。

(2)丹霞地貌是以中国广东丹霞山命名,由中国科学家率先提出,对其研究有助于提高我国学者在国际地貌学术界的话语权。研究表明,中国的丹霞地貌在世界具有典型性和代表性,具有广泛的国际对比意义;不仅有湿润区、干旱区的基本类型,而且包括了丹霞地貌发育的青年期、壮年期和老年期不同的发育阶段。

(3)中国丹霞地貌区大部分保持了良好的自然性。中国的丹霞地貌区由于地形复杂,沟壑纵横,地表崎岖,土层瘠薄,生态脆弱,大多没有大规模的生产活动,只在少数河谷平原有农业生产,因此其地貌保持完整,保持了良好的生态原生性和物种多样性。许多丹霞地貌区是宗教文化地位较高的文化富集区,人们

在心理上具有敬畏感,使得丹霞地貌的生态环境得以很好保护。

(4)丹霞地貌区复合资源丰富,旅游景观价值极高。中国典型的丹霞地貌区均具有极高的景观美学价值,存在许多独特、稀有甚至绝妙的风景资源。主要包括赤壁丹崖、岩洞石室、高峡幽谷及与水景配置的丹山碧水组合景观,与其他风景地貌相比具有独特的风格。大多丹霞地貌区具有复合型资源特点,除了自然生态的原生性和完整性之外,丹霞地貌往往成为重要的文化载体,保存了丰富的文化景观,具有极高的旅游开发价值。

从环境变迁看人与自然的关系

张松婷
（阜阳师范学院）

摘　要：全球环境变化已是国际社会关心的重大全球性问题。全球环境变化问题涉及气候、生物、污染等各方面，需要客观看待，分析其自然原因和人为原因，尤其是要客观看待人为原因，科学分析全球环境变迁尤其是温室效应的影响。我们需要树立正确的态度，掌握一定的科学技术，发挥人的主观能动性，促进人地和谐。

关键词：环境变迁；全球变暖；温室气体

目前，全球环境变化是国际社会普遍关心的重大全球性问题。全球环境变化（Global Environmental Change, GEC）是由人类活动和自然过程相互交织的系统驱动所造成的一系列陆地、海洋与大气的生物物理变化，可以给人类带来巨大威胁。因为日益严重的全球环境变化问题，对地球系统进行集成研究（the integrated study of the Earth System），旨在促进地球系统集成研究和变化研究以及利用这些变化进行全球可持续发展能力研究的联合体——地球系统科学联盟（Earth System Science Partnership，ESSP）由以下四大全球环境变化计划组成：①世界气候研究计划（World Climate Research Programme，WCRP）；②国际地圈生物圈计划（International Geosphere-Biosphere Programme，IGBP）；③国际全球变化人文因素计划（International Human Dimensions Programme on Global Environmental Change，IHDP）；④国际生物多样性计划（An International Programme of Biodiversity Science，DIVERSITAS）。全球性环境问题主要包括全球变暖，臭氧层空洞，酸雨，森林破坏与生物多样性减少，荒漠化与水资源短缺，海洋污染与危险物的越境转移等。

近年，一些影视作品也以全球气候变化、全球环境变迁等为题材，如纪录片

《难以忽视的真相》、电影《后天》等都讲述了地球气候异变给人类生存和发展带来的巨大威胁。

那么全球环境中生物和气候是如何变化的？气候果真变暖了吗？灾害确实变多了吗？我们人类又该如何科学地应对这些全球变化等一系列的问题呢？本文将从以下几个方面展开讨论。

一、全球环境变迁

（一）环境变迁之生物——进化与灭绝

1. 生物进化

（1）地球形成约在50亿到46亿年前。当时地表火山遍地，岩浆横流，环境之恶劣不在今日金星之下。但由于地球距离太阳较金星距离太阳远一些，且自转周期合理，这为生命的形成奠定了基础。随着地球表面的不断冷却和水汽的增加，地表开始出现了水，并汇集得越来越多。

（2）太古代。约在25亿年前，地球为广阔的海洋。几乎完全是淡水的原始海水中溶入了大量的有机质，如氨基酸、核苷酸等，在太阳及地球其他物理作用下，一些有机质形成蛋白质。在随后的几亿年中，这些蛋白质越来越复杂，终于在34亿年前开始出现了生命。此时代，地球上岩浆活动剧烈，火山喷发频繁。

（3）元古代。从距今34亿至18亿年前这漫长的16亿年中，原始原核细胞不断进化。从距今18亿年到6亿年前，真核生物出现，从此地球进入了一个生命大发展的阶段。这时期的海洋生物主要是蓝藻、红藻和绿藻，原生动物大概也是在这个时期出现的。到距今6亿年前时，已经有浮游动物、杯海绵和腔肠动物了。元古代晚期出现了大片的陆地。

（4）古生代。海生无脊椎动物空前繁盛，海洋中出现了多种动物，如三叶虫、珊瑚等，中期出现了脊椎动物——鱼类，后期鱼类演化为两栖类。陆地上出现了大片植物，蕨类植物繁茂。此时代，地壳活动剧烈，陆地面积大大增加，亚欧大陆和北美大陆雏形基本形成。

（5）中生代。生物变化很大，爬行动物盛行，各种恐龙繁衍，出现了始祖鸟。该时代中期，裸子植物出现。地球上大陆轮廓基本形成，环太平洋带地壳运动剧烈。

（6）新生代。哺乳动物和被子植物大发展，出现灵长类，第四纪出现了人类。该时代，地球上海陆与地形与现代接近。第四纪出现了气候寒冷的时期

——第四纪冰期。

2. 生物灭绝

(1)古生代末期,60%以上的海生无脊椎动物种类灭绝,脊椎动物中的原始鱼类和两栖类全部灭绝。

(2)中生代末期,50%以上的海生无脊椎动物种类灭绝,盛极一时的恐龙全部灭绝。

关于恐龙灭绝的原因,除了“陨星碰撞说”以外,主要观点归纳起来还有以下几种:

①气候变迁说。6 500万年前,地球气候陡然变化,气温大幅下降,造成大气含氧量下降,恐龙无法生存。也有人认为,恐龙是冷血动物,身上没有毛或保暖器官,无法适应地球气温下降,都被冻死了。

②物种斗争说。恐龙年代末期,最初的小型哺乳类动物出现了。这些动物属啮齿类食肉动物,可能以恐龙蛋为食。由于这种小型动物缺乏天敌,越来越多,最终吃光了恐龙蛋。

③大陆漂移说。地质学研究证明,在恐龙生存的年代,地球的大陆只有唯一一块,即“泛古陆”。由于地壳变化,这块大陆在侏罗纪发生的较大的分裂和漂移现象,最终导致环境和气候的变化,恐龙因此而灭绝。

④地磁变化说。现代生物学证明,某些生物的死亡与磁场有关。对磁场比较敏感的生物,在地球磁场发生变化的时候,都可能导致灭绝。由此推论,恐龙的灭绝可能与地球磁场的变化有关。

⑤被子植物中毒说。恐龙年代末期,地球上的裸子植物逐渐消亡,取而代之的是大量的被子植物。这些植物中含有裸子植物中所没有的毒素,体形巨大的恐龙食量奇大,摄入被子植物导致体内毒素积累过多被毒死了。

⑥酸雨说。白垩纪末期可能下过强烈的酸雨,使土壤中包括锶在内的微量元素被溶解,恐龙通过饮水和食物直接或间接地摄入锶,出现急性或慢性中毒,最后一批批死亡。

(二)环境变迁之气候——变化与影响

1. 气候变化

楼兰国立国700多年,在唐朝以前突然消失了,从此没有发现关于楼兰的任何文字记载。楼兰国最昌盛时期有14 000多人。

关于楼兰国神秘失踪的主要观点有:①战争论。认为楼兰国为仃零所灭,或者被北方的匈奴游牧民族所灭，但疑点是战争只能毁灭一城一池，不太可能灭亡整个国家。②瘟疫论。认为当时楼兰国发生过一场大瘟疫，考古发现一些群葬坑里面男女老少尸体像垒砖那样层层叠叠。③气候恶化论。这种论点比较占上风，认为自然环境变化造成楼兰国人口大迁移。在解剖那具著名的楼兰美女干尸(3 800年历史)的时候，就发现其肺部有大量尘土，说明当时气候已经开始恶化。

从楼兰的变迁中我们也看到，气候变化经历了很长的时间，在不同的时间尺度上气候都在变化着，气候变化对人类造成难以预料的影响。

对比挪威科学家所做的历史雪线图与中国地理学家竺可桢的历史气温图，不难发现，两条线有着高度的拟合性，也就是说气温高的年份雪线高。从历史上看，全球气温虽有波动，但是较为稳定，只有近二百年气温增加明显，同时大气中温室气体CO_2的含量也增加明显。

2. 气候影响

当人们越来越重视全球气候变化问题后，出现了很多描述全球变暖后果的漫画。那么到底全球变暖是利还是弊呢？我们要客观地分析这个问题。

(1)从农业上看。气温升高，温度带北移，有利于作物生长，但是增温使热带干旱区变得更干，中纬度谷物生产潜力降低，病虫害严重。综合来看，高纬度耕地有限，增加的产量不足以补偿低纬度的减产，所以世界粮食总产量下降，对农业而言，气候变暖弊大于利。

(2)从工业上看。排放温室气体会使节水节能、耐高温耐干旱的技术获得广阔市场，但是排放温室气体的工业活动将要承受越来越多的政策性压力和税收负担。全球变暖会减少高纬度地区供暖的能源消耗，增加低纬度地区夏季制冷的能源消耗，而制冷能源消耗要大于供暖能源消耗。

(3)从人类健康角度看。夏天气温持续升高会使人的死亡数量相对增加，还会增加疾病的发病率，疾病的传播范围扩大。

(4)从对人类活动影响的角度看。全球变暖直接导致海平面上升，使沿海部分地区被淹没，影响渔业生产；地下水位上升，土壤盐渍化，影响农业生产；港口设备和海岸建筑物被破坏，影响航运。

(5)从生态系统角度看。世界干旱和半干旱地区的土地荒漠化气候变化速度快，多数生态系统不可能如此快地适应，生态系统内的某些物种会遭受重大损失，尤其是海洋生态系统，某些渔场扩大或消失。

从以上五个方面看，全球气温上升的影响是存在的，而且弊大于利。但是，当大多数科学家预测未来变暖趋势时，也有科学家提出地球已经到了小冰期的前叶，也就是说未来不是变暖而是变冷。大家对此也提出了质疑。

二、质疑与讨论

(一)气候变暖了吗

一直以来我们对过去气候变化的情况知道得非常有限。迄今为止，全球最老的现代气候观测站建立的时间不会超过200年。中国大多数地方都是从20世纪50年代才开始有气象站，并记录降水、气温等变化。所以，我们讲一两千年前哪个地区的气候怎么样，并没有现成、准确的数据，而只能依靠间接资料。

气候变化是有周期的，有的周期比较短，比如十几年或几十年，这个规律比较容易把握，有的周期非常长，比如300年，甚至更长，这就难了。因此，就算根据目前已知的一些数据，还是很难判定气候变化的那根曲线是继续在上升，还是已经开始下降。

而且，全球大部分地方是海洋，还有很多是无人区，这些区域的气候资料匮乏，偏偏这些地区的气候变化与我们人类关系特别重大。比如南极，面积只有1 400多万平方千米，但它上面的冰雪占了全球的70%，淡水资源占了全球的90%。这个地方气候稍微有些变化，对全球气候的影响要比两千多万人口的北京或上海大得多。

历史时期都曾出现过比今天更冷或更热的极端气温，这说明了什么？当时，人口比今天少得多。中国商朝人口最多时为一到两千万人，南宋大约为一亿人。今天，哪怕是穷乡僻壤消耗的资源及对环境的污染也很可观。这说明气候的变化并不完全是由人类活动造成的，还有自然本身的原因。

总的看来，全球气温还在上升，这是其一。其二，导致气候变暖的主要原因目前还很难确定。其三，人类还要尽最大努力，消除不利影响，包括减少CO_2的排放。人类能做的就是控制自己的行为，同时也要更加密切关注自然环境本身的变化。

(二)灾害变多了吗

近年来大家觉得自然灾害越来越频繁了，如果将其和历史上的情况比较，这里有很大问题。有学者列了一个表，商朝时候平均每年一次灾害，周朝平均每年两次，清朝平均每年100次，现在平均每年500次，这不是正说明了灾害越来越厉害了吗？但是，这里忽略了一个重要的科学前提：商朝有多少资料，现在有多少资料？历史越久远的年代史料越少，离现在越近史料越多。所以，仅按史料统计结果看，好像是灾害越来越多。

现在的自然灾害并不像有些人说的那样越来越频繁了，自然灾害发生数量的规律到底是什么还需要更多的探讨。

自然灾害的程度是不是越来越严重了呢？也不一定。比如说地震，1976年的唐山大地震是世界十大地震之一，根据官方公布的数据，死24万，伤16万。但是明嘉靖三十四年（1556）陕西华州发生大地震，波及七省，全部死亡人数估计超过100万。另外，根据日本、南美的数据，也没有证据表明最大的地震一定发生在工业化以后。

再看洪水。20世纪上半期黄河中游测到的最大洪峰流量是每秒2.3万立方米，20世纪下半期测到的最大洪峰流量是每秒1.8万立方米，洪峰流量达到每秒2万立方米左右情势就已经十分紧张了。但是，在清道光年间（1821—1850）发生过一次洪水，它在河南三门峡到陕县的流量达到了每秒3.6万立方米。如果现在出现这样的洪峰流量，受灾情况简直不能想象。我们还可以列举旱灾等其他的例子，也可以说明现在的自然灾害并不是越来越严重。

那么，人类活动和自然灾害之间的关系究竟是怎样的呢？应该承认人类活动加剧了自然灾害，比如人类砍伐森林，加剧了水土流失，人类在一些生态很脆弱的地区，比如说黄土高原的某些地方，盲目开垦，当然也会增加灾害。

三、树立科学态度，促进人地和谐

既然这样，我们应该怎样认识人和自然的关系？

首先，我们应该看到，自然为人类的产生、发展提供了条件，但这些条件能否转化为生产力要靠人类自身的努力。

第二，人类的任何进步都不得不改变甚至破坏自然环境，所以不要把这个事情看得那么严重。人类发展那么久，一点都不改变环境是不可能的。学会用火，是人类的一大进步。但在这个过程中，多少树木被烧掉了？“伐薪烧炭南山中”是唐诗《卖炭翁》中的句子，卖炭翁在秦岭伐树烧炭，然后卖给长安城里面的达官贵人，供他们冬天取暖。唐朝200多年砍了秦岭无数的树，烧了无数的木炭，但是你能说唐朝就退步了吗？

客观地说，改变与破坏，只有程度差别，可能没有什么本质区别。虽然我们不希望破坏环境,但作为唯物主义者、研究历史的人,得承认这个事实,没有哪个国家的繁荣不改变环境。人与自然的关系其实有一个由必然到自由、由人类中心到人与自然和谐相处这样一个发展的过程。要达到和谐,人类应该控制自己的欲望,要更加注重精神生活。这中间不仅需要正确的观念,还要有科学技术。归结下来,我们要正确看待未来的环境变化,做到不应无忧又无须过虑。

全球变暖——危言耸听？灾难降临？

曾　承
（阜阳师范学院）

摘　要：观测表明，气候系统的整体变暖已是不争的事实，其原因包括自然原因和以温室气体排放为主要特征的人为原因，又以人为原因为主。全球变暖对自然及社会系统以及世界不同地区都有影响，未来全球变暖的趋势还将继续，人类应该通过适应和减缓两种方式应对全球变暖。

关键词：气候系统；全球变暖；温室气体；适应；减缓

以全球变暖为基本特征的气候变化是目前国际社会普遍关心的重大全球性问题。世界气象组织（World Meteorological Organization，WMO）和联合国环境规划署（United Nations Environment Programme，UNEP）于1988年联合建立的政府间气候变化专门委员会（Intergovernmental Panel on Climate Change，IPCC），分别于1990年、1995年、2001年及2007年发布了四次全球气候变化评估报告：在全面、客观、公开和透明的基础上，评估了世界上有关全球气候变化的最好的现有科学、技术和社会经济信息。这些报告已经成为国际社会认识和了解气候变化问题的主要科学依据。

2007年可以称之为气候变化年：一系列国际会议围绕气候变化展开；欧盟承诺到2020年的温室气体减排目标；中国政府于2007年6月4日正式推出《中国应对气候变化国家方案》[1]，明确到2010年中国应对气候变化的具体目标、基本原则、重点领域及政策措施；2007年诺贝尔和平奖被授予戈尔和联合国政府间气候变化专门委员会，表彰他们在改善气候变化问题方面做出的贡献。

一些影视作品也以全球变暖为题材：如美国前副总统戈尔主演并获得第79

[1] 国家发展与改革委员会. 中国应对气候变化国家方案[Z]. 2007-06-04.

届奥斯卡最佳纪录片奖的电影《难以忽视的真相》,展示了大量有关全球变暖给人类带来的巨大危害以及无可争议的事实和信息;电影《后天》讲述了温室效应造成地球气候异常,全球即将陷入新一次冰河纪的故事。

那么全球真的在变暖吗?为什么会变暖?会有什么影响?其趋势如何?我们应该采取什么对策?本文将从这五个方面展开讨论。

一、全球变暖的事实

工业革命以来气候变暖不再仅仅限于大气圈,气候系统的整体变暖已是不争的事实。气候系统指的是由大气圈、水圈、生物圈和岩石圈(陆面)组成的高度复杂的系统。目前从观测得到的全球平均气温和海洋温度升高、大范围的雪和冰融化以及全球平均海平面上升等证据支持了这一观点[1]。

(1)大气圈。1906—2005年,全球平均增温0.74℃;对流层中下层温度的增暖速率与地表温度记录类似;陆地和海洋上空以及对流层上层的平均大气水汽含量有所增加;近100年来,北极平均温度几乎以两倍于全球平均速率的速度升高。

(2)水圈。全球海洋平均温度的增加已延伸到至少3 000米深,海洋已经并且正在吸收80%被添加到气候系统的热量,整个20世纪的海平面上升估计为0.17米。许多冰雪补给的河流径流量和早春最大溢流量在增加,很多地区的湖水和河水温度升高,南、北半球的山地冰川和积雪总体上都已退缩,格陵兰和南极大陆冰川溢出流速已经加快,1978年以来北极年平均海冰面积以每10年2.7%的速率减少。

(3)生物圈。陆地生态系统受到影响,如动植物向极地和高海拔地区迁移,树叶发芽、鸟类迁徙和产蛋等春季特有现象提前出现。海洋及淡水生态系统发生变化,高纬度海洋中藻类、浮游生物和鱼类的地理分布发生迁移;高纬和高山湖泊中藻类和浮游动物增加;河流中鱼类的地理分布发生变化并提早向高纬度迁徙;北半球中高纬地区发生季节性花粉过敏的时间有所提前,花粉产量有所增加。

(4)岩石圈。自20世纪80年代以来,北极多年冻土顶层温度的上升幅度已高达3℃。北半球地区,从1900年以来季节性冻土覆盖的最大面积已减少了约7%。多年冻土区地面的不稳定性增大,山区岩崩增多。近50年来,除南极外的

[1] IPCC. Climate change 2007: the physical scientific basis[M]. Cambridge Press, 2007.

其他大陆可能都出现了显著的人为变暖。

此外，已在大陆、区域和洋盆尺度上观测到气候的多种长期变化，包括北极温度与冰的变化，降水量、海水盐度、风场以及包括干旱、强降水、热浪和强热带气旋在内的极端天气方面的广泛变化。

在全球变暖的大背景下，中国近百年的气候也发生了明显变化：平均气温升高了0.5℃~0.8℃；年均降水量变化趋势不显著，但区域降水变化波动较大；主要极端天气与气候事件的频率和强度出现了明显变化；近50年来，中国沿海海平面年平均上升速率为2.5毫米；山地冰川快速退缩，并有加速趋势。

二、气候变化的原因

气候系统的各部分之间是相互作用并影响气候变化的，在这个系统自身动力学和外部强迫作用下（如火山爆发、太阳变化、人类活动引起的大气成分的变化和土地利用的变化），气候系统不断地随时间演变（渐变与突变），而且具有不同时空尺度的气候变化与变率（月、季节、年际、年代际、百年尺度等气候变率与振荡）[1]。

（一）气候变化的自然原因

1. 太阳辐射的变化

气候系统所有的能量基本上来自太阳，所以太阳能量输出的变化被认为是导致气候变化的一种辐射强迫。自1750年以来，太阳辐射略有增加。引起地球吸收太阳辐射变化的另一原因是地球轨道参数的变化，包括偏心率（变化周期T=10万年）、地轴倾角（T=4万年）和岁差（T=2.1万年）。

2. 大气成分的变化

事实上，早在1827年，科学家就发现并提出了“温室效应”这一概念；1860年，科学家发现造成温室效应的因素主要是水蒸气、CO_2和CH_4，于是人们就把这些气体称作“温室气体”。如果没有温室气体，地球平均气温将降到零下18℃，而目前实测的地球平均气温为15℃，同时昼夜温差也会比现在大得多。研究表明：近4万年来CO_2与气温变化密切相关，但是其因果关系难定。云的反射作用对气候起冷却作用，N_2O、CO、烃类物质导致对流层臭氧增多及卤烃物质增多对气候起增温作用。

[1] IPCC. Climate change 2007: climate change impacts, adaptation and vulnerability[M]. Cambridge Press, 2007.

3. 下垫面性质变化

比如海洋比陆地吸收更多辐射，冰雪覆盖对热量辐射起放大器作用。

4. 生态演化

如植被的减少和动物的增多会增加CO_2浓度。

5. 其他

如火山爆发向高空喷发出大量硫化物气溶胶和尘埃，可以到达平流层高度，显著地反射太阳辐射，从而使其下层的大气冷却。其他如核爆炸或是小行星撞击，均会对气候变化产生一定影响。

(二)气候变化的人为原因

1. 温室气体的排放

《京都议定书》[1]指出的温室气体包括CO_2、CH_4、N_2O、HFCs、PFCs、SF_6。其中对气候变化影响最大的是CO_2，它产生的增温效应占所有温室气体总增温效应的63%，且在大气中的存留期很长，最长可达到200年，并充分混合，因而最受关注。

自1750年以来，由于人类活动的影响，全球大气CO_2、CH_4和N_2O浓度显著增加，目前已经远远超出了根据冰芯记录得到的工业化前几千年的浓度值，其浓度值分别从工业化前的约280ppm、715ppb、270ppb增加到2005年的379ppm、1774ppb、319ppb。1970—2004年，全球温室气体增加了70%。全球大气CO_2浓度的增加主要来源于使用化石燃料，其次是土地利用变化；CH_4浓度的变化主要来自农业和化石燃料的使用；超过三分之一的N_2O是由人类造成的，主要来自农业。早在1896年，便有科学家计算出大气CO_2浓度倍增会导致全球气温平均升高5℃。

2. 气溶胶

气溶胶(硫酸盐、有机碳、黑炭、硝酸盐及尘埃)对气候起冷却作用。

3. 土地利用变化

比如森林砍伐引起的大气中温室气体浓度的增加。

4. 城市化

城市热岛效应只是局部效应，对全球变暖的影响很小。城市热岛效应给陆地上增温为每10年0.006℃，海洋上则为0。

[1] UN. Kyoto Protocol[R]. 1997.

科学家将1850年以来的气温变化进行了计算机模拟,发现模拟的结果同纯自然影响结果不吻合,同纯粹人为影响大部分吻合,同自然和人为共同影响的结果完全吻合。结合观测结果发现,自1750年以来,人类活动对气候的影响总体上是增暖的,且是全球气候变暖的主要因素,从而导致全球气候总体上在变暖。因而《联合国气候变化框架公约》(*United Nations Framework Convention on Climate Change*,简称《框架公约》)[1]也把"气候变化"定义为"除在类似时期内所观测的气候的自然变异之外,由于直接或间接的人类活动改变了地球大气的组成而造成的气候变化"。

三、全球变暖的影响[2]

(一)对自然及社会系统的影响

1. 淡水资源

在21世纪中叶前,年均河流径流量及可用水量在高纬度及部分热带湿润地区会增加10%~40%,而在中纬度及热带干旱地区会减少10%~30%。干旱影响区会扩大,强降水频率增加,冰川及季节性积雪提供的水源将减少。

2. 生态系统

全球均温上升1.5℃~2.5℃,20%~30%的动植物种类面临灭绝的危险;海洋的酸化不利于海洋壳体生物形成其壳体。

3. 食物、纤维及林产品

中高纬地区当地均温升高1℃~3℃,农作物产量预计有微弱增加,而在周边地区则减少;低纬区,特别是季节性干旱及热带区域,农作物产量会减少;旱涝频率的增加会减少当地产量;全球经济林产量在短期和中期时间内产量会增加,但森林火险和病虫害等风险也相应增加;部分鱼类的分布及产量也会受到影响。

4. 海岸带及低洼区

气候变化及海平面上升会导致海岸受到诸如海水侵蚀的危害,海洋表面温度上升1℃~3℃会导致珊瑚漂白和死亡的增加,海平面上升会影响海岸湿地和盐沼地及红树林。

---

[1] UN. United Nations Framework Convention on Climate Change[R]. 1992.

[2] IPCC. Climate change 2007: climate change impacts, adaptation and vulnerability[M]. Cambridge Press, 2007.

5. 工业、人居环境及社会

在一些温带和极地地区，气候变化对工业、人居环境和社会的影响是正面的，而对其他大部分地区则是负面的。

6. 健康

总体而言，气候变暖对人类健康的影响以不利为主，营养不良会增加；由热浪、洪水、风暴、火灾及干旱带来的死亡、疾病及伤害会增加；地表臭氧浓度增加会导致腹泻及心脏、呼吸系统疾病增加。部分温带地区的气候变暖会带来一些好处，如因寒冷所造成的死亡率会下降。

(二)对世界不同地区的影响

1. 非洲

许多人面临因气候变化带来的水问题；农业产量受到影响；水温上升导致大湖渔业资源减少；至21世纪末，拥有众多人口的海岸低洼区将受到海平面上升的影响，红树林及珊瑚礁将因为渔业及旅游业的影响而退化。

2. 亚洲

喜马拉雅冰川融化会影响未来二三十年的水资源；中亚、南亚、东亚及东南亚大河的淡水将减少；海岸带地区将受到来自海洋及河流洪水的影响；到21世纪中期，东亚和东南亚地区的农作物可能增产20%左右，而在中亚和南亚则可能减产30%，少数发展中国家可能会面临饥荒；东亚、南亚及东南亚由于旱涝相关的腹泻引起的地方病的发病率及死亡率将上升。

3. 澳大利亚及新西兰

至2030年，澳大利亚南部和东部，新西兰及部分其他地方因降水减少而蒸发增强，水安全问题将变得更加明显；至2020年，包括大堡礁及昆士兰湿热区等在内的生物较丰富地区的生物多样性将受到影响。

4. 欧洲

规模空前的热浪影响健康；内陆及海岸会发生更频繁的洪水及其侵蚀；山区冰川退却，季节性冰雪减少，冬季旅游萎缩，有的物种消失；南部欧洲高温、干旱，夏季旅游减少，农作物产量减少，热浪及火灾频率增加；中欧及东欧夏季降水减少，热浪将影响健康，降低森林产量，增加泥炭地火灾频率；北欧热量需求减少，农作物及林业产量增加，气候变暖带来的危害则更为严重，如冬季洪水频率增加。

5. 拉美地区

至21世纪中叶，温度上升及土壤水分减少将可能导致亚马孙河流域东部热带雨林向热带稀树草原过渡,干旱植被替代半干旱植被,热带拉美地区物种灭绝现象加重;在更为干旱的地区,农业土地盐碱化及沙漠化,部分重要农作物产量及家畜产量将减少;在适宜地区大豆产量将上升;海平面上升及海洋表面温度上升导致洪水危害中美洲的珊瑚和东南太平洋的渔业。

6. 北美地区

最初几十年因雨水灌溉农业产量将上升5%~20%;西部山区增温会引起积雪减少,冬季洪水增加,夏季流量增加等;害虫、疾病及火灾对森林的影响程度将加深;热浪次数、强度及持续时间将增加。

7. 极地地区

冰川及冰盖的厚度及范围减小,自然生态系统受到的有害影响增加;北极海冰减少,永久冻土带减少,海岸侵蚀增加,永久冻土带季节性融化深度增加;北极居民生活方式受到影响;同时,取暖成本下降,海上出行方便。

8. 小岛地区

海滩侵蚀及珊瑚漂白等海岸带条件的退化,将影响小岛地区的渔业,降低小岛作为旅游目的地的价值;海平面上升将带来洪水、风暴、侵蚀及其他灾害,进而影响生存条件;至21世纪中叶,小岛水资源将减少;随着温度的上升,外来生物将增多,特别是中高纬度的岛屿。

气候变化已经对中国的农牧业、森林和其他生态系统、水资源分布、海岸带环境和生态系统、健康、项目建设、旅游等方面产生了一定的影响。20世纪80年代以来,中国的春季物候期提前了2~4天;近50年来,中国西北冰川面积减少了21%,西藏冻土最大减薄了4~5米;近40年来,中国海河、淮河、黄河、松花江、长江、珠江等六大江河的实测径流量多呈下降趋势,北方干旱、南方洪涝等极端水文事件频繁发生。近50年来,中国沿海海平面上升有加速趋势,并造成海岸侵蚀和海水入侵,使珊瑚礁生态系统发生退化。气候变化可能引起热浪频率和强度的增加,由极端高温事件引起的死亡人数和严重疾病将增加;气候变化可能增加疾病的发生和传播机会,增加心血管病、疟疾、登革热和中暑等疾病发生的程度和范围,危害人类健康。同时,气候变化伴随的极端天气、气候事件及其引发的气象灾害的增多对大中型工程项目建设的影响加大;气候变化也可能对自然和人文旅游资源及某些区域的旅游安全等产生重大影响。另外,由于全球变暖,也将加剧空调制冷电力消费的增长趋势,对电力保障供应带来更大的压力。

四、全球变暖的趋势

未来气候变化趋势预测,需根据未来人口、经济等的发展,还要考虑人类对环境的适应及对自身的控制等多方面因素。在一系列《IPCC排放情景特别报告》的排放情景下,预估的未来20年增温为每10年0.2℃;即使所有辐射强迫因子都保持在2000年的水平,由于海洋缓慢的响应,未来20年仍有每10年约0.1℃的进一步增温。以等于或高于当前的速率持续排放温室气体,会导致进一步增温,与1980—1999年相比,21世纪末(2090—2099)全球平均地表气温可能升高1.1℃~6.4℃,即便保持在2000年的浓度值也会上升0.3℃~0.9℃;全球平均海平面上升幅度预估范围是0.18~0.59米。

预计陆地和北半球高纬地区的增温最为显著,南大洋和部分北大西洋地区的增温最弱;雪线会退缩,大部分多年冻土区的融化深度会广泛增加;北极和南极的海冰会退缩;热事件、热浪和强降水事件的发生频率很可能持续上升;每年热带气旋(台风和飓风)的强度可能会更强,伴随着更高峰值的风速和更强的降水,以及更高的热带海洋表水温度;热带以外的风暴路径会向极地方向移动,引起热带以外地区风、降水和温度场的变化,延续近半个世纪以来所观测到的总体分布型的变化趋势;高纬地区的降水量很可能增多,而多数亚热带大陆地区的降水量可能有所减少;21世纪大西洋经向翻转环流将很可能减缓。

由于各种气候过程、反馈与时间尺度有关,即使温室气体浓度趋于稳定,人为增温和海平面上升仍会持续数个世纪。南极冰盖将会维持在非常寒冷的状态,不至于出现大范围表层融化的现象,而且由于降雪增加,冰量还会增大。当然,如果冰盖的动力学机制发生变化,也有可能会发生冰量的净损失。

中国未来的气候变暖趋势将进一步加剧。中国科学家的预测结果表明:一是与2000年相比,2020年中国平均气温将升高1.3℃~2.1℃,2050年将升高2.3℃~3.3℃。全国温度升高的幅度由南向北递增,西北和东北地区温度上升明显。二是未来50年中国年平均降水量将呈增加趋势,预计到2020年,全国年平均降水量将增加2%~3%,到2050年可能增加5%~7%,其中东南沿海增幅最大。三是未来100年中国境内的极端天气与气候事件发生的频率可能性增大。四是中国干旱区范围可能扩大,荒漠化可能性加重。五是中国沿海海平面仍将继续上升。六是青藏高原和天山冰川将加速退缩,一些小型冰川将消失。

上述变暖趋势,不能不引起我们重视。

五、全球变暖的对策

（一）适应全球变暖

对于某些影响来说，适应是唯一可行和适当的应对措施。人类已经对气候变化做出适应，如马尔代夫及荷兰的海岸带防护，尼泊尔冰湖的保护等。在未来几十年内，即使做出最迫切的减缓努力，也不能避免气候变化的进一步影响，这使得适应成为主要的措施，特别是对近期的影响来说。虽然目前已经采取了一些适应气候变化的措施，但仍十分有限。

（二）减缓全球变暖

从长远看，如果不采取减缓措施，气候变化可能会超出自然、管理和人类系统的适应能力。气候变化所产生的影响在不同的区域会有不同的表现，但年际净成本都会随时间的推移和温度的上升而增加。可持续发展能够有效地降低气候变化的脆弱性，但气候变化也可能会影响各国实现可持续发展的能力。

采取不同的减排措施，全球排放量每年可减少5亿到31亿吨CO_2当量。各部门的减排技术和措施不尽相同，以能源供应为例，当前可采取的措施包括提高能源效率，减少煤炭使用，开发利用核能、热能和可再生能源，尽早实施CO_2捕获和存储等。对发展中国家的新能源进行投资，对工业化国家的能源结构进行升级，制定旨在促进能源安全的政策，都能够为减排创造有利条件。给碳排放定价，能够使生产者和消费者明显转向低碳产品和高技术产品。政府可通过财政投入、课税扣除、标准制定和市场机制等手段，在技术的高效发展、革新和应用等方面发挥重要作用。对发展中国家的技术转让，取决于当时的各种环境和财政情况。

《框架公约》和《京都议定书》的有效执行，将对未来的国际减缓努力发挥重要作用。1992年通过、1994年生效的以“稳定影响气候变化的温室气体浓度水平”为最终目标的《框架公约》明确提出，各缔约方应在公平的基础上，根据共同但有区别的责任和各自的能力，为人类当代和后代的利益保护气候系统，发达国家缔约方应率先采取行动应对气候变化及其不利影响。“共同”责任就是各国都要根据各自的能力保护全球气候；“区别”责任即要求发达国家率先采取减排行动，使温室气体排放于2000年回复到1990年的水平，并向发展中国家提供技术和资金支持；发展中国家的义务是编制国家信息通报，制定并执行减缓和适应气候变化的国家计划。发展中国家履行上述义务的程度取决于发达国家资金和技术转让的程度。1997年通过、2005年生效的《京都议定书》规定发达国家在2008—2012年要将其CO_2等温室气体排放在1990年的水平上平均减少5.2%,而对发展中国家未规定减排义务。其中欧盟将6种温室气体的排放量削减8%,美国削减7%,日本削减6%。但世界上最大的温室气体排放国美国却以该议定书给美国经济发展带来过重负担为由,在2001年退出了《京都议定书》。《京都议定书》就减排途径提出了三种灵活机制,即清洁发展机制、联合履行和排放贸易。历史上和目前全球温室气体排放的最大部分源自发达国家,发展中国家的历史累积排放及人均排放仍相对较低,发展中国家在全球排放中所占的份额将会增加,以满足其经济和社会发展需要。

中国温室气体历史排放量很低,且人均排放一直低于世界平均水平。1950—2002年,中国化石燃料燃烧CO_2累计排放量占世界同期的9.33%,人均累计CO_2排放量61.7吨,居世界第92位。根据国际能源机构的统计,2004年中国化石燃料燃烧人均CO_2排放量为3.65吨,相当于世界平均水平的87%、经济合作与发展组织国家人均水平的33%。但作为一个负责任的发展中国家,自1992年联合国环境与发展大会以后,中国政府率先组织制定了《中国21世纪议程——中国21世纪人口、环境与发展白皮书》,并从国情出发采取了一系列政策措施,为减缓全球气候变化做出了积极的贡献。在经济社会稳步发展的同时,中国单位国内生产总值的CO_2排放强度总体呈下降趋势。根据国际能源机构的统计数据,中国单位国内生产总值化石燃料燃烧CO_2排放强度从1990年的5.47 kg CO_2/美元(2000年价)下降为2004年的2.76kg CO_2/美元,降幅达49.5%,而同期世界平均水平只下降了12.6%,经济合作与发展组织国家只下降了16.1%。